SIGRID HUNOLD-REIME
Hab keine Angst, mein Mädchen

KAFFEE IM GEHEN In der Nacht zu Michelles 15. Geburtstag verunglückt ihre kleine Schwester Lena tödlich und ihr Stiefvater Steve verschwindet spurlos. Um die Erinnerung zu verdrängen, arbeitet Michelle wie besessen. Glänzendes Abitur, Medizinstudium und Facharzt für Psychiatrie mit einer gutgehenden Praxis – Michelle überlässt nichts dem Zufall. Sie plant ihr Leben bis hin zur Partnerwahl und der Geburt der zwei Kinder. Nur ihre Mutter und deren magisch begabte Freundin Lilly wissen, vor welchem Albtraum Michelle davonzurennen versucht. Um zu helfen, zaubert Lilly die 41-jährige Michelle in einen alten Körper. So wird sie von der Überholspur geholt und zur Ruhe gezwungen. Aber der Zauber hat seine Tücken und Michelle landet in einem Pflegeheim für Demente. Dort lernt sie die 82-jährige Magdalene kennen. Die will den Mörder ihres Mannes stellen. Michelle flüchtet mit ihr. Aber wohin führt ihr Weg und wem kann sie in der Zeitverrückung trauen?

Sigrid Hunold-Reime, geboren 1954 in Hameln, aufgewachsen im Kreis Nienburg/Weser auf einem Dorf, lebt seit vielen Jahren mit ihrer Familie in Hannover. Schreiben gehörte schon immer zu ihrem Leben. Nach Lyrik und Kurzgeschichten schrieb sie 2000 ihren ersten Ostfriesland-Kurzkrimi. Ihre kriminelle Energie war geweckt. Sie konnte Beziehungen beschreiben und dabei Grenzen überschreiten. Es folgten Beiträge in diversen Anthologien. 2008 erschien »Frühstückspension«, ihr erster Kriminalroman im Gmeiner-Verlag. Die patente Protagonistin Tomke wuchs ihr so ans Herz, dass sie in den folgenden Kriminalromanen eine Gastrolle bekam und in dem Roman »Die Pension am Deich« schließlich wieder eine Hauptrolle.

Bisherige Veröffentlichungen im Gmeiner-Verlag:
Die Pension am Deich (2012)
Janssenhaus (2011)
Schattenmorellen (2009)
Frühstückspension (2008)

SIGRID HUNOLD-REIME
Hab keine Angst, mein Mädchen

Roman

Original

Ausgewählt von
Claudia Senghaas

Personen und Handlung sind frei erfunden. Ähnlichkeiten
mit lebenden oder toten Personen
sind rein zufällig und nicht beabsichtigt.

Die automatisierte Analyse des Werkes, um daraus
Informationen insbesondere über Muster, Trends und
Korrelationen gemäß § 44b UrhG (»Text und Data Mining«)
zu gewinnen, ist untersagt.

Bei Fragen zur Produktsicherheit gemäß der Verordnung
über die allgemeine Produktsicherheit (GPSR) wenden Sie
sich bitte an den Verlag.

Besuchen Sie uns im Internet:
www.gmeiner-verlag.de

© 2013 – Gmeiner-Verlag GmbH
Im Ehnried 5, 88605 Meßkirch
Telefon 07575/2095-0
info@gmeiner-verlag.de
Alle Rechte vorbehalten

Lektorat: Claudia Senghaas, Kirchardt
Herstellung: Julia Franze
Umschlaggestaltung: U.O.R.G. Lutz Eberle, Stuttgart
unter Verwendung der Fotos von © 0mela – Fotolia.com
und © vivjanna13 – Fotolia.com
Druck: Libri Plureos GmbH, Friedensallee 273,
22763 Hamburg
Printed in Germany
ISBN 978-3-8392-1347-6

*Wenn Du dein vergangenes Leben verstehen willst,
sieh dir deine gegenwärtige Lage an.*

*Wenn Du dein zukünftiges Leben verstehen willst,
sieh dir dein gegenwärtiges Handeln an.*

Chinesische Weisheit

Kapitel 1

*Diese Geschichte ist fiktiv. Genau wie der Ort, an
dem sie spielt. Was eigentlich gelogen ist. Die Wahrheit ist, diese Geschichte hat sich genauso abgespielt.
Wenn man davon absieht, dass niemand in der Lage
ist, das Erlebte wahrheitsgetreu wiederzugeben.*

Im September 2011

Meine Mutter rief mich an einem Mittwochvormittag in der Praxis an. Sie weiß, wie sehr ich das hasse.
Auch, dass meine Helferinnen die strikte Anwei-
sung haben, private Gespräche von mir abzuschir-
men. Das Wissen hält meine Mutter nicht davon
ab, es weiter zu versuchen. Immer wieder. Wahrscheinlich in dem Bewusstsein, jeder Anruf wird
dokumentiert, mir vorgelegt, und in mir nagt das
schlechte Gewissen. Bis ich sie zurückrufe.

Ich rufe sie an. Einmal in der Woche am Sonntag-
vormittag. Und alles, was sie mir in der Zwischen-
zeit zu berichten hat, kann auf den Sonntag warten.
Es sei denn, es geht um Leben und Tod.

Genau den Code musste sie benutzt haben. Zum
ersten Mal, und deshalb hatte er auch funktioniert.
Nele stellte sie zwischen zwei Patienten zu mir
durch.

»Frau Dr. Meinberg, Ihre Mutter ist in der Leitung. Es ist dringend.« Neles Stimme klang eigenartig belegt und versetzte mich in Alarmbereitschaft. Unfall. Hausbrand. Krankenhaus. Meine Mutter ist selbst am Apparat, beruhigte ich mich. Sie lebt und ist ansprechbar. Unheilbare Krankheit, schoss es mir durch den Kopf. Sie hat gerade ein Karzinom diagnostiziert bekommen. Vor mein aufkommendes Mitgefühl schob sich die Angst um mein Leben und das meiner Kinder. Immerhin ist die Macht der Gene nicht zu unterschätzen.

»Hallo, Mama«, begrüßte ich sie mit heiserer Stimme.

»Michelle, das ist aber schön, dass ich dich sprechen kann«, sagte sie betont herzlich. Ihre Verkrampfung hinter der gespielten Leichtigkeit war nicht zu überhören.

»Was ist passiert? Bist du verletzt?«

Meine Mutter lachte. Dieses wohlklingende, kehlige Lachen, das meine Schwester Lena von ihr geerbt hatte.

»Nein, um mich brauchst du dir keine Sorgen zu machen.«

»Um wen dann? Ist etwas mit den Kindern?«

Während ich diese Frage stellte, erschien sie mir bereits als unsinnig. Hans würde niemals erst meine Mutter anrufen, wenn zu Hause etwas passiert wäre.

»Nein, Michelle, es geht allen gut. Du bist das Sorgenkind.«

Ich lauschte ihren Worten hinterher und begann langsam zu begreifen. Meine Mutter hatte sich das Telefonat erschlichen. Mit einer Lüge. Meine Sorge verwandelte sich schlagartig in Wut. Sie fühlte sich nach den Augenblicken der Verwirrung und Angst wie eine Befreiung an.

»Mama, sag bitte, dass das nicht wahr ist. Du hast mich jetzt nicht einfach aus purer Langeweile angerufen?« Ich schrie sie hemmungslos an.

»Natürlich rufe ich dich nicht aus Langeweile an«, antwortete sie so sanft, dass ich am liebsten den Hörer heftig hingeballert hätte, damit der Knall in ihrem Ohr schmerzte. Ich hielt mich zurück. Aber nur, weil ich ihr noch ein paar Takte sagen wollte. Meine erwachsene Hälfte war sich bewusst, dieser Energieeinsatz war vergebene Liebesmühe. Genauso gut konnte ich einen Monolog gegen die Wand führen. Meine Mutter war nicht zu kränken. Das war eine ihrer Eigenarten, die mich wahnsinnig machte. Sie wurde nie wirklich wütend und ließ sich auf kein anständiges Streitgespräch ein.

»Mama! Hast du überhaupt den Ansatz einer Ahnung, wie konzentriert ich hier arbeiten muss? Stell dir vor, hier kommen kranke Menschen zu mir. Einer nach dem anderen, und jeder will mit einer Diagnose wieder nach Hause gehen. Wohlgemerkt mit der richtigen! Das ist Schwerstarbeit. Ich kann zwischendurch nicht einfach mal eine nette Plauderei über das Wetter führen. Meine Kinder und Hans halten sich an die Regelung. Du bist noch nicht senil. Also bitte, ich kann das auch von dir verlangen. Es muss um Leben und Tod gehen, wenn du mich während der Arbeit anrufst.«

»Aber es geht um mehr als Leben und Tod. Michelle, es geht um dich. Bitte, wir müssen uns heute Nachmittag treffen. Es tut mir leid, dass ich dich während der Dienstzeit anrufe, aber zu Hause gehst du nicht ans Telefon. Sag jetzt nicht, du hast heute keine Zeit. Diese Entschuldigung hat bei dir einen Rapunzelzopf.«

»Aber ich habe keine Zeit. Der freie Mittwochnachmittag ist randvoll mit Terminen.«

»Ach, Michelle, warum überfrachtest du deine Tage dermaßen? Du rennst regelrecht durch dein Leben. Vergiss nicht, in einem ICE erkennt man die Landschaftsbilder nur noch verschwommen.«

Ich stöhnte gequält auf. »Der Spruch von dir hat auch einen Bart, Mama. Fehlt nur noch dein Lieblingsvergleich mit dem Bummelzug. Mit dem kann ich noch fahren, wenn ich alt bin.«

»Mach‹ da keine Späße darüber. Genau um das Thema geht es.«

»Also, Mama, ich weiß nicht, was du so vorhast, aber ich muss jetzt arbeiten! Das Wartezimmer ist randvoll.«

»Wie traurig.«

Ich verzichtete auf eine Antwort. Aber aus irgend-einem unerklärlichen Grund legte ich nicht auf, son-dern hörte mir weiter ihre Litanei an.

»Warum lässt du dir nicht mehr Luft zwischen den Terminen. Das würde dir und auch deinen Patienten guttun.«

Ich zog tief die Luft ein und dachte: aber nicht meinem Portemonnaie.

Auch so eine von Mamas Lebensphilosophien, die mir gehörig auf die Nerven gingen: Eile mit Weile. Sollte sie ihre hochgepriesene Langsamkeit leben. Bitte sehr. Ich war nun einmal anders als sie. Ich arbeitete schneller und strukturierter. Und ich arbeitete gern. Ich nahm auch die Errungenschaf-ten der Pharmaindustrie in Anspruch, ohne ihnen so was wie Schwarze Magie anzudichten. Meine Mutter war der Ansicht, die meisten Psychophar-maka wären überflüssig. Es gäbe andere Lösungen. Die Menschen wären einfach nur einsam. Rosarotes Denken und Früchte ihrer Gebetskreisbesuche und Faseleien ihrer buddhistisch angehauchten Yoga-tanten. Aber vor allem ihrer verhuschten Freundin Lilly. Wenn ich in jedes Patientengespräch Herz-blut investieren würde, ginge ich bald den Bach runter. Nicht nur finanziell. Meine Mutter hatte noch nichts von einer professionellen Sachebene und gesunder Abgrenzung gehört. Der Beweis dafür war ihr Anruf.

»Mama, es reicht. Ich lege jetzt auf.«

»Nein, Michelle, das tust du nicht!« Ihre Stimme klang ungewohnt scharf. »Erst versprichst du, heute Nachmittag zu mir an den See zu kommen. Wir müssen uns treffen. Ich werde für längere Zeit verreisen. Vorher muss ich dich sprechen.«

»Wie – verreisen?« Meine Mutter war ein absoluter Reisemuffel und fühlte sich an ihrem See wohl. Sie behauptete mit Inbrunst, um sich zu finden, brauche man nicht weit wegzufahren. Woher kam der plötzliche Sinneswandel?

»Wo willst du denn hin? Etwa ans Ende der Welt, wo es kein Telefon mehr gibt?«

Meine Mutter atmete hörbar durch.

»Ja, Michelle, so ungefähr. Aber das kann ich dir nicht erklären. Wir werden uns auf jeden Fall eine längere Zeit nicht sehen und auch nicht sprechen können. Deshalb muss ich vorher«, sie zögerte, »sozusagen meine Hinterlassenschaft regeln.«

Zum Glück war ich allein im Zimmer. Mein Unterkiefer rutschte nach unten und gab mir unter Garantie ein dümmliches Aussehen. Eine unschöne Angewohntheit, die ich mir seit meiner Pubertät abzutrainieren versuchte.

»Du meinst das ernst«, wiederholte ich stumpf.

»Ja, todernst. Wir sehen uns um 17 Uhr hier bei mir am See.«

Damit beendete sie das Gespräch, und nicht ich.

Ich starrte auf den Hörer. Hinterlassenschaft

regeln. Das hörte sich wie aus einem anderen Jahrhundert an. Leider fühlte es sich für mich nicht so weit entfernt an, und das wusste meine Mutter. Sie war durchaus wohlhabend, und ich konnte mich einmal auf ein nettes Sümmchen freuen. Und jetzt war meine Mutter auf irgendeinem Trip. Hatte sie doch eine latente Demenz entwickelt? Es waren mir bislang keine Anzeichen aufgefallen. Selbst ihr Kurzzeitgedächtnis schien intakt zu sein. Allerdings hatten wir uns lange nicht gesehen, nur miteinander telefoniert. Was hatte meine Mutter vor? Mit Sicherheit steckte ihre durchgeknallte Lilly dahinter.

Das Telefon klingelte. Ich schreckte zusammen. Nele.

»Frau Dr. Meinberg. Ist alles in Ordnung?« Ihre Stimme klang weich und mitfühlend. Ganz und gar nicht, dachte ich und sagte: »Ja, ja, danke, Nele. Wer ist der Nächste?«

»Herr Boll.«

Wenigstens ein Lichtblick. Ein netter Schizophrener. Er kam in regelmäßigen Abständen. Das letzte Mal hatte er sich Sorgen gemacht, weil die Amseln sich im Garten zusammenrotteten und feindselig auf sein Schlafzimmerfenster starrten. Er vertraute mir und brauchte lediglich die Bestätigung, dass die Beobachtung nur seiner Fantasie entsprang, und manchmal eine Medikamentenerhöhung. Wie gut. So aufgewühlt, wie ich gerade war, hätte mir ein

Neupatient, der seine Kindheitstraumen aufarbeiten wollte, gerade noch gefehlt.

Interview: männlich, 56 Jahre

Zum Wort ›alt‹ fallen mir Falten, Rückenschmerzen, Vergesslichkeit, Genießen, Zeitlassen, Whiskey, mit meinem Opa Kirschen pflücken und Brausepulver ein.

Ich mag an alten Menschen nicht, wenn sie, obwohl sie Zeit haben, sich vordrängeln. Ungeduldig und humorlos sind. Wenn sie unreflektiert und egoistisch nur noch sich selbst sehen können. Ihre Verbitterung an Menschen in ihrer Umgebung auslassen.

Mir imponiert an alten Menschen, wenn sie ruhig und gelassen das Treiben des Lebens betrachten können. Die hohe Kunst beherrschen, jungen Leuten nicht anmerken zu lassen, was sie wissen. Sie nicht ständig bremsen oder warnen. Als Junge versucht man halt, an den Elektrozaun zu pinkeln. Die Warnung vor einem kleinen Stromschlag hält nicht davon ab, das auszuprobieren. Man muss es selbst gespürt, einmal den Mut gehabt haben. Ich mag alte Menschen, die den jungen nicht das Gefühl geben, dass es schon alles einmal gegeben hat. Sonst verdirbt man ihnen den Spaß.

Wenn ich ganz plötzlich mein Heim verlassen müsste, würde ich unseren Wohnwagen mitnehmen (lacht).

Wenn ich mir vorstelle, ich wäre 86 Jahre alt, sehe ich mich am Teich sitzen und die Fische füttern. Ich beobachte die Kletterkünste eines frechen Eichhörnchens. Ich schaue den Wolken hinterher. Aber ich fahre auch noch E-Bike (meistens trete ich aus eigener Kraft) und ich segle. Ich züchte alle möglichen Kräuter und backe Brote.

Kapitel 2

Natürlich machte ich mir in erster Linie Sorgen um meine Mutter. Aber um ehrlich zu sein, auch um ihr Sparbuch. Es hätte mich einfach maßlos geärgert, wenn sie das schöne Geld für eine verrückte Idee aus dem Fenster geworfen hätte. Die ihr mit Sicherheit ihre durchgeknallte Freundin Lilly eingeredet hatte. Wer weiß, wo die mit meiner Mutter hinreisen wollte. Vielleicht nach Indien zu irgendeinem Guru. Diese theatralische Abschiedsvorstellung mit erzwungener Kaffee-Einladung beunruhigte mich zunehmend.

Es war ein unerträglich schwüler Spätsommertag. Der Parkplatz am See war brechend voll. Zum Glück war ich mit meinem ›Kleinen‹ unterwegs und ergatterte noch eine enge Lücke. Der Wagen rechts neben mir konnte danach nicht mehr von der Fahrerseite bestiegen werden. Egal. Ich hatte nicht vor, lange zu bleiben. Die anderen Wagen standen hier mit Sicherheit bis in die Abendstunden.

Ich war nicht gern draußen am See. Diese viel gepriesene Freiheit der Lauben- und Campingplatzidylle war mir zu muffig. Und den Radweg, der sich rund um den lang gezogenen Teich schlängelte, mied ich sowieso. Aus gutem Grund. Ich konnte mir lebhaft vorstellen, wer mir dort über den Weg laufen würde. Schließlich riet ich allen meinen Depressiven zum Spazierengehen, Radeln oder sogar Segeln. Und zwar hier! Vielen Dank auch. Darauf konnte ich verzichten. Ihre euphorischen Berichterstattungen waren mir aus der Praxis zur Genüge bekannt.

»Frau Dr. Meinberg, ich hatte ganz vergessen, wie viel Spaß es macht, flache Steine zu sammeln und über das Wasser zu werfen. Oder an der kleinen Brücke die Wiese mit dem Meer aus blühendem Flox. Es ist faszinierend, verliebten Schmetterlingen dort beim Tanzen zuzusehen. Oder wussten Sie, dass die Frösche am Westufer im Schilf zu Hause sind? Ich kenne jetzt schon ein paar von ihnen und bilde mir ein, sie mich auch. Finden Sie das albern?«

Allerdings, aber therapeutisch waren diese fleißig produzierten Glückshormone außerordentlich unterstützend. Die Quelle war letztendlich unwichtig, und sei sie eine wundervolle Froschbekanntschaft.

Ausgerechnet in dieser Oase des Glücks stand Mamas Datscha, und explizit hier wollte sie sich mit mir treffen. Gleich neben der Kleingartenkolonie lag ein Campingplatz. Auf dem hauste Mamas schräge Freundin Lilly.

Es bewegte sich kein Lüftchen. Ich irrte zwischen den akkurat geschnittenen Buchsbaumhecken durch ein Labyrinth aus schmalen Kieselsteinwegen. Für mich ähnelten sich die kleinen Grundstücke wie ein Ei dem anderen. Die einzige Orientierungshilfe: Die

Wege hatten Namen. Ich strengte mein Gedächtnis an. Mamas Häuschen lag direkt am See. Sonnenweg Nr. 8. Genau. Ich ging trotz der Hitze zügig und versuchte, die Rinnsale aus Schweiß, die über meinen Rücken liefen, zu ignorieren. Ohne Erfolg. Mein Körper kochte und schürte neue Wut. Was ging in meiner Mutter vor, mich wie ein dummes, kleines Schulkind hierher zu bestellen? Mit der dramatikumwobenen Aussage: Wir werden uns sehr lange nicht sehen!

Endlich war ich auf dem Sonnenweg. Ich erkannte das Schild mit den eingeschnitzten Elfen wieder. Aber nicht Mamas Laube. Die Holzvertäfelung war abgerissen. Sie hatte es verputzen und streichen lassen. Mit knallgelber Farbe. Zwischen wuchernden Kräuterstauden und üppigem Schmetterlingsflieder leuchtete es wie eine pralle Sonnenblume.

Es musste sein neues Aussehen schon länger haben. Kletterrosen rankten bereits blühend an den Hauswänden empor. Meine Güte, war es so lange her, dass ich Mama besucht hatte? Ich schob das aufkeimende schlechte Gewissen beiseite. Sie hätte genauso gut zu mir kommen können. Sie wusste, wo ich wohnte. Warum müssen Kinder sich immer schuldig fühlen, wenn sie ihre Eltern lange nicht gesehen haben? Immerhin konnte sie sich ihre Zeit freier einteilen als ich.

In dem Augenblick öffnete meine Mutter die Haustür. Sie sah bestechend gesund aus. Richtig gut, wenn man bedachte, dass sie schon Ende 70 war. Eine für ihre Generation sehr große Frau. Fast einen Kopf größer als ich und von kräftiger Statur. Nicht dick. Irgendwie sah sie immer durchtrainiert aus, dabei hatte sie nie Sport getrieben. Sie ging nur spazieren, hegte ihren Minigarten und machte ein paar Yogaübungen.

Sie kam mit ausgebreiteten Armen auf mich zu. Ich wehrte ihre Umarmung mit einer fahrigen Bewegung ab. Ich war nicht bereit, ihr auf Knopfdruck einen unkomplizierten Tochter-Besuch zu bieten. Außerdem hatte ich das Gefühl zu kochen und durch die kleinste Berührung zu explodieren.

»Komm, kühl dich erst einmal ab«, sagte sie herzlich und verschwand in ihrer Laube. Ich folgte ihr. Drinnen nahm mir die schummrige Beleuchtung für einen Augenblick die Sicht. Der verwachsene, alte Zwetschgenbaum vor dem Fenster sperrte das Sonnenlicht aus. Durch sein Blätterdach fielen nur ein paar tanzende Strahlen.

»Nun komm«, rief Mama aus der Waschecke. Sie pumpte bereits mit kräftigen Schwüngen frisches Wasser in einen großen Metalleimer.

»Halt deine Arme ganz tief rein«, forderte sie mich auf und trat zur Seite. Am liebsten wäre ich bockig stehen geblieben, aber ich schwitzte so sehr, dass ich wortlos ihren Anweisungen folgte. Es war eine Wohltat. Das herrlich kalte Wasser sorgte innerhalb kürzester Zeit dafür, dass keine Lava mehr durch meine Adern zirkulierte.

»Schön, dass du gekommen bist«, sagte Mama und reichte mir ein Handtuch. Ich verkniff mir eine zynische Antwort.

Sie hatte auf der kleinen Veranda eingedeckt und einen saftigen Zwetschgenkuchen gebacken. Dabei wusste sie genau, dass ich schon lange keine Weißmehlprodukte und schon gar keinen Zucker mehr aß.

Sie hatte Zitronen in Scheiben geschnitten, mit Gewürznelken gespickt und auf einer blassgelben Tischdecke verteilt. Mamas Geheimwaffe gegen Wespen und am Abend auch gegen Mücken.

Ich setzte mich steif auf einen Korbstuhl, als würde ich hier fremd sein. Mit dieser Laube verbanden mich nur wenig Erinnerungen, und die lagen lange zurück. Meine Mutter hatte sich erst entschieden, die meiste Zeit hier draußen zu leben, als ich fast erwachsen war.

Ihre graublauen Augen musterten mich liebevoll. Der mütterlich umarmende Blick reizte mich erneut.

»Mama, für diese – sogenannte Einladung musst du einen guten Grund parat haben. Mittwochnachmittags erledige ich den Wocheneinkauf und danach gehe ich in den Stall. Da will ich heute auch noch hin. Also, was ist passiert?«

Mama platzierte großzügig geschnittene Kuchenstücke auf Teller und machte den Eindruck, als müsste sie angestrengt überlegen, warum sie mich herzitiert hatte.

»Ich esse keinen Kuchen«, sagte ich und schob den Teller mit einer ungeduldigen Bewegung von mir weg.

»Das war früher dein Lieblingskuchen.«

»Früher. Früher hatte ich auch keine Ahnung, wie viel Schlacke das in meinen Gefäßen hinterlässt.«

Ihr Blick verwandelte sich in ein ganzes Meer aus Mitgefühl. Diese offensichtliche Empathie hatte mich schon immer auf die Palme gebracht.

»Mama, du wolltest mir etwas Wichtiges erzählen. Sozusagen deine Hinterlassenschaft regeln.«

Sie nickte beschämt. »Michelle, das ist schwer zu erklären. Sehr schwer. Ich habe einen großen Fehler gemacht. Und ich kann ihn nicht wieder rückgängig machen.«

Ich sah sie scharf an. Sie sah klar aus. Aber das konnte durchaus täuschen.

»Mama, es gibt keine Fehler, die man nicht wieder ausbügeln kann«, erwiderte ich mit praxistrainierter sanfter Stimme. »Sag mir, was passiert ist. Schon vergessen, dein Schwiegersohn ist Jurist.«

Sie lächelte schwach. »Ach, Hans kann in diesem Fall auch nicht helfen.«

»Hast du irgendwas gekauft, ich meine so was wie Aktien? Sind sie wertlos geworden? Brauchst du Geld?«

Meine Mutter schüttelte traurig den Kopf.

»Ach Kind, das ist das Einzige, was dir dazu einfällt. Es gibt andere, wesentlich schwerwiegendere Dinge, als Geld zu verlieren.«

Sie spießte ein Stückchen Kuchen auf ihre Gabel und ummäntelte es konzentriert mit Schlagsahne.

»Vielen Dank für die Belehrung. Ist mir klar, dass du finanzielle Sicherheit nicht anerkennst. Meinen beruflichen Erfolg sowieso nicht. Brauchst du auch nicht. Ich bin kein kleines Kind mehr, das gelobt werden muss. Aber du solltest auf tierische Fette und Zucker verzichten. Wann hast du bei dir das letzte Mal das Cholesterin im Blut bestimmen lassen?«

Meine Mutter schob sich ungerührt das Kuchen-Sahne-Gemisch in den Mund. Ich spürte, wie immer mehr Wut Besitz von mir ergriff.

»Also, Mama, sag mir jetzt, was das für ein furchtbarer Fehler ist. Für Rätselraten habe ich keine Zeit. Ich bin noch nicht im Rentenalter.«

Sie sah mich eindringlich an.

»Glaubst du, die Zeit kann man auf einem Konto ansparen, und sie wartet auf dich, bis du alt bist?«

Ich trank einen Schluck schwarzen Kaffee. Das hätte ich mir denken können. Ich hatte ihr das Stichwort für ihr Lieblingsthema gegeben.

»Ja, das denke ich«, antwortete ich aufsässig. »Mehr Zeit, als ich bewältigen kann.«

Meine Mutter schüttelte sorgenvoll den Kopf.

»Du solltest dich wirklich ein wenig besser vorbereiten, ich meine auf das Altwerden.«

»Das tue ich. Ich halte Diät und laufe jeden Tag am Crosstrainer, reite regelmäßig und benutze eine effektive Kosmetikserie. Und wenn es dich beruhigt, meinen Geist trainiere ich ebenfalls.«

»Du bist eine ausgesprochen attraktive Frau, keine Frage.«

»Danke, und das gedenke ich auch zu bleiben.«

»Eine gute Einstellung. Unser Körper trägt uns durch dieses Leben. Aber er altert, ob wir das nun wahrhaben wollen oder nicht. Um das zu begreifen, braucht man Muße. Sonst erschreckt man sich und ist plötzlich alt.«

»Oh nein, nicht diese Leier. Was schlägst du denn vor? Jeden Tag mehrmals zu meditieren: Michelle, merke auf! Du bist wieder einen Tag älter geworden. Bald ist es so weit. Ich bin jetzt gerade 41 und werde das dann schon merken.«

»Wie willst du etwas merken, wenn du nur im Hamsterrad läufst? Selbst Hamster liegen zwischendurch faul in ihrem Nest, und sie erhalten sich ihre Neugierde für ihre Umgebung. Nimmst du dir Zeit, um faul zu sein? Wirklich nichts zu tun? Nur mit dir zusammen zu sein oder mit deinen Kindern und Hans?«

»Ich bin erwachsen und brauche deine Psycho-Tipps nicht mehr. Es reicht. Du hast deine Idee vom Leben – ich meine!«

Aber mittlerweile war ich so aufgebracht, dass ich mich aus der Reserve locken ließ und meine Lebensumstände mehr oder weniger verteidigte.

»Falls es dich beruhigt: Mira reitet und geht mehrmals in der Woche zum Ballett. Leidenschaftlich gern. Lasse hat den grünen Gürtel in Aikido und ist sehr aktiv in seiner Schach-AG. Sie sind beide ständig unterwegs und hochzufrieden. Sie würden sich bedanken, wenn ich sie zu netten Familienmeditationen unter dem Kirschbaum zwingen würde. Hans arbeitet ebenfalls viel und gern, und abends entspannt er sich vor dem Fernseher.«

Mama sah mich ruhig an. Sie sagte kein Wort, aber sie hatte diesen wissenden Blick. »Okay, gewonnen«, sagte ich. »Das finde ich unattraktiv, aber ich bin nicht sein Kindermädchen.«

»Vielleicht solltest du ihn nicht so viel allein lassen.«

»Soll ich auch zu Hause hocken bleiben, nur weil Hans keine Interessen neben der Arbeit hat? Ihm vielleicht die Erdnüsse reichen oder das Bier? In welchem Jahrhundert leben wir denn!«

»Nun reg dich nicht so auf.«

»Doch, ich rege mich auf. Total. Sag nicht immer, ich soll mich nicht aufregen! Vom ständigen Relativieren wird es auch nicht besser.«

»Von wütenden Gedanken schon gar nicht. Die vernebeln das Hirn.«

Ich stieß laut die Luft aus und zwang mich ein

letztes Mal auf eine sachliche Ebene. Ich würde gleich gehen und ich würde mich nicht auf unser übliches neurotisches Scharmützel einlassen.

»Beenden wir hier unsere Diskussion. Sie führt zu keinem Ergebnis. Hat sie noch nie. Ich weiß, ich kann nicht nachholen, was ich versäumt habe. Amen. Zufrieden?«

»Und warum lebst du dann nicht dementsprechend? Du lebst, als könntest du dir selbst davonrennen.«

»Oh Mama, die Zeit rennt mir gerade davon, weil du mir deine Weisheiten aufhalst. Ich mag es schnell. Mein Leben ist okay.«

Ich war aufgestanden.

»Michelle, wir wollen nicht streiten. Dass alles okay in deinem Leben ist, das ...«, sie zögerte, »das versuchst du mir weiszumachen, seit Lena ...«

»Stopp! Nicht das auch noch!« Ich konnte mich nicht mehr beherrschen und brüllte sie an. »Hör auf, mir zu erzählen, was ich fühle! Wie willst du das wissen? Du siehst einfach nicht ein, dass ich anders bin als du. Wenn etwas zu Ende ist, dann ist es für mich zu Ende. Du bist es, die hier etwas schönredet. Du trauerst immer noch und tust so, als wäre die Welt für dich in Ordnung. Du hast deine Lieblingstochter verloren und versuchst mir vorzumachen, dass es nicht so ist. Diese Heuchelei ist das Schlimmste, und sie ist feige.«

Mama sah plötzlich sehr müde aus.

»Das Treffen heute ist zu wichtig, um zu streiten. Wir werden uns eine Zeit lang nicht sehen können. Ich kann dir nicht erzählen, weshalb. Du würdest es mir sowieso nicht glauben. Bitte setz dich noch einen Augenblick.«

Ich blieb stehen.

»Das ist auch wieder so eine Nettigkeit. Wie willst du einschätzen können, was ich verstehe und was nicht?«

»Weil du immer alles logisch erklärt haben musst.«

»Das hört sich schwer nach Lilly an. Hat sie dir einen Floh ins Ohr gesetzt?«

Zu meiner Verwunderung errötete Mama.

»Ja, Lilly hat etwas damit zu tun, aber anders, als du denkst.«

Sie rutschte auf ihrem Stuhl hin und her. Sie war eindeutig nervös. Unruhe war mir bei ihr sonst nie aufgefallen.

»Ich habe Lilly um einen Gefallen gebeten. Sie hat für mich einen – einen Zauber ausgesprochen.«

»Einen Zauber«, wiederholte ich dumpf. Ich war von meiner Mutter einiges gewohnt, aber das schoss den Vogel ab.

»Ach Michelle, ich habe es geahnt. Aber jetzt musst du mir richtig zuhören. Bitte.«

Ich zwang mich, sie weiterhin anzusehen.

»Michelle, dieser Zauber kann nicht dich verändern, nicht dein Inneres. Sperr dich nicht zu sehr gegen die Veränderung und vor allem, hab‹ keine Angst! Nimm es als eine Chance für dich an! Schau dich um! Hörst du? Schau dich gut um und lass dir Zeit dabei. Und hab‹ vor allem keine Angst, mein Mädchen. Vergiss das nicht.«

In meinem Kopf rauschte es. Ich musste hier erst einmal raus. Ich hatte das unwirkliche Gefühl, mitten in einem Patientengespräch gelandet zu sein. Aber hier saß keine Patientin, sondern meine Mutter. Ich griff nach meiner Tasche.

»Michelle, du läufst schon wieder weg.«

»Nein, ich komme wieder. Schon morgen.«

Mama antwortete nicht. Sie zog mich gegen meinen Willen fest in ihre Arme. Sie war noch immer stärker als ich.

Interview: weiblich, 30 Jahre

Zum Wort ›alt‹ fällt mir Demenz, Rente, Gebrechlichkeit, Gelassenheit, freie Zeit, die Kinder sind groß und aus dem Haus, Reisen und weniger Probleme ein.

An alten Menschen mag ich nicht, wenn sie die jungen grundlos anmeckern, alles besser wissen und untolerant sind. Ihre ätzende Ungeduld an der Supermarktkasse stört mich sehr. Als müssten sie gleich zum Schichtdienst. Das ist einfach raumeinnehmend. Manchmal habe ich das Gefühl, ein ganzes Heer aus Rollator-Fahrern ist unterwegs und lässt keinen Platz mehr für andere.

Mir imponiert an alten Menschen, wenn sie Lebenserfahrung haben, die sie aber nicht jedem aufs Auge drücken wollen. Eben wirklich weise sind. Die Dinge in einem anderen Licht betrachten und das auch so ausstrahlen.

Wenn ich ganz plötzlich mein Heim verlassen müsste, würde ich mein Handy mitnehmen.

Ich sehe mich als 86-Jährige mit weißem, langem Haar. Das ist schön eingeflochten. Ich sitze in einem Strandkorb und lese ein Buch. Neben mir liegt mein Hund. Ich trinke einen Milchkaffee und habe alle Zeit der Welt.

Kapitel 3

»Sie hat einen Zauber ausgesprochen«, klang es in mir nach. Die Kieselsteine knirschten unter meinen energischen Schritten. Und mit welcher Ernsthaftigkeit Mama mich vor diesem Zauber warnen wollte. Sie hatte schon immer viel Fantasie und an Dinge zwischen Himmel und Erde geglaubt, die schwer nachzuvollziehen waren. Und sie hatte uns damit genervt. Nicht uns, korrigierte ich mich widerstrebend. Lena hatte ihre Geschichten geliebt. *Lena.*

Ich warf meinen Kopf in den Nacken. Lena war tot. Jetzt ging es um Mama. Sie hatte sich geistig verirrt und brauchte eindeutig meine Hilfe.

Ich nahm mir vor, am nächsten Tag einen Termin bei Björn für sie zu machen. Ein hervorragender Internist. Vielleicht hatte sie nur einen Altersdiabetes entwickelt. Das wäre mir von allen Möglichkeiten die angenehmste Erklärung gewesen. Gegen Diabetes gibt es Medikamente und Diätberater. Und ich musste auf jeden Fall einen Kernspin machen lassen, um einen hirnorganischen Prozess auszuschließen. Dann würde ich weitersehen.

Als ich am Parkplatz ankam, schwitzte ich schon wieder aus allen Poren. Zum Glück wehte mittlerweile ein leichtes Lüftchen und kühlte den klebri-

gen Film auf meinem Körper. Ich klickte die Auto-
türen auf und wollte sie schon öffnen, als ich den
Zettel unter dem Scheibenwischer entdeckte. Ich
zerrte ihn heraus und las: *Parken müsste man können! Vielen Dank!* ☹☹

Der Wagen rechts war weg. Na also. Warum noch
diesen blöden Schmierzettel kritzeln? Ich knüllte
das Papier zusammen und pfefferte es auf den leeren
Platz. Wichtigtuer! Ich drehte mich um und blickte
direkt auf den Campingplatz. Lilly. Dem Mittwochnachmittag war sowieso jede Struktur genommen,
und ich war gerade in der richtigen Stimmung, um
mir Lilly vorzuknöpfen. Ich verriegelte die Türen
wieder und marschierte los.

Lilly war Mamas beste Freundin. Die beiden hatten sich als junge Frauen an der Uni kennengelernt.
Lilly hatte Latein und Altgriechisch studiert. Mama
Englisch und Deutsch. Getroffen hatten sie sich in
einer Philosophievorlesung.

Mama hat ihr Studium nie beendet. Sie hatte
meinen Vater kennengelernt. Er war Kapitän auf
einem Ozeanriesen. Mama hat für ihn alles über
den Haufen geworfen und aufgegeben. Nur Lilly
nicht. Wenn Mama mit meinem Vater auf See war,
haben sie und Lilly sich lange Briefe geschrieben,
und wenn sie wieder an Land waren, sofort getroffen. Dieses Seefrauenleben hatte Mama erst nach
meiner Geburt aufgegeben. Aufgeben müssen. Ich
war nicht seetauglich. Ich habe Berichten zufolge

auf dem schwankenden Untergrund meine Nahrung ständig erbrochen. Zu dem Zeitpunkt war Mama schon 36 Jahre alt. Ich habe nie nachgefragt, ob sie sich ein Baby gewünscht hatten, oder ob ich nur ein Unfall war. Denn irgendwie passte gar kein Kind in das langjährig eingespielte Seefahrtsleben meiner Eltern.

Wenn mein Vater zu Hause war, hat er mit mir gespielt und gelacht. Er war ein fröhlicher Mensch. Er ist mit mir viel spazieren gegangen. Diese wunderbaren Wanderungen endeten immer am Ufer des Sees. Wir saßen auf einer Bank und aßen unser Picknickbrot. Wir beobachteten die eleganten Schwäne oder die vorüberziehenden Wolken. Und wir redeten nicht. Am Wasser war mein Vater immer still und hing seinen Gedanken nach. Manchmal versuchte er, mich auf ein Ruderboot zu locken, was ihm auch gelang. Ich wäre mit ihm überall hingegangen. Aber kaum waren wir auf dem Wasser, da musste ich mich übergeben und beruhigte mich erst wieder, wenn ich festen Boden unter den Füßen spürte. Mein Vater hat es sich nie anmerken lassen, obwohl es eine herbe Enttäuschung für ihn gewesen sein muss. Ich habe ihn geliebt, und wenn er wieder mit dem Schiff unterwegs war, auf ihn gewartet. Genau wie Mama.

Lilly wurde Lateinlehrerin am Gymnasium und blieb Junggesellin. Sie besuchte uns mittwochs am späten Nachmittag. Jeden Mittwoch. Auch wenn mein Vater zu Hause war. Sie brachte frisches Thüringer Mett und Schwarzbrot mit, und Mama hackte Zwiebeln. Dazu tranken sie ein dunkles Bier. Sie saßen in unserer Küche und hatten Kerzen an. Sie schickten mich nie weg. Aber ich fühlte mich bei ihnen nicht wohl. Lilly schien die ganze Küche auszufüllen. Das lag nicht nur an ihrer Körperfülle, die beachtlich war. Ihre Ausmaße hatten mich als Kind gleichermaßen abgestoßen wie fasziniert. Die dicke Lilly trug bunte afrikanische Kaftane. Manchmal verfing sich mein Blick in den wilden Mustern, und ich bildete mir ein, in ihnen Gesichter zu erkennen. Böse, grinsende. Nachts tauchten sie in meinen Träumen auf. Zusammen mit Lilly. Sie liefen mit ihr als Anführerin laut lachend hinter mir her und wollten mich fangen.

Wenn ich am Küchentisch saß und Lilly mich besonders freundlich ansah, wusste ich, sie hat meine Träume gekannt. Das machte mir Angst. Deshalb ließ ich die beiden allein und ging lieber auf mein Zimmer.

Lilly war auch an Mamas Seite, als mein Vater von einer seiner Fahrten nicht zurückkam. Er starb keinen Seemannstod, sondern ein schnöder Herzinfarkt brachte ihn zu Fall. Da war ich gerade acht Jahre alt. Später hat sie Mama getröstet, als Lena gestorben ist. Sie war Mama immer näher als ich. Und jetzt – jetzt plusterte sie sich sogar als Hexe auf.

Die kleine Rezeption des Campingplatzes war nicht besetzt. Ich ging zielstrebig an dem Klinkerbau vorbei, in dem sich das Waschhaus und die Toiletten befanden. Dahinter teilten sich die Wege. Der rechte führte durch eine schnurgerade, blumengeschmückte und umzäunte Wohnwagenreihe. Der linke auf eine Wiese. Die war mit kleinen Nummernschildern auf Pflöcken in Parzellen unterteilt. Ich wählte den rechten, denn Lilly gehörte zu den Dauercampern. Das Wohnwagenidyll ähnelte in diesem Viertel des Campingplatzes der benachbarten Laubenkolonie. Sie wirkte nur belebter. Über allem schwebte eine Wolke aus Grillkohle und dem Duft von gebratenen Würstchen. Verschiedene Radiosender quäkten. Kinder lachten. Ich schaute nicht zur Seite, obwohl ich neugierige Blicke spürte. Ich trug meine Reitklamotten und war eindeutig als Nicht-Camperin zu erkennen.

Ich erkannte ihn sofort. Der Wagen hatte sogar einen kleinen Schornstein. Ihr Grundstück war nur von ein paar wahllos platzierten Steinen begrenzt. In dem kleinen Vorgarten leuchtete die bunte Vielfalt einer blühenden Wiese. Sie sah schön aus. Als ich näher kam, konnte ich auf dem dunkelrot gestrichenen Wagen ein schwarzes Muster erkennen. Eigenartige Flechten, Spiralen und Labyrinthe, die mich für einen Augenblick in ihren Bann zogen und an die Kaftane von damals erinnerten. Ich löste mich aus den alten Bildern und erkannte, dass es die Muster keltischer Knoten sein mussten. Ich kräuselte spöttisch die Lippen. Das passte zu Lilly.

Über der schmalen Eingangstür hatte sie eine Schiffsglocke angebracht. Ihr Anblick gab mir einen Stich. Wahrscheinlich hatte sie die von Mama. Ich klopfte energisch an die Tür. Nichts. Noch einmal. Wieder nichts. Ich griff zögernd nach dem Schlegel und läutete die Glocke.

»Lilly ist nicht zu Hause!« Die Frauenstimme kam wie aus dem Nichts und jagte meinen Pulsschlag in die Höhe. Ich drehte mich um und entdeckte hinter der Nachbarhecke einen Frauenkopf. Ich nickte ihr flüchtig dankend zu und blieb unschlüssig stehen. Neben der Tür war ein Holzkästchen angebracht. Ich hob den Deckel und entdeckte Kärtchen und Schreibstift. Ungeduldig fischte ich eine Karte heraus und schrieb: »Ruf mich bitte an! Dringend! Michelle.«

Bevor ich das Kärtchen unter die Türritze schob, las ich den Text auf der anderen Seite: *Sind die Irren die falsch Verstandenen?*

Klar, Lilly! Die sind auf jeden Fall die falsch Verstandenen. Du musst das ja wissen. Dann schob ich die Karte durch und ging zurück zum Wagen.

Ich fühlte mich plötzlich völlig erschöpft. Das lag sicher auch an der Wetterlage. Es würde ein Gewitter geben. Wahrscheinlich war es das Klügste, nicht mehr in den Stall zu gehen. Saphira würde mit Sicherheit schlecht gelaunt sein, und der Ausritt mit ihr kein Genuss. Ich würde Kathrin simsen, dass sie Saphira longieren soll. Auf Kathrin war Verlass.

Ich ließ die Klimaanlage laufen und trank gierig eine Flasche Wasser leer. Wahrscheinlich machte ich mir zu viele Gedanken, versuchte ich mich zu beschwichtigen. Vielleicht, aber Mama hatte mich noch nie zu einem Besuch gezwungen. Ihr Verhalten war fremd, und ich kannte sie nicht so nervös, ja sogar ängstlich. Das passte nicht zu ihr. Keine Frage, das konnte ich nicht auf die lange Bank schieben. Ich musste etwas unternehmen. Erst den Check, und dann würde ich mich nach einer seniorengerechten Umgebung für sie umschauen. Die Laubenkolonie mit Plumpsklo und Wasserpumpe war es jedenfalls nicht. Und Mama hatte genug Geld auf der Kante, um bequemer zu wohnen.

Ich startete den Wagen und fuhr los. 18.10 Uhr. Den Fußpflegetermin bei Hannah würde ich schaffen. Dabei könnte ich in Ruhe die liegen gebliebenen Briefe diktieren. Hannah war das gewohnt und zwang mir nie ein Gespräch auf, was ich sehr zu schätzen wusste.

Die Ampel schaltete auf Rot. Weit und breit kein Auto in Sicht. Solche unnötigen Pausen ärgerten mich. Sie waren regelrechte Zeiträuber. Ich lehnte mich zurück. Mein Nacken begann sich schmerzhaft zu verspannen. Auch dagegen half meistens die Fußpflege. Hannah war eine Künstlerin. Sie würde noch eine spezielle Massage dranhängen. Rot – gelb.

Ich legte den Gang ein. Da wurde die Beifahrertür aufgerissen, und bevor ich richtig begriff, was los war, saß ein Mann neben mir und hielt die Mündung einer Pistole auf mich gerichtet.

»Weiterfahren! Und keine Mätzchen!«

Interview: männlich, 20 Jahre

Zu dem Wort ›alt‹ fällt mir gebrechlich, schwach, zufrieden, Schaukelstuhl, Kamin, Decke, Enkelkinder, Falten, keine Haare und Lebensabend ein.

Ich mag an alten Menschen nicht, wenn sie spießig und selbstgerecht sind. Von wegen: Ich bin alt und deshalb weiß ich alles besser! Ständiges Genörgel und Gemecker, und wenn sie immer wieder die gleiche Geschichte erzählen.

Mir imponiert an alten Menschen, wenn sie so einen coolen Blick haben, der Zufriedenheit ausstrahlt, eine gewisse Weisheit und dem Einverstandensein, bald sterben zu müssen.

Wenn ich ganz plötzlich mein Heim verlassen müsste, würde ich Gitarren mitnehmen. So viele ich tragen kann.

Mit über 80 sehe ich mich im Sarg.

Oder als weiser, alter Mann im Schaukelstuhl, der lächelt wie der Dalai Lama.

Kapitel 4

Ich weiß noch, wie mir völlig unsinnige Dinge durch den Kopf geschossen sind. »Den Fußpflegetermin kannst du jetzt auch knicken. Die Briefe musst du morgen beim Frühstückvorbereiten diktieren. Du hast vergessen, die Sojajoghurts für Mira einzukaufen. Das ist dir noch nie passiert.«

Während ich das dachte, starrte ich angespannt auf die Straße und fuhr einfach weiter.

»Du hast hoffentlich dein Täschchen mit Portemonnaie und Chipkarte dabei?«

Ich zuckte zusammen. Ich hatte für einen winzigen Augenblick seine Gegenwart verdrängen können. Portemonnaie. Chipkarte. Er will Geld. Ein Ansatz von Erleichterung machte mir das Atmen wieder leichter.

»Habe ich«, krächzte ich mühsam.

»Braves Mädchen. Wo?«

»Neben mir.«

Ich griff mit der linken Hand routiniert ins Seitenfach der Tür, aber er brüllte sofort los: »Finger weg! Das mache ich!«

Ich gehorchte und krallte mich mit beiden Händen am Lenkrad fest. Dabei spürte ich, wie er näher rückte. Er roch nach Nikotin und einem penetranten Weichspüler.

Sein rechter Arm fuhr um mich herum. Mit dem Linken stieß er mir etwas Metallenes in die Rippen. Dabei hing sein Kopf über meinem Busen. Ich war gezwungen, sein Haar zu riechen. Er musste es länger nicht gewaschen haben. Ich brauchte alle Selbstbeherrschung, um stillzuhalten und weiterzufahren. Warum dauerte das so entsetzlich lange? Worauf wartete er? Sollte er die Tasche und das Geld doch nehmen und sich damit auf und davon machen.

Er hob seinen Kopf, aber sein Arm umspannte mich weiterhin. Ich spürte seinen Blick und sah starr geradeaus.

Dann bewegte er seinen Arm. Er fuhr mit der Hand über meine Brüste. In einer ekelerregenden Langsamkeit, regelrecht andächtig streichelte er mir über den Unterleib und verweilte auf dem rechten Oberschenkel. Dabei gab er eine Art Grunzgeräusch von sich und stierte mich wieder an. Sein Atem streifte mein Gesicht.

»Was hast du da für heiße Klamotten an? Hast du auch die passenden Stiefel dabei? Vielleicht sollten wir nach dem Geldabheben noch einen kleinen Umweg machen. Du wolltest doch zum Reiten, Schätzchen?«

Endlich ließ er mich los. Was hieß nach dem Geldabheben? Ich würde ihm meine Geheimnummer geben. Kein Problem. Er sollte sich das Geld holen. Bitte sehr. Nur endlich verschwinden. Mich nicht mehr anstarren oder anfassen. Das wollte ich ihm sagen. Aber die Vorstellung, dass dieser schmierige Typ mehr von mir wollte als Geld, ließ mich keinen Ton hervorbringen. Ich hatte nur Angst. Eine scheiß Angst. Wie oft hatte ich mir vorgestellt, wie ich mich verhalte, wenn mir eine Vergewaltigung droht. Ich hatte sogar mit Mira ein dementsprechendes Seminar besucht. Fazit: Man sollte keine Angst zeigen. Angst gibt dem Angreifer Macht. Sie geilt ihn womöglich auf. Aber wie schafft man es, keine Angst zu zeigen, wenn man von diesem kleinmachenden Gefühl halb tot ist?

»Erst das Geschäft«, hörte ich wieder seine Stimme. Ganz selbstsicher. Völlig überzeugt, als wäre zwischen uns eine Vereinbarung getroffen. Als hätte ich keine Einwände hinterher mit ihm im Auto … Mir wurde schwindlig.

»Nächste rechts abbiegen«, kommandierte er.

Ich setzte den Blinker, drehte mechanisch meinen Kopf und schaute rechts über meine Schulter. Da sah ich ihn zum ersten Mal an. Ich konnte einen entsetzten Aufschrei nicht unterdrücken. Der Mann war unbeschreiblich hässlich. Nein, erst verzögert begriff ich, das war nicht sein Gesicht. Er trug eine Maske. Seine Augen hielten durch enge Schlitze meinem Blick höhnisch blitzend stand. Bevor ich wegschauen konnte, streckte er mir durch die Öffnung des breit grinsenden Gummimundes die Zunge heraus und ließ sie obszön kreisen.

Mein Gesicht brannte, als hätte er mich damit

berührt. Verzweifelt starrte ich wieder auf die Straße. Sie schien nur noch aus roten, flirrenden Pünktchen zu bestehen. Dann wurde mir schwarz vor Augen. In dem Augenblick begann sich etwas zu verändern. Die Angst lockerte ihre Umklammerung. Ein Hauch meiner alten Courage kehrte zurück. Sie rüttelte mich auf: Jetzt bloß nicht ohnmächtig werden. Reiß dich zusammen! Sonst hast du gar keine Chance mehr. Und der Kerl kann mit dir machen, was er will.

Der Wagen kam ins Schleudern. Die Reifen quietschten. Seine Hand griff in das Lenkrad. Die schwarze Farbe verschwand. Ich konnte wieder sehen.

Entschlossen wischte ich seine Hand beiseite. Er ließ es ohne Gegenwehr geschehen. Ich weiß noch, wie mich das verwundert hat. Auch, dass keine Aggression von seiner Seite mehr zu spüren war, sondern Angst. Ich gab mir einen Ruck und sah noch einmal zur Seite.

Er war in die äußerste Ecke gerückt und starrte mich aus seinen Augenschlitzen an.

»Fuck!«, keuchte er. »Fuck! Was bist du für eine?«

Dabei hörte er sich an wie ein heulendes Kind.

»Halt an. Sofort.« Das war kein Befehl, das war ein winselndes Betteln.

Ich gehorchte, ohne eine Frage zu stellen. Ich würde ihn gleich los sein. Nur das zählte.

Er öffnete mit zitternden Händen die Beifahrertür. Ohne mich dabei aus den Augen zu lassen, schlängelte er sich wie ein Aal aus dem Wagen, rappelte sich draußen hoch und hastete stolpernd davon.

Ich sah ihm nicht hinterher. Ich fuhr auch nicht weiter. Ich saß nur da. Keine Ahnung, wie lange. Irgendwann drang das Hupen eines vorbeifahrenden Autos in mein Bewusstsein. Der Fahrer schüttelte fassungslos den Kopf, als er an mir vorbeifuhr. Ich realisierte, dass ich auf einer schmalen Straße stand und in zweiter Reihe parkte. Ich konnte die Empörung des Mannes verstehen. Hastig startete ich den Motor und legte einen Gang ein. Mein Fuß zitterte und war merkwürdig kraftlos. Ich ließ die Kupplung viel zu schnell hochkommen. Abgewürgt. Noch einmal. Ich versuchte, mich zu beruhigen. Meine Güte. Autofahren war doch Routine, selbst wenn man unter Stress stand. Endlich bekam ich den Wagen in Gang. Aber ich fuhr wie eine blutige Anfängerin mit dem sogenannten Känguru-Benzin. Ich hoppelte dahin, immer kurz vorm Abwürgen des Motors. Ein entgegenkommender Autofahrer flüchtete vor mir regelrecht in eine Parklücke. Auch er schüttelte verständnislos den Kopf. Diesmal machte es mich ärgerlich. Meine Herren. Ja, ich fahre gerade wie ein Henker. Aber ein bisschen Toleranz wäre angebracht. Ich bin gerade um ein Haar vergewaltigt worden. Die

Vorstellung ließ mir im Nachhinein den Schweiß ausbrechen.

Du bist unter Schock, diagnostizierte ich. Sofort anhalten und Hans anrufen, damit er dich abholt. Wo war ich hier überhaupt? Der Ganove hatte mich in ein Viertel gelotst, in dem ich mich nicht auskannte.

Die Straße endete. Wieder eine Kreuzung. Hier konnte ich auf gar keinen Fall stehen bleiben. Ohne Plan bog ich nach links ab. Ich versuchte, den Straßennamen zu erkennen. Die Buchstaben waren unglaublich klein. Ich kniff die Augen zusammen, aber den Namen konnte ich dennoch nicht entziffern. Dafür sichtete ich einen Hinweis auf eine Polizeidienststelle. Für einen kurzen Augenblick zögerte ich. Einfach Hans anrufen, mich nach Hause fahren lassen und alles vergessen. Ich verwarf den verlockenden Gedanken. Nein, so denken zu viele. Ich durfte mich nicht drücken. Der Überfall musste auf jeden Fall zur Anzeige gebracht werden. Der Kerl war schwer verhaltensauffällig. Wahrscheinlich eine Psychose unter Kokstrip. Eine tickende Zeitbombe und hochgefährlich. Die nächste Frau würde vielleicht nicht so glimpflich davonkommen.

Zum Glück waren gleich zwei Parklücken frei. Ich war noch immer nicht in der Lage, so zu fahren, wie ich es von mir gewohnt war.

Ich schnappte meine Handtasche und stieg aus. Dabei hatte ich das Gefühl, meine Glieder wären versteift. Kein Wunder, die Panik saß mir noch in den Knochen. Ich straffte mich und stieg die Stufen zur Polizeiwache hoch.

Ein junger Beamter mit Nickelbrille saß hinter einem Schreibtisch. Als ich hereinkam, sah er hoch. Sein Blick fuhr mit unverschämter Ungeniertheit über meinen Körper. Ich spürte, wie ich wütend wurde.

Interview: weiblich, 53 Jahre

Bei dem Wort ›alt‹ denke ich an graue Haare, krank sein, gebrechlich sein. Auch an einen schönen Baum, Mutter, Möbel, Wein und an mich selbst (lacht ein wenig).

Ich mag an alten Menschen nicht, wenn sie starrsinnig sind. Wenn sie keine Träume mehr haben und ihren unerfüllten von damals dauernd hinterhertrauern und dadurch überhaupt nicht mehr sehen, dass auch ihre Gegenwart noch welche für sie parat hält. Dieser Dunst aus Verbitterung stößt mich ab.

Mir imponiert an alten Menschen, wenn sie ihr Alter mit Würde annehmen und noch Interessen haben. Ein Beispiel ist mein Malkurs. Der Altersquerschnitt geht von 40 bis 90, und es sind sowohl Frauen wie auch Männer dabei. Am meisten imponieren mir zwei Schwägerinnen. Sie sind 85 und 90 Jahre alt und unternehmen zusammen sehr viel. Sie schnippeln für große Feiern gemeinsam den Kartoffelsalat und sagen selbst, zu Hause tut ihnen oft jeder Knochen einzeln weh, aber hier in der Gemeinschaft vergessen sie alle Schmerzen. Sie kichern und kokettieren und malen wunderschöne Bilder.

Wenn ich ganz plötzlich mein Heim verlassen müsste, würde ich Bilder und Fotos mitnehmen.

Ich als 86-Jährige? Wenn ich versuche, mir das vorzustellen, habe ich sofort Doppelbilder. Einmal sehe ich eine recht gesunde, gelassene alte Frau, die mir ähnlich sieht. Mit weiten Röcken, in denen sie sich gern bewegt. Sie hat Kontakt zu Menschen und lebt und lacht immer noch gerne.

Dann sehe ich eine alte Frau im Bett liegen, die Hilfe braucht. Sie ist einsam, und durch ihre Verbitterung vergrault sie die letzten Menschen aus ihrer Umgebung.

Kapitel 5

Ich war es gewohnt, aufmerksam betrachtet zu werden, und war mir meiner Attraktivität durchaus bewusst. Ich war schlank. Nicht das heruntergehungerte Modell mit Restbauch, eingefallenen Hinterbacken und unförmigen Stelzen. Sondern alles gut geformt und knackig trainiert. Reiten und Joggen zahlten sich aus. Weizenblondes Haar. Klassisch halblang geschnitten. Hellbraune Augen mit fein geschwungenen Brauen. Die hohen Wangenknochen gaben mir etwas Aristokratisches. Mein Kleidungsstil war ebenfalls von schlichter Eleganz. Ich wirkte unnahbar, so sagte man. Interessierte Männerblicke streiften mich immer nur kurz und wandten sich mit einer gewissen Scheu wieder ab. Ich war eine zum heimlich Angucken, nicht zum Anfassen. Der Status gefiel mir.

Und nun stand ich vor dem Schreibtisch dieses Polizeibeamten und wurde von ihm angestiert, als wäre ich aus dem Zoo entlaufen. Zugegeben, in Reithosen wirkte ich hier sicher ein wenig fehl am Platz. Doch auch oder gerade in diesem Outfit wurde ich bislang mit Respekt behandelt. Aber dieser junge Schnösel ließ seinen Blick ohne Hemmungen von oben bis unten über meinen Körper gleiten. Ich spürte wieder die klebrigen Hände des maskierten Typen, hatte wieder seine Ausdünstungen in der Nase.

»Werden Sie fürs Anstarren bezahlt?«, blaffte ich ihn an.

Der Jüngling schien über keinerlei gesunde Reflexion zu verfügen. Anstatt nun den Blick verlegen zu senken, zog sich über sein Gesicht ein belustigtes Grinsen. Kleines Arschloch, dachte ich, aber ich bemühte mich, meine aufschäumende Wut im Zaum zu halten. Wütende Gedanken vernebeln das Hirn. Dass diese gern vorgebrachte Weisheit meiner Mutter schlicht und ergreifend der Wahrheit entsprach, würde ich ihr gegenüber nie zugeben.

»Ich möchte eine Anzeige machen. Wenn möglich bei einem kompetenten Beamten.«

Sein Grinsen blieb ungebrochen, es verstärkte sich sogar. Aber er stand auf und sagte: »Kleinen Moment, junge Frau. Kollege kommt gleich.«

Er öffnete eine Tür und rief lautstark in das Nebenzimmer.

»Jens-Dieter! Dein Typ wird verlangt!«

Jens-Dieter war ein Polizeibeamter wie aus dem Bilderbuch. Mitte 50. Halbglatze und viel Bauch. Er kam auf mich zu, reichte mir eine warme, feste Hand und sagte mit väterlichem Unterton: »Guten Abend. Dann kommen Sie mal mit in mein Büro.«

Ich folgte ihm. Nicht ohne dem Jungspund einen bösen Blick zuzuwerfen und zu sagen: »Danke, junger Mann.«

Polizist Jens-Dieter hieß mit Nachnamen Fricke. Er bot mir in seinem Büro einen Stuhl an und setzte sich mir gegenüber. Alles sehr bedächtig, als verfüge er über alle Zeit der Welt.

»Sie wollen also eine Anzeige erstatten?«, resümierte er den Sachverhalt.

»Ja«, sagte ich mit neu aufkommender Ungeduld. So langsame Menschen erhöhten schon immer meinen Pulsschlag. Ich nahm mich zusammen und sagte so liebenswürdig wie möglich: »Ich bin wirklich in Eile und wäre Ihnen dankbar, wenn wir die Formalitäten schnell erledigen könnten.«

Er nickte verständnisvoll und öffnete auf seinem Rechner umständlich eine Datei. »Worum handelt es sich?«

»Um einen versuchten Raubüberfall und sexuelle Nötigung mit angedrohter Vergewaltigung.«

Das freundliche Gesicht des Polizisten hob sich, und seine Augen ruhten für einen Augenblick auf meinem. Dann konzentrierte er sich wieder auf den Bildschirm.

Irgendetwas schien er komisch zu finden. Das waren auf dieser Dienststelle anscheinend allesamt ausgesprochene Frohnaturen.

»Ihr Name?«, rückte er endlich mit der ersten Frage heraus.

»Dr. Michelle Meinberg.« Meine Promotion führte ich sonst nie an. Aber hier erschien sie mir angebracht, um mir einen gewissen Respekt zu verschaffen.

»Wo sind Sie überfallen worden?«

»In meinem PKW.«

Wieder traf mich sein rätselhafter Blick.

»Sie waren mit dem Auto unterwegs?«

»Scheint so«, antwortete ich gereizt. Das ganze Theater ging mir mittlerweile gehörig auf die Nerven.

»Hören Sie, nehmen Sie freundlicherweise einfach meine Daten für die Anzeige auf. Ich möchte heute noch nach Hause.«

»Schon gut«, brummelte er. »Immer langsam mit den jungen Pferden. Sie waren also im Auto auf dem Heimweg?«

»Ja, das sagte ich bereits.«

Das alles hier erinnerte mich an eine Krimiszene, in der übertrieben die nordische Langsamkeit dargestellt wird. Dieser Herr Fricke wäre die ideale Besetzung dafür gewesen.

»Als ich an der Ampel halten musste, ist der Kerl eingestiegen und hat mir eine Pistole unter die Nase gehalten«, fügte ich schnell hinzu, um endlich Fahrt in die Protokollaufnahme zu bringen. Anscheinend mit Erfolg. Polizist Fricke sah mich endlich mit angemessener Aufmerksamkeit an.

»Wollte er Ihre Chipkarte für den Geldautomaten?«

»Ja, er wollte Geld abheben und er wollte …«

»Können Sie den Mann beschreiben?«, unterbrach er mich.

»Nicht gut. Er trug eine Gesichtsmaske. Er war drahtig. Mittelgroß. Und er hat sich sehr auffällig verhalten. Meiner Meinung nach eine typische Kokstripentgleisung. Gefährlich. Die Menschen haben haarsträubende Halluzinationen. In der Situation geht ihnen jegliche Empathie verloren, und sie sind zu allem fähig.«

»An welcher Kreuzung war das genau?«

Ich kam ins Strudeln. Mist, welche Kreuzung? Ich hatte mich noch nie bemüht, mir Straßennamen zu merken. Es reichte mir völlig, wenn ich wusste, wie ich von A nach B kam.

»Die zweite Kreuzung vom See aus stadteinwärts.«

Er nickte und hackte mit zwei Fingern hoch konzentriert auf die Tastatur ein.

»Ich hatte meine Mutter in der Laubenkolonie besucht und war in Eile«, fügte ich unnötigerweise hinzu.

Er hörte auf zu tippen und sah mich wieder mit diesem undefinierbaren Lächeln an. Um ehrlich zu sein, ich würde es schlicht als dämlich bezeichnen.

»Ihre Mutter?«, wiederholte er gedehnt, und sein rundes Gesicht nickte dabei unaufhörlich. »Ihr Geburtsdatum ist?«

»Das meiner Mutter?«, fragte ich konsterniert.

»Nein, Ihres.«

»1. Mai 1970.«

»Und Sie sind dann wie alt?«

»Sind wir hier in der Sesamstraße? Rechnen Sie es sich selbst aus.«

»86 Jahre«, antwortete er milde lächelnd.

Ich atmete tief durch.

»Vielen Dank für das Kompliment. Ich kann mir vorstellen, dass ich gerade älter aussehe. Beenden wir hier das Kaspertheater. Dafür habe ich keine Nerven. Ich möchte meinen Mann anrufen. Er wird mich nach Hause fahren.«

Herr Fricke stand auf und schob mir einen Telefonapparat über den Schreibtisch.

»Eine ausgezeichnete Idee. Aber warum wollen Sie Ihren Mann am Abend erschrecken? Haben Sie Kinder?«

»Ja, zwei«, antwortete ich verwirrt.

»Wie wäre es, wenn Sie eines Ihrer Kinder anriefen, anstatt Ihren Mann zu beunruhigen?«

Hatte ich es heute nur mit Psychopathen zu tun? Meine Kinder anrufen? Sollte mich eine Elfjährige oder gar ein Neunjähriger von der Wache holen? Egal. Ich wollte nur weg hier. Ich würde mich auf keine Diskussion mehr einlassen.

Ich tippte unsere Telefonnummer ein. Nach dem vierten Klingelton sprang der Anrufbeantworter an.

»Wir leben im 21. Jahrhundert. Ihr wisst, was ihr nach dem Piepton zu tun habt.«

Das war eindeutig Hans. Gut gelaunt. Was für ein eigenartiger Spruch? Und so distanzlos, als würden wir alle Anrufer duzen. Wann hatte er den Text geändert? So etwas besprechen wir normalerweise. Es ärgerte mich. Ich spürte den aufmerksamen Blick des Beamten auf mich gerichtet und räusperte mich, um auf das Band zu sprechen. Aber ich brachte keinen Ton heraus und legte wortlos wieder auf.

»Ich werde meinen Mann am Handy anrufen«, verkündete ich.

»Gut. Ich bräuchte noch einmal Ihre Personalien. Haben Sie Ihren Ausweis dabei?«

Ich kramte fahrig in meiner Handtasche. Das war ihm ja reichlich früh eingefallen. Ungeduldig reichte ich ihm meinen Personalausweis hinüber. Er tippte die Daten im Schneckentempo ab und gab mir den Ausweis nach einer gefühlten Ewigkeit wieder zurück.

»Soll ich Ihnen ein Taxi rufen?«, fragte er mich mit einem versöhnlichen Unterton in der Stimme. Seine Gebärden hatten wieder etwas Väterliches angenommen.

»Danke, das schaffe ich allein«, lehnte ich eisig ab.

Ich verabschiedete mich flüchtig und verließ die Polizeiwache. Ich würde Hans bitten, denen ordentlich Feuer unter dem Hintern zu machen. Ihr Verhalten konnte man nicht so durchgehen lassen.

Ich setzte mich in meinen Wagen und fischte mein

Handy aus der Tasche der Seitentür. Das Display leuchtete auf. Aber verdammt, warum konnte ich die Schrift nicht erkennen? Der Schock. Ich sollte nicht mehr lange herumtelefonieren und mir lieber gleich ein Taxi rufen. Meinen Wagen konnten wir morgen abholen. Ich hielt das Handy so weit wie möglich von mir weg und tippte mehr auf Verdacht die Nummer zur Taxizentrale.

»Meinberg, ich hätte gern ein Taxi in die …«

Mir brach augenblicklich wieder der Schweiß aus. Wo war ich hier?

»Ich stehe hier vor der Polizeiwache und …«

Ich sah mich verzweifelt nach markanten Gebäuden um. Es war bereits dunkel geworden. *Renate*, leuchtete es in giftgrün über einem Eingang. Anscheinend eine Bar oder eine Kneipe.

»Gegenüber ist eine Bar«, stotterte ich.

»Renate?«, intervenierte die Dame am anderen Ende freundlich.

»Ja«, bestätigte ich.

»Dann sind Sie vor der Wache in der Heinestraße. Wir schicken Ihnen einen Wagen vorbei. Er ist in fünf Minuten bei Ihnen.«

»Danke«, hauchte ich. Es war mir egal, was sie von mir dachte. Ich würde gleich ein Taxi haben und nach Hause fahren. Duschen und ein Glas Rotwein trinken und schlafen.

Zum Wort ›alt‹ fällt mir als Erstes Familienschmuck ein. Uhren, handgeschnitzte Möbelstücke, Bücher und antike Vasen.

Was ich an alten Menschen nicht mag? Das ist schwierig und gleichzeitig leicht zu beantworten. Es gibt nur wenige alte Menschen, die ich sympathisch finde. Deshalb fallen mir fast nur negative Eigenschaften ein. Ich empfinde alte Menschen oft als dreist. Zum Beispiel, wir haben in unserem Betrieb einen Pensionärsclub. Die treffen sich hier im Haus immer in einem Büro. Wenn man ihnen im Treppenhaus begegnet, benehmen sie sich nicht wie Gäste, sondern so, als gehörte ihnen das ganze Haus samt Inventar, und wir wären nur geduldet. Sie nehmen uns gar nicht ernst. Oder im Straßenverkehr. Sie verhalten sich, als hätten sie alle Rechte gepachtet, und es wäre selbstverständlich, dass man hinter ihnen langsamer und vorsichtiger fährt oder um sie einen Bogen macht. Wenn man sich beschwert, schauen sie durch einen hindurch, als wären sie gar nicht mehr von dieser Welt. Aber fahren Auto.

Mir imponiert an alten Menschen, wenn sie nicht auf den Altenbonus setzen, sondern freundlich bleiben und fragen, wenn sie etwas möchten. Einfach so, wie andere Menschen auch. Die treffe ich selten.

Wenn ich plötzlich mein Heim verlassen müsste, würde ich die alte Wanduhr meiner Urgroßeltern mitnehmen. Die haben sie zu ihrer Hochzeit geschenkt bekommen und sie ist schon oft repariert worden. Das war für mich schon als Kind klar. Früher, wenn meine Eltern vom Krieg erzählten und sagten, dass sie bei Bombenangriffen so ein Köfferchen mit Papieren mit in den Keller genommen hätten, da habe ich gedacht: warum Papiere? Sie hätten doch diese wunderschöne Uhr in Sicherheit bringen müssen.

Wenn ich mir vorstelle, 86 Jahre alt zu sein, sehe ich mich auf einer Bank vor einem Haus sitzen. Der Hauseingang geht nach Süden und ist sehr sonnig. Die Straße ist nicht viel befahren, aber es gehen viele Leute vorbei und ich betrachte sie. Voll das Klischee, aber so sehe ich mich.

Kapitel 6

Lohstraße 54. Die Adresse stimmte. Außer diesen eindeutigen Erkennungsdaten erinnerte mich allerdings nur noch die Architektur des Gebäudes an mein Heim. Ich fuhr mir über das Gesicht. Das, was ich sah, konnte niemals wahr sein. Vor wenigen Stunden hatte ich ein weißes, schnörkelloses Haus verlassen. Nun waren seine Wände bis unters Dach mit Wildem Wein bewachsen. Erste Blätter leuchteten im Licht der Straßenlaterne in zarter Herbstverfärbung. Das war unmöglich. Die einzige logische Erklärung: Meine verwirrte Fantasie gaukelte mir ein Trugbild vor. Diese beunruhigenden Halluzinationen vor einem Migräneschub hatten Patienten mir oft lebhaft beschrieben. Ich hatte bereits Kopfweh, und es wäre nach dem Erlebnis im Auto nicht verwunderlich, eine Migräne zu entwickeln. Die gute Nachricht war: Diese präpsychotischen Empfindungen würden sich wieder in Luft auflösen. Irgendwann. Trotz der bestechenden Klarheit meiner Gedankengänge blieb ich unschlüssig auf dem Bürgersteig stehen. Das Haus erschien mir einfach zu fremd.

»Guten Abend, Frau Meinberg!«

Ich fuhr herum. Eine weißhaarige, alte Dame lächelte mich freundlich an. Sie trug ein signalrotes, sommerliches Trachtenkostüm mit passendem Hütchen. Ihr Yorkshire-Terrier riss stürmisch an der Leine. Er wollte mich anscheinend begrüßen. Ich blieb steif stehen und versuchte, meine Lippen in Richtung Lächeln auseinanderzuziehen.

»Ich bewundere Sie wirklich, Frau Meinberg. Kaum zu glauben, wie eisern Sie sind und wie Sie das immer noch schaffen«, plauderte die Fremde vertraulich los und tat, als würden wir uns bestens kennen. Aber ich kannte sie nicht.

»Wie meinen Sie das? Was schaffe ich noch?«, wiederholte ich fahrig, um überhaupt irgendetwas zu sagen.

»Nun ja, jeden Tag in den Stall und aufs Pferd. Und das in Ihrem Alter bei der schwülen Witterungslage. Ich schaffe mit Ach und Krach die Gassi-Runden mit Linus.«

Ich nickte ihr mechanisch zu. *In Ihrem Alter*, dachte ich. Von mir aus. Die Gute befand sich schon auf einer gnädigen Wolke und realisierte den Altersunterschied zwischen uns nicht mehr. Und die Tatsache, dass Menschen aus unserer Straße mich kannten und ich sie nicht, war keine außergewöhnliche Begebenheit für mich. Für gesellige Schwätzchen am Gartenzaun hatte ich keine Zeit. Nur unseren direkten Nachbarn, Herrn Lammer, kannte ich vom Sehen. Außerdem kam jeden Tag ein Schwung neuer Patienten in meine Praxis. Ich konnte mir nicht alle Gesichter merken, während ich in ihrem Leben eine wichtige Funktion erfüllte und ihnen wie eine nahe Bekannte erschien.

Ich wendete mich von der Alten ab und ging auf das fremde und doch so vertraute Haus zu. Ich stieg langsam Stufe für Stufe die Außentreppe hoch. Das fiel mir ungewöhnlich schwer, als hätten die Stufen innerhalb der letzten Stunden an Höhe zugenommen. Mein linkes Knie schmerzte unter jeder Beugung. Wie dumm von mir. Ich hatte es am Vortag auf dem Laufband übertrieben. Aber während des Trainings sah ich mir immer eine aufgenommene Dokumentation an, und die von gestern hatte Überlänge. Das hatte ich erst im Nachhinein bemerkt.

Mit viel zu schnell klopfendem Herzen und zitternder Hand steckte ich den Schlüssel in das Loch. Er passte. Natürlich. Wie hatte ich nur eine Sekunde daran zweifeln können. Ich öffnete die Tür und blieb für einen Augenblick ohne Licht im Hausflur stehen. Erst einmal durchatmen. Irgendwie roch es anders als sonst. Süßlich. Nicht unangenehm. Das schwere Aroma erinnerte mich an etwas. Eine Erinnerung, die mich tief drinnen ruhiger werden ließ.

»Hans!«, rief ich in das Haus. Keine Antwort. »Mira! Lasse!« Niemand antwortete. Nur der Klang meiner eigenen Stimme hallte zurück. Ich tastete nach dem Lichtschalter. Die Helligkeit blendete mich. Ich blieb blinzelnd stehen, bis ich wieder sehen konnte. Was ich sah, konnte ich kaum glauben.

Das Schuhregal war bis auf zwei Paar Damenschuhe, die mir nicht gehörten, und ein Paar Hauslatschen völlig leergeräumt. Normalerweise quoll es von kunterbunt durcheinandergewürfelten Kinderschuhen über. Selbst Elly, unsere wirklich richtig gute Haushaltshilfe, schaffte es nur für einen kurzen Zeitraum, eine gewisse Ordnung reinzubringen.

Wo waren die ganzen Schuhe, und wo, zum Kuckuck, waren Hans und die Kinder? Es war Mittwoch, und Mira und Lasse hatten keine Ferien. War irgendeine Trainingsstunde nach hinten verlegt worden, und Hans war unterwegs, um sie abzuholen? Wenn es so war, hatte er mir sicher eine Nachricht hinterlassen. Ich ging in die Küche.

Auf unserem großen Eichentisch standen eine Kerze und ein kleiner Strauß mit Astern. Sonst war auch er ungewöhnlich freigeräumt. Das blanke Holz spiegelte im Lichtkegel der Lampe. Nirgendwo eine Nachricht von Hans oder den Kindern zu entdecken. Dabei funktionierte das Zettelhinterlegen bei uns fabelhaft. Wir meldeten uns immer schriftlich ab. Frucht meiner Erziehung.

Und wie sah es hier überhaupt aus? Seit wann hatte ich Gardinen vor den Fenstern hängen? Hans wusste, dass ich keine mochte, und ich hatte angenommen, er sei der gleichen Meinung. Ich sah genauer hin. Es waren nicht irgendwelche Gardinen, sondern eine feine Filethäkelei. In dem Muster konnte man tanzende Wesen erkennen. Elfen oder

Engel. Das war eindeutig Lillys Handarbeit. Wie um alles in der Welt kam die in meine Küche? War sie heimlich in unserem Haus gewesen und hatte sie eigenmächtig angebracht? Das würde durchaus zu ihr passen.

Unsinn, wie sollte sie hereingekommen sein. Michelle, komm mal von diesen wahnhaften Komplottunterstellungen runter und kompensier erst einmal deinen Flüssigkeitshaushalt. Dehydration hat schon ganz andere Gespenster sehen lassen. Ich stellte mich an das Fenster und trank Schluck für Schluck ein großes Glas mit herrlich kühlem Wasser. Das tat gut. Der Augenblick der Entspannung war kurz. Ein Blitz jagte im Zickzackkurs über den Himmel. Ohne nachzudenken, begann ich zu zählen. Das hatte früher mein Vater immer mit mir gemacht. Neun Sekunden. Dann konnte man das dumpfe Anrollen eines gewaltigen Donners vernehmen. Das Gewitter war noch drei Kilometer entfernt. Vorsichtshalber zog ich schon das Fenster zu. Ich bemühte mich, die fremde Gardine dabei nicht zu berühren.

Ich musste die anderen Fenster im Haus überprüfen. Das Gewitter würde bald über uns sein, und es schien ein heftiges zu werden. Auf dem Weg zu den Kinderzimmern erfüllte mich die Hoffnung, dass Mira und Lasse in ihren Betten liegen könnten. Mit Kopfhörern an den Ohren, ihre Lieblingsmusik hörend, oder sie schliefen schon friedlich, während ihre Mutter im Haus Amok lief. Auf die naheliegende Idee hätte ich gleich kommen können.

Lasses Zimmer war verwaist und sah ebenso fremd für mich aus wie der Flur und die Küche. Unser Sohn war ein sehr ordentliches Kind, aber jetzt wirkte der Raum regelrecht unbenutzt. Das Fenster war verschlossen. Enttäuscht zog ich die Tür zu und ging zu Mira. Der Eindruck ihres Zimmers war noch verwirrender. Mira ließ normalerweise alles liegen und stehen. Sie verstreute gebrauchte Wäsche über frisch gebügelter und konnte nur mit Mühe dazu erzogen werden, sich nicht aus dem Stall kommend ungewaschen auf ihr Bett zu fläzen. Es war ein Wunder, wie sie sich ohne Kompass in ihrem chaotischen Ordnungssystem zwischen Reit–, Ballett- und Schulklamotten zurechtfand. Doch jetzt hätte ihr Zimmer gut und gern einen Ausstellungsraum für junge Mädchen in ›Schöner Wohnen‹ abgeben können. Sogar ihre allerersten Babypferde aus Kindergartentagen waren in Reih und Glied aufgestellt. Staubfrei. Die Ballettschuhe hingen der Größe nach geordnet an der Wand. Ich zog die Tür zu und atmete tief durch. Ich musste erst einmal zur Ruhe kommen. Eine Kleinigkeit essen. Vielleicht war ich unterzuckert. Aber ich verspürte keinen Hunger. Höchstens auf etwas Frisches, irgendetwas Leichtes. Ich ging in den Vorratsraum, um mir einen Joghurt zu holen. Hier umhüllte mich der unbekannte, süßliche Geruch mit seiner ganzen Intensität, da musste sich also seine Quelle befinden. Ich knipste das Licht an. Äpfel! Auf zwei Holzrosten lagen Äpfel. In den unterschiedlichsten Größen. Sie waren fein säuberlich, die Blütenstände nach oben gerichtet, auf das Gitter sortiert. Das sind Gravensteiner, dachte ich. Warum wusste ich auf Anhieb den Namen einer Apfelsorte? Ich hatte davon doch keinen blassen Schimmer. Und seit wann lagerten wir überhaupt Obst? Über den Holzrosten hing an der Wand ein Glasrahmen mit einem Foto. Hans. Er hockte strahlend auf der Wiese vor unserem Haus und hatte anscheinend gerade einen kleinen Baum gepflanzt. Neben ihm stand – ich kniff meine Augen zusammen, um besser sehen zu können – Lasse. Er hielt einen Spaten in der Hand und stützte sich stolz darauf ab. Er sah auf dem Bild wesentlich älter aus, als er war.

Wann war das Foto aufgenommen worden? Ich konnte mich nicht erinnern, dass wir einen Obstbaum gepflanzt hatten. Wir waren uns doch einig, dass wir keine Zeit für Obst- und Gemüseanbau hatten. Schon gar keine dafür, die Früchte hinterher zu verarbeiten. Die konnte man bequemer und genauso frisch auf dem Markt kaufen. Ich kehrte verwirrt, ohne Joghurt, in die Küche zurück und füllte mein Glas erneut mit Wasser.

Träumte ich vielleicht? Fühlten sich Träume so an? Ich musste mir eingestehen, dass ich das Gefühl eines Traumes nicht einschätzen konnte. Ich schlief nachts tief durch, und morgens war die Nacht für mich nur eine dunkle Wand aus vergangenen Stunden. Um diese Schlaftiefe zu sichern, gönnte ich mir ab und zu pharmazeutische Unterstützung. Ich hörte im Geist Mamas sorgenvolle Stimme: »Kind, du machst dich fertig. Dieser Schlaf ist künstlich und ungesund. Am Tag vernebelst du deine Sinne mit Arbeit-Arbeit-Arbeit und in der Nacht mit Chemie.«

Kompletter Unsinn. Ich brauchte ausreichend Schlaf und hatte einfach keine Zeit, zwei Stunden oder länger wach zu liegen und zu grübeln. Das Risiko konnte ich nicht eingehen. Ich musste am nächsten Tag toppfit sein. Die Konkurrenz war hellwach. Eine leichte Einschlafhilfe! Oh Gott, oh Gott! Wie verwerflich! Das war auch so eine Verlogenheit unserer Gesellschaft. Auf der einen Seite will man leistungsfähige, immer leistungsfähigere Erwerbstätige, und auf der anderen reißt man empört das Maul auf, wenn sich jemand, um abzuschalten, eine kleine Tablette verabreicht, und für den Tag in Ausnahmefällen mal ein bisschen Dope. Jedenfalls träumte ich wenig, im Grunde nichts, während Hans mir am Morgen ganze Romane erzählen konnte.

Hans. Ich hatte plötzlich Sehnsucht nach ihm. Warum war er nicht zu Hause?

Ich wühlte in meiner Handtasche nach dem Handy, um ihn anzurufen. Das hätte ich schon längst tun sollen, anstatt mich hier mit unsäglichen

Überlegungen zu plagen. Aber genau wie vorhin im Auto hatte ich Probleme, auf dem Display etwas zu erkennen. Ich stand auf, um es über Festnetz zu versuchen. Neben unserem Telefon auf der Flurkommode lag eine Brille. Zögernd griff ich danach und setzte sie mir umständlich auf. Das Bild auf dem Display nahm Gestalt an. Zahlen und Zeichen waren für mich sichtbar. Ohne mich in erneute Grübeleien zu verstricken, kehrte ich in die Küche zurück, griff nach meinem Handy und drückte auf: *Hans anrufen.*

Einen Augenblick Stille am anderen Ende. Dann ertönte eine Tonbandstimme. »Kein Teilnehmer unter dieser Rufnummer.«

Ich runzelte die Stirn und wiederholte den Vorgang höchst konzentriert, um keinen Fehler zu machen. Derselbe Spruch. Ermattet legte ich das Handy auf den Küchentisch und setzte mich. In dem Augenblick klingelte das Telefon auf dem Flur. Ich sprang wie elektrisiert hoch und musste mich auf die Tischkante stützen. Die Küche drehte sich in einem schwindelerregenden Tempo. Ich wartete, bis sich die Karussellfahrt verlangsamte. Dann stolperte ich wankend los und nahm den Telefonhörer ab.

»Hallo, Mama«, begrüßte mich eine gut gelaunte Frauenstimme.

Ich hatte so sehr gehofft, Hans am anderen Ende zu haben. Deshalb erklärte ich nur matt: »Sie haben sich verwählt.«

Bevor ich auflegen konnte, hörte ich die Frau rufen: »Nein, ich bin es, Mama! Mira!«

»Mira!«, wiederholte ich. Die Erleichterung und Freude, etwas von meinem Kind zu hören, siegte über das Misstrauen und die Verwunderung, die Stimme nicht zu kennen. »Wo bist du denn? Du hörst dich so verzerrt an.«

»Ich bin ein bisschen erkältet«, antwortete sie. »Aber wo soll ich sein? Zu Hause.« Sie klang weiterhin völlig unbeschwert.

»Mira, was redest du da für einen Unsinn? Ich bin zu Hause, und zwar allein. Also bitte, treib mit mir keine Scherze. Ich bin nicht in der Stimmung dafür. Also, wo seid ihr?«

Stille am anderen Ende.

»Mama, was stellst du für eigenartige Fragen. Ich bin in Bern.«

»In Bern? Was um alles in der Welt macht ihr in der Schweiz? Ist Papa verrückt geworden? Mit euch so weit wegzufahren, ohne es vorher mit mir zu besprechen. Ihr habt morgen Schule!«, rief ich empört.

Ich hörte, wie Mira tief durchatmete.

»Mama, ich lebe seit 30 Jahren in Bern. Was ist mit dir los?«

»Mit mir ist gar nichts los«, schimpfte ich aufgebracht. »Die Frage geht mehr an dich. Willst du mich auf den Arm nehmen? Es reicht! Gib mir sofort Papa an den Apparat.«

»Mama, jetzt hör mir mal ganz ruhig zu«, ihre Stimme klang plötzlich butterweich. »Ich rufe Dr. Ohlsen an. Okay? Der wird gleich bei dir vorbeischauen. Und ich eise mich hier so schnell wie möglich los. Ich glaube, wir haben uns zu lange nicht gesehen.«

»Was soll ein Dr. Ohlsen bei mir? Ich kenne keinen Dr. Ohlsen. Und rede mit mir nicht in diesem Ton. Ich will Papa sprechen! Sofort!«

»Mama, hör mal.«

»Nein, ich höre überhaupt nichts mehr. Gib mir Papa.«

»Mama – Papa ist seit zehn Jahren tot.«

Interview: weiblich, 32 Jahre

Zum Wort ›alt‹ fällt mir gebraucht, träge, reparaturaufwendig, langsam, teuer, Vergangenheit, Zerfall und mürbe ein.

Ich mag an alten Menschen ihren Griesgram und Starrsinn nicht. Wenn sie nicht einsehen können, dass sie alt sind, und diesen Frust hinter Ungerechtigkeit verstecken. Wenn sie einfach anstrengend sind, weil sie meinen, sich so benehmen zu können. Aus Altersgründen, aber im Grunde nicht alt sein wollen. Uneinsichtige eben, die ihr Alter nicht anerkennen wollen. Allerdings gibt es diese Sorte auch schon in meinem Jahrgang. Die wollen Kind bleiben und keine Verantwortung übernehmen. Sie weigern sich weiterzugehen und sie behandeln die Altersgenossen, die eben reifer geworden sind, als wären sie Verräter an der Jugend.

Mir imponiert an alten Menschen, wenn sie Geschichten erzählen können und in ihren Geschichten deutlich wird, sie haben etwas erlebt. Sie haben nicht nur gelebt. Sie haben Erfahrungen gesammelt, die man ihnen abnimmt. Vor allem, weil sie diese Erfahrungen nicht als Maß aller Dinge herüberbringen. Das haben sie gar nicht nötig. Ich glaube, die Formel ist ganz einfach und doch sehr schwer: anzuerkennen, in welcher Lebensphase man sich befindet und ohne Bitterkeit und Neid zurückzuschauen und auch junge Menschen zu mögen. Ohne sich durch deren Jugend angegriffen zu fühlen.

Wenn ich plötzlich mein Heim verlassen müsste, würde ich mein Handy mitnehmen. Mit den gespeicherten Daten bekomme ich alles zurück. Ja, das glaube ich (lacht).

Wenn ich mir vorstelle, ich wäre 86 Jahre alt, hoffe ich als Erstes, ich bin nicht allein. Und hoffentlich nicht so ätzend wie die Menschen, die ich negativ beschrieben habe. Ich wäre gern eine zufriedene alte Frau voll mit gelebten Geschichten.

Kapitel 7

Ich hatte wortlos aufgelegt.

»Papa ist seit zehn Jahren tot«, klang es in meinem Kopf wie Hohngelächter nach. Wenn das ein Scherz sein sollte, dann war es einer von der geschmacklosen Sorte. Der absolut geschmacklosesten.

Wer zum Teufel hatte mich da eben angerufen? Auf keinen Fall war das Mira gewesen. Mira, die mit ihren elf Jahren gerade in das ›alles ist irgendwie peinlich oder witzig oder langweilig‹-Alter gekommen war. Die in ihrer leicht überdrehten Art viel zu schnell redete und manche Worte in ihrer Hast verschluckte. Eine quirlige Elfjährige, die sich schon als Teenager verstand. Das war Mira und nicht die souverän klingende erwachsene Frau, die sich gerade als meine Tochter ausgegeben hatte. Grotesk. Ich ärgerte mich, dass ich nicht gleich aufgelegt hatte. Warum hatte ich überhaupt so lange mit dieser Fremden telefoniert? Sogar richtig ernsthaft gesprochen. Vielleicht war alles auf Band aufgenommen worden und sollte in einer dieser ›Gute Laune Morning Shows‹ im Radio gesendet werden. Oder ›Vorsicht Kamera‹. ›Verstehen Sie Spaß‹ mit Psychiatern. Wie reagieren Mitglieder der Zunft, wenn sie aufs Glatteis geführt werden?

Die Opfer dieser Lustignummern wurden sicher nicht nach dem Zufallsprinzip ausgesucht. Aber wer sollte mich für so eine Vorstellung zum Abschuss freigegeben haben?

Hans würde das nie tun. Ausgeschlossen. Verdammt noch einmal, wo steckte er? Regen prasselte gegen die Fensterscheiben. Das Gewitter zog wild und schnell über uns hinweg. Die Dramatik der Naturgewalten weckte wieder meine mütterliche Sorge. Hoffentlich waren meine Kinder in Sicherheit. Aber wo? Bei wem könnten sie zu dieser Uhrzeit noch sein? Ich musste mir eine Liste machen und sie der Reihe nach abtelefonieren. Hans hatte sicher so einen Notfallplan parat liegen. Mein Mann für alle Fälle. Wo bist du? Ich musste mich bislang nie um häusliche Notfälle und Kindersuchaktionen kümmern. Dafür verdiente ich den Löwenanteil vom Familieneinkommen.

Ich begegnete meinem Gesicht im Spiegel. Es sah müde aus. Ich fuhr mir durch das blonde Haar und sah dann an mir herunter. Die Reithosen schlugen hässliche Wellen. Seit wann waren sie mir zu groß? Ich konnte doch unmöglich an einem Nachmittag so viel abgenommen haben.

Ich würde mich erst einmal umziehen. Vielleicht auch duschen, um wieder klarer denken zu können. Danach die Kinder und Hans suchen. Das war der Plan.

Als ich im Schlafzimmer das Licht anschaltete, blieb ich wie angewurzelt stehen. Meine Aufmerksamkeit konzentrierte sich auf einen einzigen Gegenstand. Einen Koffer. Er war pinkfarben, mit weißen Punkten verziert und – er gehörte mir. Vor langer, langer Zeit. Als Kind hatte ich ihn überallhin mitgeschleppt. In jeden Urlaub, selbst auf die ersten Klassenfahrten. Obwohl meine Mitschüler mich damit gehänselt hatten und mich ›Rosakoffer‹ genannt haben. Ich habe ihn heiß geliebt. Bis ich ihn Lena ausgeliehen habe. In der Nacht, in der sie weggelaufen ist. Sie durfte vorher mit ihm spielen. Das war unser Deal, damit sie mich nicht verpetzte. Sie hat ihn mit ihren Puppen und eigenen Schätzen bepackt. Seitdem habe ich den Koffer nicht mehr gesehen. Da war ich 15. Auf den Tag genau.

Wie kam der Koffer mit einem Mal wieder hierher? Meine Güte, auf welchem Trip befand ich mich? Hatte Mama mir irgendwas in den Kaffee getan? Etwas Bewusstseinserweiterndes? Das würde zu ihr passen. Sie war besessen von der Idee, mit mir über damals zu reden. Mich zu heilen. Aber da gab es nichts mehr zu bereden und auch nichts zu heilen. Das musste sie endlich einsehen. In der Nacht ist Lena vor ein Auto gelaufen und noch am Unfallort gestorben. Ich konnte ihr nicht helfen. Welche Gespräche sollte es darüber geben? Und Steve hat in der Nacht … Schluss, Michelle! Du hast es 26 Jahre geschafft, nicht mehr an diese Nacht zu denken, und das hat dir ausgesprochen gutgetan. Du bist erfolgreich. Sehr erfolgreich. Es gibt nicht viele, die schon mit 30 ihre Facharztpraxis eröffnen. Aus eigener Kraft, wohlgemerkt.

Wahrscheinlich hatte Mama den Koffer aufgehoben und mir hier vor die Füße gestellt. Sie schreckte wirklich vor nichts zurück, um mir ihre hauseigene Therapie aufzudrücken.

Wütend gab ich dem Koffer einen Tritt mit dem Fuß, und er flog in die Ecke. Jetzt erst fielen mir die anderen Ungereimtheiten im Schlafzimmer auf. Unsere Ehebetten. Meine Hälfte war benutzt. Die Decke war hochgeschlagen. Über Hans‹ Seite lag eine Tagesdecke aus Patchwork. Ganz ordentlich um das akkurat gemachte Bett drapiert. Das Bild erinnerte mich an ein frisch aufgeschüttetes Grab. Mit einer ungeduldigen Bewegung zerrte ich die unbekannte Decke herunter und pfefferte sie auf den Fußboden.

Ich riss die Schranktüren auf und blieb wie angewurzelt davor stehen. Was war das jetzt? Wo zum Kuckuck waren meine Sachen? Alle weg. Hier lagen nur fremde Klamotten. Pullover und Shirts waren säuberlich in die Regale sortiert. Hosen und sogar Röcke hingen an Bügeln. Altbackene, die nicht mal Mama anziehen würde. Ich hatte keine Wahl. Ich musste mich waschen und aus der Reithose. Widerwillig griff ich nach einer hellen Sommerhose und einer leichten, dezent geblümten Bluse. Meine Unterwäsche musste ich wohl oder übel anbehalten.

Nichts würde mich dazu bringen, die einer Fremden anzuziehen.

Das Telefon klingelte schon wieder. Ich setzte mir die Lesebrille auf und schaute erst auf das Display. Dr. Ohlsen. Ich nahm nicht ab. Dr Ohlsen war mir nicht bekannt, und den hatte die Tussi, die sich als Mira ausgegeben hatte, angekündigt. Der gehörte mit zu diesem blöden Spiel. Sollte er ruhig anrufen. Ich würde nicht mehr an den Apparat gehen.

Im Badezimmer empfing mich erneut eine erdrückende, unbekannte Leere. Der Raum wirkte abstoßend hell. Ich rief mir Patientenberichte mit ähnlich irritierenden Eindrücken ins Gedächtnis. Sie beschrieben es vom Gefühl her als Gegenteil eines Déjà-vus. Sie sehen das Vertraute mit den Augen eines Fremden. Wie zum ersten Mal. Dieses Phänomen tritt unter anderem nach Stresssituationen auf. Okay, Michelle. Deine Patienten kannst du doch auch immer beruhigen, damit sie sich nicht für komplett durchgeknallt halten. Also glaub dir gefälligst selbst: Alles wird wieder gut!

Ich wusch mich, ohne nach rechts oder links zu sehen, und zog die unbekannten Kleidungsstücke an.

Als ich aus dem Badezimmer kam, fiel mein Blick durch die geöffnete Schlafzimmertür wieder auf den Kinderkoffer. Ich ging langsam auf ihn zu. So als vermutete ich, dass er sich jeden Augenblick in Luft auflösen könnte. Ähnlich wie der altbekannte Kinderstreich: Ein Portemonnaie wird an einem dünnen Bindfaden befestigt und auf den Bürgersteig gelegt. Wenn sich ein Begieriger danach bückt, zieht man an dem Faden. Das arme Scherzopfer sucht so schnell wie möglich das Weite. Beschämt, in die Falle getappt zu sein. Das schadenfrohe Lachen der Schelme im Ohr.

Ich blieb vor dem Koffer stehen und starrte ihn misstrauisch an. Meine Hände zuckten unruhig. Ich sah mich noch einmal in der Wohnung um. War ich wirklich allein, oder lauerte man in einer Ecke und beobachtete mein Verhalten, wie ich mit dem Relikt meiner Kindheit umging. Meine Neugier siegte. Ich überwand mich, schnappte ihn mit einer schnellen Bewegung und flüchtete mit meiner Beute ins Wohnzimmer.

Als ich dort das Deckenlicht anschaltete, breitete sich in meinem Bauch ein wohliges Gefühl der Vertrautheit aus. Dieses Zimmer war das alte geblieben. Sogar mein Sessel, in den ich mich viel zu selten setzte, stand noch an Ort und Stelle. Ich freute mich darüber wie ein beschenktes Kind und wurde ruhiger. Sicher löste sich auch alles andere in Wohlgefallen auf. Hans würde gleich mit Lasse und Mira nach Hause kommen. Ich nahm mir vor, ihm keine Vorwürfe zu machen. Er würde seine Gründe gehabt haben, da war ich mir bei meinem Mann sicher. Er war grundzuverlässig. Ich brauchte ihm nicht weiter hinterherzutelefonieren. Ich würde einfach warten.

Ich ließ mich mit einem kleinen Seufzer in den Sessel sinken. Auf dem Beistelltisch stand auf einem Tablett eine geöffnete Flasche mit Merlot bereit. Auch saubere Gläser, ordentlich auf den Kopf gestellt. Ich drehte eines herum und schenkte mir von dem Wein ein. Bevor ich trinken konnte, klingelte abermals das Telefon. Nein, ich hatte keine Lust, noch einmal aufzustehen. Wirklich nicht. Aber ich kam ins Schwanken. Immerhin könnte es Hans sein. Okay. Gewonnen. Ich rappelte mich hoch. Meine Gliedmaßen gehorchten noch immer verlangsamt auf meine Befehle. So einen verdammten Muskelkater hatte ich seit Ewigkeiten nicht gehabt. Als ich das Telefon endlich erreichte, verstummte es. Auf dem Display leuchtete wieder: Dr. Ohlsen. Idioten. Jetzt reichte es. Entschlossen drückte ich auf besetzt und sperrte somit den Apparat für weitere Anrufe.

Wieder zurück in meinem Sessel, nahm ich das Weinglas und trank langsam ein paar Schlucke mit geschlossenen Augen. Mir war bewusst, in dieser ungeklärten Stimmungslage war es dumm von mir, Alkohol zu trinken. Egal. Ich brauchte dringend Abstand. Schon nach einem halben Glas spürte ich eine angenehme Leichtigkeit, diesen gütig umhüllenden Nebel. Ich war beschwipst. Das war ebenfalls ungewohnt für mich, denn ich konnte normalerweise einen Stiefel vertragen. Aber heute war scheinbar alles auf den Kopf gestellt. Ich beschloss, im Sessel sitzen zu bleiben. Vielleicht würde ich sogar hier schlafen und warten, bis Hans mit den Kindern nach Hause kam. Ich lehnte mich zurück und ließ meine Hände baumeln. Mit der rechten stieß ich gegen den Koffer. Stimmt, der war auch noch da. Ich umklammerte seinen Griff und zog ihn zu mir auf den Schoß. Mit zitternden Händen, als könnte sich bei seinem Inhalt Sprengstoff befinden, versuchte ich, die Klickverschlüsse zu öffnen. Sie waren angerostet. Ich musste alle Kraft anwenden, bis sie nachgaben und ich vorsichtig den Deckel hochklappen konnte.

Im Koffer befanden sich nicht, wie vermutet, die Handpuppen und Malereien meiner kleinen Schwester, sondern meine eigenen alten Schätze. Fotos und Briefe und ein paar Bücher.

Ich schob mit spitzen Fingern die obenliegenden Fotos hin und her. Sie lagen mit dem Bild nach unten. Endlich traute ich mich, eines von ihnen umzudrehen, und mir lächelte Chris entgegen. Ich lächelte automatisch zurück. Chris. Meine Güte. Das war lange her. Meine erste Liebe. Wir waren fast ein Jahr zusammen, was man mit 14 so zusammen sein nennt. Jedoch zu dem Zeitpunkt war es ernst gemeint und sollte eine Liebe fürs ganze Leben sein. Wir waren am gleichen Tag geboren und hielten das für das große Zeichen. Für die Nacht zu unserem 15. Geburtstag hatten wir unseren ersten echten Beischlaf geplant. Ganz großes Kino. Aber ausgerechnet an dem Abend musste ich auf Lena aufpassen. Mama und Steve wollten zu einer Feier in den ›Seemann‹. Ein Restaurant, das ein paar Straßen von unserem Haus entfernt lag. Chris und ich hatten hin und her überlegt. Sollten wir unsere erste Liebesnacht verschieben? Das kam auf gar keinen Fall infrage. Wir waren uns einig: Es musste in dieser Nacht passieren. Genau in dieser.

Die Dringlichkeit, an diesem Abend selbst auszugehen, konnte ich meiner Mutter natürlich unmöglich erklären. Wer weiß, vielleicht hätte sie es sogar verstanden. Der Gedanke kam mir zum ersten Mal. Dann wäre alles anders gekommen, und ich hätte nicht auf Lena aufpassen müssen. Wir hätten uns bei Chris getroffen. Aber ich hatte sie nun einmal nicht gefragt, weil es ein Geheimnis bleiben sollte. Wenn ich andere eingeweiht hätte, wäre das Besondere zwischen mir und Chris zerstört gewesen.

So beschlossen wir, dass Chris zu mir kommen sollte. Mit Lena würde ich mir etwas einfallen lassen. Ich begann sie schon am Nachmittag mit freundlicher Zuwendung zu umgarnen. Die war meine kleine Schwester von mir nicht gewohnt, und doch ließ sie mich ohne Argwohn in ihre Nähe und vertraute mir. Dabei, auch wenn sie erst knapp sechs Jahre alt war, sie musste meine Abneigung doch gespürt haben. Ich mochte sie nicht. Dieses Nesthäkchen. Dieses Sonnenscheinchen. Aber Lena liebte mich. Heiß und innig. Grundlos und unbeirrbar. Das machte mich manchmal noch wütender. Ihre unverdrossene Freundlichkeit. Ihre Anhänglichkeit. Sie hing mir an den Fersen und genoss es, mit mir zusammen zu sein. Egal, wie mies ich sie behandelte.

An dem bewussten Abend brauchte ich ihre bedingungslose Zuneigung zum ersten Mal. Vor allem ihre Verschwiegenheit. Sie sollte Mama auf keinen Fall verraten, dass Chris so lange bei mir bleiben würde und – sie sollte uns in Ruhe lassen!

Um ganz sicher zu gehen, übergab ich ihr meine persönlichen Kronjuwelen zum Spielen. Meinen Kinderkoffer. Lena wusste seinen Wert zu schätzen. Sie war ein schlaues Mädchen. Sie versprach hoch und heilig, in ihrem Zimmer zu bleiben und lieb und brav zu schlafen.

Unser Haus war ebenerdig, und alle Schlafzimmer hatten eine Terrassentür zum Garten. Durch die Tür sollte Chris zu mir kommen, damit er nicht zu klingeln brauchte. So war es abgesprochen. Ich hatte auf meinem Schreibtisch und auf der Fensterbank Teelichter verteilt. Das Kerzenlicht tauchte mein Zimmer in ein sanftes Licht. Als wäre über alles ein Schleier gelegt. Ein Brautschleier. Ich hatte mir den Kopf zerbrochen, wie viel Helligkeit für unser intimes Beisammensein angebracht war. Elektrisches Licht war zu kalt, und es war auch nichts Besonderes. Chris sollte mich sehen können, aber nicht zu deutlich. Mindestens so kompliziert gestaltete sich die Frage: Was ziehe ich an? Ich hatte mich schließlich für ein halblanges Sommerkleid entschieden, obwohl wir erst Ende April hatten.

Auf meinen Nachttisch hatte ich eine glitzernde Tülldecke drapiert. Darauf standen eine Flasche Sekt und zwei Gläser. Die guten Sektkelche aus unserem Wohnzimmerschrank. Das geschliffene Glas reflektierte im Kerzenlicht die Regenbogenfarben.

Chris war pünktlich. Er blieb einen Augenblick in der Tür stehen und betrachtete mich, als sähe er mich zum allerersten Mal. Ich spürte, wie meine Haut zu brennen begann. Bevor Chris zu mir kam, verteilte er auf dem Fußboden Rosenblätter. Rosarote. Meine Lieblingsfarbe. Ich beobachtete ihn fasziniert und fühlte mich wie eine Prinzessin.

Ich glaube, wir mochten zu der Zeit beide noch keinen Sekt, aber wir tranken ihn. Die Vorbereitungen waren beendet. Nun konnte die Premiere beginnen. Vorhang auf. Mit dem Bewusstsein kam das Lampenfieber, und die anfängliche Erregung war wie weggeblasen. Wir nahmen uns wie Holzpuppen in den Arm und küssten uns vorsichtig. Dabei hatten wir in dem vergangenen Jahr so heftig und lange miteinander geknutscht, dass uns hinterher oft die Lippen wehtaten. Wir hatten uns ungeniert befummelt. Immer intensiver und gespürt, dass der andere erregt war.

Wir brauchten zwei Gläser Sekt, bis wir uns auszogen. Dabei vermieden wir es, uns anzusehen.

Wir lagen nackt auf meinem Bett und begannen uns angestrengt zu küssen. Dann legten wir uns wie nach einer Bauanleitung in eine Beischlafposition.

Es brauchte etliche Anläufe, bis Chris endlich den Weg zu mir fand. Es tat nicht weh und es erregte mich nicht. Chris muss es ähnlich gegangen sein. Er lag einfach nur auf mir und traute sich nicht, sich zu bewegen. Dann sahen wir uns in die Augen. Das war der schönste und innigste Augenblick.

Später ging Chris wieder über den Garten nach Hause. Er konnte nicht die ganze Nacht bleiben. Seine Eltern würden ihn am Morgen mit einem Geburtstagsständchen wecken wollen. Das hatte er mir ein wenig verschämt gestanden. Und auch ich war sicher, dass Mama morgens mit einer Geburtstagskerze zu mir ins Zimmer kommen würde. Deshalb trennten wir uns. Ich blieb nackt auf meinem Bett liegen und träumte. Die Tür war nur angelehnt. Es war eine ungewöhnlich milde Nacht, und der Luftzug tat gut. Ich beobachtete die letzten brennenden Kerzen und fühlte mich als Frau. Ich war 15 Jahre alt und keine Jungfrau mehr. Da knarrte die Terrassentür.

Interview: männlich, 61 Jahre

Zum Wort ›alt‹ fällt mir Mittagsschlaf ein (den habe ich mir gerade gegönnt, und das habe ich sonst nie getan), alter Wein, Antiquitäten und wertvoll.

Was ich an alten Menschen nicht mag? Das ist schwer zu sagen, denn ich akzeptiere bei alten Menschen mehr an ihrem Verhalten als bei jüngeren. Warum sollten sie sich nicht verändern dürfen? Ja, und diese alten Starrsinnigen, die ihren Führerschein nicht abgeben wollen, kann ich auch nicht kritisieren. Denn genauso werde ich sein.

Mir imponiert an alten Menschen, wenn sie ihr Interesse, etwas Neues zu beginnen oder zu lernen, nicht am Alter festmachen. Sondern einfach anfangen. Wie z. B. Leni Riefenstahl, die war über 60, als sie mit dem Tauchen begann. Oder wenn ich an meinen Vater denke. Ich brauche nur durch das Haus zu gehen oder in seine Werkstatt und sehe: Das hat er gewerkelt, als er 84 war. Das hat er versucht, neu zu erfinden, als er 88 war, und mit 90 ist er aus dem Kirschbaum gefallen. Ohne sich etwas zu brechen. Aber allein sein Alter und die Tatsache, dass es für ihn ganz selbstverständlich war, noch Kirschen zu pflücken, imponiert mir.

Was würde ich mitnehmen, wenn ich ganz plötzlich mein Heim verlassen würde? Schwierig. Entscheidend ist: Wo komme ich hin? Wie viel Platz werde ich haben? Ein Zimmer? Wie viel Zeit habe ich? Zehn Minuten oder zwei Tage? Kann ich die Wände mit Fotos behängen? Wenn das Haus brennen würde, dann würde ich meinen Ordner mit Papieren und meine eiserne Kassette mit Adressen von Bekannten greifen.

Wenn ich etwas Zeit hätte, noch ein paar Foto-CDs, zehn meiner wertvollsten Muscheln und ein paar Flaschen aus meiner Sammlung.

Wenn ich mich als 86-Jährigen sehe, dann sehe ich mich unterwegs. Ich habe noch so viele Pläne und Reiseziele, so alt kann ich gar nicht werden, um sie alle in die Tat umzusetzen.

Und ich sehe mich auch zu Hause. So wie die Bilder alter Griechen, die zufrieden vor ihren Häusern sitzen. Für sich sind und doch noch dazugehören. Sich und das Leben betrachten.

Kapitel 8

Es klingelte an der Haustür. Ich fuhr hoch. Das Foto flatterte von meinem Schoß und landete auf dem Teppichboden. Chris lächelte mich strahlend an. Chris. Ich musste im Sessel eingeschlafen sein und hatte wirklich geträumt.

Es klingelte schon wieder. Länger und ungeduldiger. Meine Güte. Erst einfach verschwinden und dann auf Sturm klingeln. Hatte Hans jetzt auch noch seinen Hausschlüssel vergessen? Mein Blick suchte die Zeiger der Uhr. Kurz vor Mitternacht. Ich war gespannt, was für eine Geschichte mein Mann zu bieten hatte. Die musste verdammt gut sein, um mich von der Notwendigkeit zu überzeugen, mit den Kindern die halbe Nacht unterwegs zu sein. Ohne eine Nachricht zu hinterlassen und vorher die gesamte Wohnung umzukrempeln. Wer weiß, wer ihn dazu überredet hatte. Hans war einfach zu gutmütig. Lilly und meine Mutter fielen mir sofort als Anstifterinnen ein. Den beiden traute ich jede Verrücktheit zu.

Aber vielleicht hatten sich durch den kurzen Schlaf meine Sinne wieder beruhigt, und hier hatte sich überhaupt nichts verändert. Der steril wirkende Flur zerstörte diesen Anflug von Hoffnung. Meine vertraute Umgebung präsentierte sich weiterhin befremdlich anders. Es klingelte ein drittes Mal. Obwohl ich sicher war, draußen konnte nur Hans mit den Kindern stehen, schaute ich aus Gewohnheit erst durch den Spion. Ich fuhr erschrocken zurück. Vor der Tür stand ein wildfremder Mann.

»Frau Meinberg? Hallo? Machen Sie doch bitte auf!«, rief er freundlich bittend. Dabei hielt er die Augen so dicht an den Spion, als würde er genau wissen, dass ich mich bereits auf der anderen Seite befand. Ich gab keinen Mucks von mir.

»Frau Meinberg, lassen Sie mich bitte für einen Augenblick herein. Ich möchte mich nur vergewissern, dass es Ihnen gut geht.« Seine Stimme hatte einen warmen, werbenden Ton.

Was hatte es diesen Menschen zu interessieren, wie es mir ging? Mitten in der Nacht. Ich drehte mich um und entfernte mich schleichend, Schritt für Schritt von der Haustür.

Er klingelte abermals. Was wollte der von mir? Wusste er vielleicht, dass ich allein im Haus war? Diffuse Angst kroch in mir hoch. Dabei war ich absolut nicht der ängstliche Typ. Ganz im Gegenteil. Ich schlief bei weit geöffneten Fenstern und nahm mir für einen nächtlichen Heimweg selten ein Taxi. Hans regte sich darüber regelmäßig auf und bezeichnete mich als leichtsinnig.

»Frau Meinberg, hören Sie? Ich werde jetzt die Tür aufschließen und hereinkommen«, kündigte

der Fremde laut und deutlich an. Ich werde hereinkommen, klang es in mir nach. Wie wollte er hereinkommen, wenn ich ihm nicht die Tür öffnete?
Meine Frage wurde umgehend beantwortet. Ich
hörte, wie er einen Schlüssel ins Schloss steckte. Das
heißt, versuchte. Es machte ihm Probleme. Unser
Schloss hatte seine Macken. Aber woher hatte er
überhaupt einen Schlüssel? Mein Zweitschlüssel aus
dem Handschuhfach, fiel mir siedend heiß ein. Der
Typ vorhin im Auto. Natürlich. Er hatte ihn heimlich mitgehen lassen. Das hatte ich in meiner Aufregung wahrscheinlich nicht bemerkt. Und nun stand
sein Komplize vor meiner Tür. Vielleicht waren sie
sogar zu zweit. Die logischen Überlegungen nahmen mir nicht die Angst. Doch ich wusste endlich, was ich zu tun hatte. Ganz, ganz schnell die
Polizei benachrichtigen. Ich griff hastig zum Telefon. In dem Augenblick hörte ich, wie das Schloss
der Haustür aufschnappte. Die Tür wurde geöffnet. Meinen zitternden Händen entglitt das Telefon. Es fiel mit einem ohrenbetäubenden Lärm auf
den Fußboden. Mir stockte der Atem. Gleich würde
er bei mir sein. Ich musste mich verstecken. Und
zwar sofort. Keine Zeit mehr, mich zu bücken, um
das Telefon aufzuheben. Nur erst einmal weg. Ins
Schlafzimmer. Einschließen. Durch die Terrassentür nach draußen in den Garten und um Hilfe rufen.
Ich schloss mit fahrigen Fingern die Tür hinter mir
und drehte den Schlüssel gleich zweimal herum. Mir

war schwindelig. Ich musste mich für einen Moment an das kühle Holz lehnen, um nicht hinzufallen. Da klopfte er von der anderen Seite gegen die Tür.

»Liebe Frau Meinberg, ich bitte Sie. Machen Sie auf. Ich will Ihnen doch nur helfen«, schmeichelte er mit samtweicher Stimme. Ich machte einen Satz ins Zimmer, als hätte er mich angefasst. Von wegen helfen. Eine blödere Ausrede, um bei mir einzubrechen, fiel ihm wohl nicht ein. Helfen musste ich mir selbst, und zwar ganz schnell. Aber irgendwie waren meine Bewegungen nicht so wendig und fix wie üblich. Der konstante Stress der letzten Stunden hatte meine Beine mit imaginären Gewichten behängt. Ich taumelte zur Terrassentür. Auch hier hingen plötzlich Gardinen vor den Scheiben. Ich zerrte sie hektisch beiseite und erstarrte vor Entsetzen. Die Glastür war verschwunden. Einfach nicht mehr da. Stattdessen kam ein Fenster zum Vorschein. Ein sehr breites, großes. Aber eindeutig ein Fenster und keine Tür. Das konnte doch überhaupt nicht möglich sein. Wie sollte jemand das an einem Tag geschafft haben? Das war völlig irrational. Das war … Unwichtig, was das war. Ich musste hier raus und hatte keine Zeit, mich auf logische Überlegungen einzulassen.

Zum Glück war die Fensterbank nicht vollgestellt. Ich konnte einen Fensterflügel ohne Mühe öffnen. Mir strömte ein klarer, kühler Windzug entgegen. Ich sog ihn gierig ein. Der Gewitterregen hatte die staubige, schwülwarme Luft gereinigt. Ich lehnte mich vorsichtig nach draußen. Erleichtert stellte ich fest, das Schlafzimmer befand sich immer noch zu ebener Erde. An diesem verrückten Tag hätte es gepasst, wenn sich unsere Wohnung plötzlich im siebten Stock eines Hochhauses befunden hätte.

Der Eindringling klopfte heftiger an die Schlafzimmertür.

»Frau Meinberg, bitte. Seien Sie doch vernünftig. Ich bin es. Jonas Ohlsen.«

»Verschwinden Sie!«, fauchte ich in seine Richtung. »Die Polizei ist bereits unterwegs.«

»Ich bin Ihr Hausarzt!«

Schwachsinn, dachte ich. Ich habe keinen Hausarzt. Ich impfe mich selbst, und Krankheiten kann ich mir nicht leisten. Mit dieser Einstellung war ich in den letzten Jahren von Infekten verschont geblieben. Der einzige Facharzt, den ich konsultierte, war ein Gynäkologe.

Ich schwang das rechte Bein über das Fensterbrett und blieb rittlings darauf sitzen. Sport zahlt sich immer aus, sprach ich mir Mut zu. Vor allem der Reitsport. Aber diese kleine Hürde hätte ich sonst im Sprung geschafft. Nun musste ich mich auf den Bewegungsablauf konzentrieren, als würde ich einen komplizierten Parcours reiten. Als ich endlich mit den Füßen Bodenkontakt hatte, spürte ich, dass ich barfuß war. Der regenfeuchte Grasteppich erfrischte meine bloßen Fußsohlen. Ich atmete durch. Mein Möchtegernhausarzt hatte sein Türgebollere und Gebettele aufgegeben. Wahrscheinlich flüchtete er bereits. Oder, der Gedanke schnürte mir sofort die Kehle zu, war auf dem Weg zu mir in den Garten.

»Hilfe! Überfall!« Ich schrie, so laut ich konnte. Aber das Ergebnis meiner Mühe war nur ein klägliches Krächzen. Dabei hatte ich sonst eine kräftige, durchdringende Stimme.

Noch einmal. Das musste die Aufregung sein. Mir fiel ein, dass man gezielt um Hilfe rufen sollte. Menschen möglichst mit Namen ansprechen.

»Feuer! Feuer! Herr Lammer! Hilfe!«

Feuer bedeutete Gefahr. Für jeden, der sich in seiner Nähe befand. Ein Feueralarm würde hoffentlich meine Nachbarn aus den Betten hochscheuchen.

Aber ich durfte auf keinen Fall in der Dunkelheit des Gartens stehen bleiben und tatenlos warten. Hier konnte mich niemand sehen. Ich musste auf die Straße. Die war gut beleuchtet. Im Licht, für jedermann sichtbar, konnte mir nichts mehr passieren. Dort würde ich in Sicherheit sein.

Ich begann zu laufen. Wieder reagierte mein Körper ungewohnt schwerfällig und träge. Ich raffte alle Energie zusammen und bewegte mich weiter.

Da flimmerte ein kreisendes Blaulicht über die nächtlichen Gärten. Polizei. Mir traten vor Erleichterung Tränen in die Augen. Der aufmerksame Herr

Lammer hatte bereits die Polizei benachrichtigt. Meine Schritte gewannen an Sicherheit, als ich in das Licht der Straßenlaterne trat.

Aber vor unserem Haus stand kein Polizeiwagen, sondern ein Rettungswagen mit Notarzt. Ich zögerte, dann lief ich weiter auf den Wagen zu. Wahrscheinlich hatte die Leitstelle ihn prophylaktisch mitgeschickt, weil man befürchtete, ich könnte verletzt sein. Einer der Sanitäter entdeckte mich und eilte mir sofort entgegen. Ein zweiter folgte ihm. Ein weiterer Mann trat aus dem Schatten des Wagens und bewegte sich in meine Richtung. Als ich ihn erkannte, stockte mir der Atem. Das war er! Das war der Typ, den ich durch den Spion gesehen hatte. Der mit seiner dämlichen Hausarztnummer bei mir eingebrochen war. Warum, um alles in der Welt, lief der hier so ungeniert herum? Trat mit einem selbstsicheren Gehabe auf, als gehörte er dazu? Die einzige Erklärung: Die anderen hatten keinen Schimmer, wer er war. Ich hob den Arm und zeigte mit ausgestrecktem Zeigefinger auf ihn. »Das ist der Einbrecher! Ich erkenne ihn genau wieder!«

Die Sanitäter und der Verbrecher ließen sich von meiner Aussage nicht beeindrucken und kamen näher. Dabei lächelten sie mich betont freundlich an. Das Lächeln erinnerte mich an das künstlich Erstarrte einer Clownsmaske und machte mir Angst. Instinktiv wusste ich: Lauf weg. So schnell du kannst.

Ich drehte mich um. Da waren sie schon bei mir. Der Hausarztbetrüger fasste nach meinem Arm. Ich schlug mit aller Kraft seine Hand weg.

»Fassen Sie mich nicht an!«

Sofort sprangen ihm die beiden Sanitäter zu Hilfe und hielten mich links und rechts an den Armen fest. Ich suchte verzweifelt mit den Augen die umliegenden Häuser ab. Hier und da brannte Licht. Vielleicht stand jemand am Fenster. Blaulicht lockte immer Zuschauer an. Nur zu. Seht her!

»Hilfe!«, rief ich in alle Richtungen. »Hilfe! Hilfe! Polizei!«

Keine Reaktion. Die Fenster blieben geschlossen, obwohl ich sehr genau sah, dass sich bei Lammers eine Gardine bewegte. Was war mit denen los? Warum taten sie so, als würden sie mich nicht hören oder sehen? Das erinnerte mich an einen Thriller. Ein gewaltiges Komplott. Eine Heerschar von Komplizen. Die nicht einmal ahnten, dass sie zu Komplizen gemacht wurden. Die Fäden hielt im Grunde nur ein Machtbesessener in der Hand und ließ die anderen wie Marionetten tanzen. War das am Ende dieser Charmebolzen von Ohlsen? Er würde als Besetzung passen. Es waren immer die Glatten, die sich irgendwann als die wahrhaft gefährlichen Bösewichte entpuppten. Das Schreckliche: Ich war keine Zuschauerin. Aus einem nicht nachvollziehbaren Grund hatte man mich zur Hauptdarstellerin erwählt.

»Hilfe!«, schrie ich unermüdlich. »Hilfe! Ich brauche Hilfe!«

Mittlerweile hatten sie mich losgelassen. Aber sie umringten mich weiterhin. Jederzeit zum Zugriff bereit. Keine Chance, ihnen zu entkommen.

»Nun mal ganz ruhig, Frau Meinberg. Sie kommen erst einmal zu uns in den Wagen, und dann ruhen Sie sich aus«, sagte einer der Sanis und tätschelte fürsorglich meine Schulter. Ich sah den sommersprossigen Jüngling fassungslos an. Was redete der da für eine gequirlte Scheiße?

»Reden Sie keinen Unsinn. Was soll ich in dem Krankenwagen? Ich bin nicht krank. Was wir brauchen, ist Polizei. Dieser Mann muss verhaftet werden. Ist Ihnen überhaupt klar, dass Sie sich strafbar machen, indem Sie ihn unterstützen? Wer ist hier der zuständige Einsatzleiter?«

»Ich, Frau Meinberg«, antwortete der von mir Beschuldigte, ohne mit der Wimper zu zucken. »Liebe Frau Meinberg«, begann er noch einmal mit salbungsvoller Stimme. »Ich bin Jonas. Lasses Jugendfreund. Erinnern Sie sich? Wir haben bei Ihnen einige Partys gefeiert.«

Er wagte ein vertrauliches Lächeln. Ich antwortete nicht.

»Mira hat mich angerufen, damit ich nach Ihnen schaue. Sie macht sich Sorgen um Sie. Ihre Tochter versucht, so schnell wie möglich aus Bern loszukommen. Bis dahin habe ich ihr versprechen müssen, mich um Sie zu kümmern.«

In mir wütete ein wilder Vulkan. Sie behandelten mich wie ein entlaufenes Hündchen, das wieder eingefangen werden musste. Sie nahmen mich irgendwie nicht ernst. Ich musste ruhig bleiben. Sie unterschätzten mich, und den Vorteil würde ich für mich nutzen. Vor allem, um Zeit zu schinden, bis die Polizei kam. Die musste jeden Augenblick eintreffen. Irgendjemand von diesen Schnarchnasen von Nachbarn musste doch begriffen haben, dass sich vor ihrer Haustür ein Krimi abspielte. Live.

»Na fein, jetzt haben Sie nach mir geschaut und können beruhigt wegfahren. Ich möchte wieder in mein Haus gehen. Ich bin müde.« Ich bemühte mich um einen festen Tonfall und hielt mit Ohlsen Blickkontakt. Seine Augen strahlten tiefes Verständnis für mich aus. Das hat mich schon immer wahnsinnig gemacht, und ich spürte, wie Wut in mir hochkochte.

»Liebe Frau Meinberg, wir würden Sie gern für eine Nacht mit ins ›Domizil am See‹ nehmen«, erklärte er ungebrochen freundlich lächelnd.

Ich lachte hysterisch auf. ›Domizil am See‹. Das hörte sich stark nach Klapse an. Ohne mich. Ich hatte keine Psychose. Das ließ ich mir nicht einreden. Egal, wie gut diese Inszenierung auch eingefädelt war. »Schluss der Vorstellung! Was soll ich dort. Hier steht mein Haus, mein Bett. Lassen Sie mich endlich in Ruhe! Sie haben kein Recht, mich gegen meinen Willen irgendwo hinzubringen. Oder haben Sie einen Beschluss?«

Ohlsen, oder wie immer er auch hieß, kam sichtlich ins Strudeln und suchte nach einer passenden Antwort. Ein Ansatz von Triumph besänftigte das Rauschen in meinem Kopf und machte mich ruhiger. Ich schaute mich um. Noch immer war kein geöffnetes Fenster zu erkennen. Die konnten doch nicht alle geschmiert sein. Oder doch?

Der angebliche Doktor griff vorsichtig nach meiner Hand.

»Sie können selbstverständlich wieder nach Hause. Aber heute kommen Sie erst einmal mit. Es wird Ihnen dort gefallen. Wirklich nur so lange, bis Mira hier ist.«

Er versuchte, mich behutsam in Richtung Krankenwagen zu manövrieren. Ich versteifte mich. Genug war genug. Wenn mir sonst niemand half, musste ich es selbst tun. Ich entzog ihm heftig meine Hand. Die beiden Sanis schob ich rüde zur Seite und lief davon. Das heißt, ich wollte es. Bevor ich einen Meter entfernt war, hatten sie mich eingeholt und hielten mich wieder umklammert.

»Ist ja gut. Ist ja alles gut«, näselte der Sani links von mir, als wollte er ein aufgebrachtes Pferd beruhigen.

»Gar nichts ist gut!«, schrie ich ihn an. Ich versuchte mich noch einmal zu befreien. Nichts zu machen. Sie hielten mich fest wie in einem Schraubstock und schoben mich wie eine willenlose Puppe vorwärts. Da packte mich die Angst. Und zwar in ihrer vollen Macht. Sie überspülte jede Möglichkeit eines logischen Gedankens. Ich wollte nur noch weg. Nicht gefangen sein.

Ich ließ mich einfach fallen. Sie trugen mich. Ich wand mich wie ein Aal und erreichte mit dem Gesicht einen Arm. Ich biss mit aller Kraft zu. Ein Schmerzensschrei. Aber sie ließen mich nicht los. Ich begann zu treten. Traf. Wieder ein Stöhnen.

»Valequid!«, hörte ich jemanden rufen.

Mein Kopf wurde von Händen umspannt. Ich schrie. Klebrige Flüssigkeit spritzte in meine Mundhöhle. Ich hustete, wollte spucken, aber sie drückten meinen Kiefer zusammen. Ich musste das Zeugs, ob ich wollte oder nicht, hinunterschlucken.

Interview: weiblich, 41 Jahre

Zum Wort ›alt‹ fällt mir wertlos ein. Ebenso wertvoll. Das gilt eher für historische Gegenstände, manchmal auch für Menschen. Abhängigkeit. Auch hier fällt mir gleichzeitig Unabhängigkeit ein. Das kommt auf die Sichtweise an.

Ich mag an alten Menschen nicht, wenn sie jungen gegenüber respektlos sind, sogar rücksichtslos. Wenn sie sich mit einer Selbstverständlichkeit breitmachen mit der alles entschuldigenden Aussage: Das haben wir uns jetzt verdient, weil wir alt sind!

Was mir an alten Menschen imponiert? Das ist eine schwere Frage, weil es leider wirklich wenig alte Menschen gibt, die mir imponieren. Allerdings eine Frau fällt mir doch gleich ein. Eine 90-jährige Kundin. Sie ist einfach toll. Sie erzählt uns immer, dass sie nie geglaubt hat, so eine lange Rentenzeit zu erleben. Das wäre noch einmal wie ein ganzes Leben, und sie genießt diesen Abschnitt und ist sehr glücklich, diese Zeit noch gehabt zu haben, bzw. zu haben.

Wenn ich plötzlich mein Heim verlassen müsste, würde ich mein Portemonnaie und mein Handy mitnehmen. Ich hänge nicht an Gegenständen. Sie sind alle zu ersetzen.

Wenn ich mir vorstelle, ich wäre 86 Jahre, möchte ich am liebsten so sein wie die alte Frau, die ich gerade beschrieben habe. Offen und interessiert und dankbar für die noch geschenkte Zeit und vor allem nicht verbittert.

Kapitel 9

Lena! Ihr Gesicht tauchte für einen Augenblick hinter der Fensterscheibe auf. Kurz. So kurz, dass man glauben konnte, einer Halluzination aufgesessen zu sein. Aber ich war mir ganz sicher. Ich hatte Lena gesehen. Und sie mich. Sie hatte uns gesehen! Mein Gott, was musste in ihr vorgehen? Wie lange hatte sie dort überhaupt schon gestanden? Ich achtete nicht auf den Mann, der noch immer reglos am Boden lag. Ich zog mir im Laufen einen Slip und das nächstliegende Shirt über und raste zu Lenas Zimmer. Mit der verzweifelten Hoffnung, mich getäuscht zu haben. Vielleicht lag meine kleine Schwester friedlich schlafend in ihrem Bett. Es war leer. Nur mein Koffer lag aufgeklappt auf ihrem Kopfkissen. Er diente Lenas Lieblingspuppen als Schlafplatz. Ich überprüfte ihre Terrassentür zum Garten. Sie war fest zugezogen. Das bedeutete, sie hatte sich irgendwo in der Wohnung versteckt.

»Lena! Wo steckst du? Lena! Komm sofort her!«
Unser Haus hatte nur eine Etage zu ebener Erde. Mama wollte weder ein Dachgeschoss noch einen Keller. Das wären ihrer Meinung nach unnötige Stauräume. Auch für negative Energien. In dieser Nacht war ich heilfroh über diesen Tick meiner Mutter. Die abzusuchenden Räume waren über-

schaubar. Badezimmer. Küche. Wohnzimmer. Keine Lena zu finden.

»Mäuschen, mach‹ mal piep!«, versuchte ich, sie zu locken. Keine Antwort. Ich ging in das Elternschlafzimmer. Die Gardinen wehten. Die Terrassentür stand offen. Mit ein paar Schritten war ich draußen in der Dunkelheit des nächtlichen Gartens.

»Lena, wo hast du dich verkrochen? Komm zu mir. Ich bin auch nicht böse auf dich. Bitte!«

Nichts. Nur das leise Rascheln der jungen Maiblätter, die sanft vom Wind bewegt wurden. Ihr Lieblingsplatz. Genau. Die kleine Hexe war unter die Weide gekrochen. Deren Zweige senkten sich wie ein Zelt bis auf die Erde. Mama und Steve wollten ihr dort ein Baumhaus einrichten. Lena hatte das Angebot abgelehnt. Sie sagte, es wäre bereits ein Baumhaus. Ein schöneres könnte man nicht bauen.

Ich bog die Zweige zur Seite. »Lena?«

Ich kniff meine Augen zusammen, um im nächtlichen Schatten des Baumdaches etwas erkennen zu können. In gebückter Stellung tastete ich mich einmal um den Stamm herum. Nichts. Keine Lena.

Wo konnte sie sich sonst noch verkochen haben? Mein Gehirn arbeitete auf Hochtouren. Dabei hatte ich das Gefühl, meine Schädeldecke müsste von der Anstrengung jeden Augenblick auseinanderspringen. Was würde Mama sagen, wenn sie nach Hause käme, und Lena wäre noch immer verschwunden? Sie würde vor Sorge durchdrehen und mir die Schuld geben. Ich hatte nicht aufgepasst. Mein Blick wanderte zurück zum Haus. Mama würde mir die Schuld an allem geben. Ich umarmte mich fröstelnd. Nein. Sie durfte nie etwas davon erfahren. Niemals.

Aber Lena wusste es. Sie hatte am Fenster gestanden und uns gesehen. Plötzlich wusste ich, wohin sie unterwegs war. Das hätte mir auch gleich einfallen können. Mama saß mit großer Wahrscheinlichkeit noch beim ›Alten Seemann‹. Lena kannte den Weg zu der Gastwirtschaft. Schnell. Ich musste mich beeilen. Dann würde ich sie einholen. Ich rannte los. Dabei dachte ich nicht daran, dass ich nur ein dünnes Hemd trug. Der einzig bestimmende Gedanke in mir war: Ich muss Lena abfangen, bevor sie bei Mama ist. Ich war gut durchtrainiert. Ich konnte es schaffen. Diese dumme, kleine Verrückte! Mitten in der Nacht abzuhauen. Warum war sie überhaupt aufgestanden und nach draußen gelaufen? Hatte sie etwas gehört? Oder hatte sie die Gefahr gespürt und wollte mir helfen? Tolle Hilfe. Sie hätte sich einfach die Decke über die Ohren ziehen sollen. Aber nein, sie musste aufstehen. Immer ihren eigenen Kopf. Unmöglich und superanstrengend. Ich würde später einmal keine Kinder bekommen. Sie machten nur Ärger.

Der Lichtkegel eines Autos erfasste mich. Der Fahrer drosselte die Geschwindigkeit des Wagens.

Wahrscheinlich um zu gaffen, wer da dürftig beklei-
det durch die Nacht rannte. Ich hielt den Stinke-
finger in den Lichtschein. Sie sollten weiterfahren.
Taten sie. Vielleicht hatten sie sogar Angst vor mir
bekommen. Gut. Aber was, wenn sie Lena entdeck-
ten. Ein knapp sechsjähriges Mädchen im Nacht-
hemd. Allein unterwegs in den nächtlichen Straßen. Natürlich die Bullen rufen. Scheiße! Scheiße!
Und alles, weil Lena nicht auf mich gehört hatte.
Sie musste immer ihre Nase in Dinge stecken, die
sie nichts angingen. Sie hatte ihr Versprechen nicht
gehalten. Dabei hatten ihre Augen vor Freude
geleuchtet, als ich ihr den Koffer gegeben hatte. Sie
wusste meine Leihgabe als wahre Kostbarkeit zu
schätzen. Und sie hatte sicher sofort begriffen, dass
ich in dieser Nacht etwas verheimlichen wollte. Dieses kleine, schlaue Miststück. Aber sie hatte ihr Versprechen, brav in ihrem Zimmer zu bleiben, nicht
gehalten. Das passte nicht zu ihr. Sie hatte mich noch
nie belogen. Ich sie dafür schon unzählige Male.
    Ich sah das unruhig flackernde Licht und dachte:
Seit wann hat der ›Seemann‹ eine Discobeleuch-
tung? Im nächsten Augenblick begriff ich: Das war
ein Wagen mit Blaulicht. Kein Martinshorn. Die
Stille ließ den kreisenden Lichtkegel noch gespensti-
scher erscheinen. Polizei. Sie hatten Lena schon entdeckt. So schnell. Ich verlangsamte meine Schritte.
Mein Atmen ging keuchend. Was sollte ich tun?
Umkehren? Mich zu Hause in meinem Bett verkrie-

chen und so tun, als wäre nichts passiert. Zu Hause. Ich konnte nicht zurück. Nicht in mein Zimmer. Ob er noch immer da lag? Lebte er überhaupt noch? Ich hatte mich nicht mehr um ihn gekümmert. Vielleicht war er aber schon aufgewacht und ebenfalls unterwegs. Hierher! Ich musste vor ihm mit Mama sprechen. Wer weiß, was für eine Lüge er ihr sonst auftischen würde. Und jetzt noch das Theater mit Lena. Dieses dumme Kind. Ich ging zögernd weiter und erkannte, dass es kein Polizeiwagen war. Sondern ein Rettungswagen, der hell erleuchtet mit Blaulicht vor dem Lokal stand. Männer in orangefarbener, reflektierender Kleidung knieten im Kreis auf der Straße. In ihrer Mitte lag ein Körper. Irgendein Apparat gab einen pfeifenden Ton von sich. »Vorsicht!«, rief einer der Männer. Es folgte ein Klack-Klack-Geräusch. Der reglos liegende Körper wurde wie von unsichtbaren Fäden vom Asphalt nach oben gezogen und wieder losgelassen. Mein Gott, das war Lena.

Ich rannte los und schrie unsinnigerweise: »Lena! Lena!«

Erst jetzt entdeckte ich Mama. Sie kniete auf der anderen Seite neben Lena. Genauso leichenblass wie meine kleine Schwester. Die Männer sahen sich ernst an und schüttelten übereinstimmend mit den Köpfen. Als sprächen sie sich für etwas Mut zu. Dann traten sie einen Schritt zurück. Eine riesige Lache aus dunkel glänzender Flüssigkeit wurde sichtbar.

Blut! Lenas Blut! Und in dem Augenblick sah ich Lilly. Nur für den Bruchteil einer Sekunde tauchte ihr Gesicht auf. Ihr rotes Haar leuchtete im Schein des Blaulichtes unwirklich schön. Dann war sie verschwunden.

Die Männer standen unbeholfen herum. Einer ging in den Wagen und telefonierte. Mama blieb neben Lena knien. Sie weinte so sehr. So sehr.

Da platzte meine Schädeldecke. Ich begann zu schreien und schrie und schrie.

Jemand hielt mich fest in seinen Armen. Wiegte mich sanft hin und her. Die Körperwärme tat gut.

»So viel Angst. Sie haben so viel Angst«, murmelte eine Frauenstimme.

Ja, Mama, dachte ich. Die habe ich. Angst. Ich öffnete langsam die Augen. Die Lider waren schwer, wie festgeklebt. Ich konnte sie nur mit Mühe hochziehen und hätte sie am liebsten sofort wieder geschlossen. Mich umarmte eine fremde Frau. Wo war meine Mutter?

Die Frau bemerkte sofort, dass ich aufgewacht war. Sie ließ mich los und rückte auf der Bettkante ein wenig zur Seite. Ihre braunen Augen betrachteten mich weiterhin mit warmer Freundlichkeit. Wer war das? Ich hatte sie noch nie gesehen, da war ich mir sicher. Ihre wilde, dunkle Lockenpracht wäre mir im Gedächtnis haften geblieben. Die Unbekannte musste ungefähr in meinem Alter sein. Wie kam sie in mein Schlafzimmer? Stopp! Das war nicht mein Zimmer. Niemals. Auf der Fensterbank standen Grünpflanzen. Vor den Scheiben waren keine Gardinen. Nur an den Seiten hingen Stores aus lindgrünem Stoff. Mein Blick wanderte weiter an der Tapete entlang. Sie war in einem sanften Apricot-Ton. Zwei große Fotos mit Landschaftsbildern hingen an den Wänden. Eins mit einer blühenden Heidelandschaft, die bis an den Horizont reichte. In dem lila Meer standen vereinzelt Wacholder, die wie schlafende Hirten wirkten. Das andere zeigte ein Seeufer. Das war unser Stadtsee. Die Sonne spiegelte sich als roter Ball auf der Wasseroberfläche. Eine eingefangene Abendstimmung. Oder war es ein Tagesanfang? Egal. Weit wichtigere Fragen ließen sich nicht länger in den Hintergrund drängen. Sie schwirrten in meinem Kopf wild durcheinander und forderten Antworten. Bevor ich eine davon formulieren konnte, stellte die Frau ruhig fest: »Sie machen sich Sorgen.«

Ich sah sie misstrauisch an. Woher wusste sie das?

»Hatte ich einen Unfall? Bin ich im Krankenhaus? Oder bin ich in einem Hotel?«

Während ich Hotel aussprach, wurde mir schon die Lächerlichkeit der Frage bewusst. In welchem Hotel saß eine freundlich besorgte Dame am Bett und hielt den Gast tröstend in den Armen? Die Frau lächelte mich verständnisvoll an und sagte:

»Manchmal weiß man nicht, wie man wo hinge-
kommen ist.«

Aus irgendeinem Grund schien sie mich zu verstehen. Genau das war es: Ich wusste nicht, wie ich
in dieses Zimmer gekommen war. Meine letzte Erinnerung war der Traum. Lenas Unfall. Davon hatte
ich noch nie geträumt. Ich hatte auch lange nicht
daran gedacht. Eigentlich nie. Wenn ich mich doch
einmal in eine Erinnerung an jene Nacht verirrte,
habe ich sofort die Notbremse gezogen und aufgehört darüber nachzudenken. Das waren unnötig quälende Grübeleien. Lena war tot. Das blieb
so oder so eine unumstößliche Tatsache. Warum
war ich plötzlich nicht mehr Herr meiner Gedanken? Warum fielen die alten Bilder mit einer solchen
Macht über mich her, dass ich mich nicht gegen sie
wehren konnte? Lena dort auf der Straße liegend. In
ihrem Blut. Tot. Und Mama, die so furchtbar traurig
war. Das hat wehgetan, als wäre es gerade eben erst
passiert. Ich hatte vor Schmerz geschrien. Sicher.
Deshalb war diese Frau in mein Zimmer gekommen.
Sie hatte sich Sorgen gemacht. Das klang logisch.
Blieb noch immer die Frage, wie ich überhaupt hier-
hergekommen war. Und warum? Mein Blick traf
wieder den der geduldig Wartenden an meinem Bett.
Sie sagte: »Manchmal weiß man nicht mehr, wie es
weitergehen soll.«

Ich nickte heftig. Das stimmte.

»Ja, manchmal weiß man gar nichts mehr. Irgendwie bin ich komplett durcheinander. Wie – wie komme ich eigentlich hierher?«

»Ihre Tochter hat uns gebeten, Sie für ein paar Tage aufzunehmen. Sie wird Sie bald besuchen. Dr. Ohlsen hat Sie letzte Nacht zu uns gebracht. Ich bin Heike Bremer.«

Ihre Worte klangen in mir nach. Ihre Tochter hat uns gebeten, Sie aufzunehmen. Dr. Ohlsen hat Sie zu uns gebracht.

Schon wieder dieser neurotische Wirrwarr. Was hatte das zu bedeuten? Ich betrachtete die Frau genauer. Sie trug keine Dienstkleidung, sondern eine leichte Sommerbluse und Jeans. Und sie hatte sich mit Heike Bremer vorgestellt. Aber sie gehörte eindeutig zu dem Komplott, dessen Hintergrund ich nicht entschlüsseln konnte. Das machte mich wahnsinnig. Ich riss mich zusammen, um äußerlich ruhig zu wirken. Ich verstand zwar den Sinn und vor allem das Ziel dieser schrägen Vorstellung nicht, aber eines war klar: Ich musste von nun an vorsichtig sein. Ganz vorsichtig. Ich durfte mir mein inneres Chaos nicht mehr anmerken lassen. Sonst spritzten sie mir wieder eine Nettigkeit zum Sedieren unter die Mundschleimhaut. Wahrscheinlich hatte die freundliche Dame die nötige Medizin schon parat liegen. Für den Fall, dass ich aus dem Ruder lief. Darauf würde sie lange warten können. Ich hatte mich wieder im Griff und würde so tun, als wäre alles für mich ganz normal. Völlig in Ordnung.

Sie musste in Sicherheit gewiegt werden, dass ich ihr saublödes Spiel mitmache. Nichts durchschaute oder hinterfragte. Genau. Und die nächstbeste Gelegenheit würde ich nutzen, um hier abzuhauen.

Ich räusperte mich umständlich: »Und was kommt jetzt?«

»Wir frühstücken gerade. Haben Sie Appetit auf einen frischen Kaffee?«

Wir. Wer ist wir? Aber frischer Kaffee wäre in der Tat gut.

»Schön«, antwortete ich hölzern. »Frühstücken wir.«

»Das ist gut. Sie wollen sich sicher vorher frisch machen und anziehen?«

Ich nickte flüchtig und arbeitete langsam meine Beine aus dem Bett. Sie schienen bleischwer. Wie überhaupt mein ganzer Körper wie auf Sparflamme reagierte. Als hätte ich gestern Abend zwei Flaschen Wein ausgetrunken. Verfluchte Sedierung. Dabei müsste mein Stoffwechsel so ein bisschen Chemie besser wegstecken können. Immerhin gönnte ich mir recht regelmäßig eine Schlaftablette.

Frau Bremer war in der Badezimmertür stehen geblieben und beobachtete mich aufmerksam. Sie sollte verschwinden und mich in Ruhe lassen. Ich konnte meine Gereiztheit nicht mehr unterdrücken.

»Das schaffe ich gerade noch allein«, knurrte ich. Meine Aufpasserin blieb weiterhin freundlich souverän. »In Ordnung«, sagte sie. »Dann bis gleich. Ich bin auf dem Flur, wenn Sie mich brauchen.« Mit diesen Worten ließ sie mich tatsächlich allein.

Das war auch wieder so ein Spruch. Warum sollte ich sie brauchen, dachte ich und atmete tief durch. Erst einmal auf die Toilette. Sie war zum Glück blitzsauber. Ich setzte mich auf die Brille und versuchte nachzudenken. Wie spät hatten wir es wohl? Ich entdeckte im Regal meine Armbanduhr und fischte sie mir herunter. Die Uhrzeit ließ mich wie elektrisiert hochfahren. Es war 8.10 Uhr! Herrje! So lange hatte ich seit Ewigkeiten nicht in den Federn gelegen. Ich würde es nicht mehr pünktlich in die Praxis schaffen. Nie im Leben, denn ich hatte noch diese unschlagbar freundliche Frau Bremer und ein Frühstücksversprechen am Hals. Telefon. Ich musste sofort Nele benachrichtigen. Sie wusste, was zu tun war, um die Patienten eine Zeit lang bei Laune zu halten. Ich würde versuchen, so schnell wie möglich zu kommen.

Um zu Hause brauchte ich mir keine Sorgen zu machen. Hans übernahm morgens den Weckdienst und das Frühstück für die Kinder. Die Kinder. Der Gedanke an sie und meinen Mann machte mir Angst. Ich drückte die beklemmende Erinnerung des Telefonats mit meiner angeblichen Tochter beiseite. Mira und Lasse waren selbstverständlich noch Kinder. Sie konnten nicht von einem Tag zum anderen erwachsen geworden sein, und Hans nicht – tot. Das war einfach lächerlich.

Ich beäugte Handtücher und Seife. Alles schien ungebraucht und sauber und somit unbedenklich.

Ich ließ das Wasser laufen und wusch mein Gesicht. Das sah mir im Spiegel übermüdet und mit Augenrändern entgegen. So konnte ich mich unmöglich in der Öffentlichkeit zeigen. Mein Blick fiel auf die schlichte Kosmetiktasche. Das war wirklich meine. Wie kam die hierher? Waren fremde Menschen in unserem Haus gewesen und hatten für mich gepackt?

Ich schlang ein Handtuch um meinen Körper und tapste in das Zimmer zurück. Vielleicht war meine Handtasche auch hier und vor allem mein Handy. Ich öffnete alle Schranktüren und Schubladen. Der Inhalt war eine Enttäuschung. Nur ein paar Kleidungsstücke. Hose, Pullover, Bluse und frische Unterwäsche. Sie gehörten mir nicht. Ich musste wieder an den gestrigen Abend denken. Unser Schlafzimmerschrank war ebenfalls komplett umgeräumt gewesen. Irgendjemand schien ganze Arbeit zu leisten. Warum auch immer. Hör auf! Verzettel dich nicht, ermahnte ich mich. Diese Gedanken machen dich nur unruhig und schüren neue Angst. Zieh an, was du geboten kriegst und sieh zu, dass du Land gewinnst!

Ich gehorchte meiner inneren Stimme. Fertig angezogen ging ich an das Fenster. Die Aussicht machte die naheliegendste Möglichkeit einer Flucht zunichte. Ich befand mich in der zweiten Etage. Keine Chance. Das war zum Springen viel zu hoch. Wo war ich hier überhaupt? Das Haus lag tief in einem parkähnlichen Gelände. Gewaltige, alte Eichen standen wie Wächter am Rand gepflegter Grünanlagen. Durch die Äste der Bäume konnte ich Wasser schimmern sehen. Das musste der See sein. Dort befand sich schon mal keine Psychiatrie, das würde ich wissen. ›Domizil am See‹, hatte dieser Ohlsen gesagt. Was war das? Ich ärgerte mich, dass ich mich so wenig mit meiner Umgebung beschäftigt hatte. Sonst würde ich wissen, auf welcher Seite des Sees ich mich befand, und was das hier für ein ominöses Haus war. Schon 8.20 Uhr! Die Zeit rannte mir davon. Ich durfte keine mehr mit zwecklosen Überlegungen verschwenden. Nele würde sich zu helfen wissen, auch ohne einen Anruf von mir.

Wir frühstücken unten, hatte Frau Bremer gesagt. Unten hörte sich gut an. Ich würde einen Kaffee trinken, auf die Toilette gehen und durch die nächste Tür von hier verschwinden.

Interview: männlich, 33 Jahre

Zum Wort ›alt‹ fällt mir Starre, Sturheit, Wertlosigkeit, Gemüsegarten und Erinnerungen ein.

An alten Menschen stört mich ihre Einheitsuniform. Ich frage mich, ob es Läden speziell für alte

Menschen mit einer einschlägigen Moderichtung gibt (lacht)? Ich finde, ab einem gewissen Alter, so ab 60, sehen die Menschen fast alle gleich aus. Besonders im Sommer. Die Frauen in diesen fürchterlichen Dreiviertelhosen und hellen Söckchen oder Perlonkniestrümpfen. Dazu wattierte Westen in hellblau oder rosa. Die Männer tragen ähnliche Hosen in beige in einem leichteren Material. Das Haar ist weiß mit lila oder rosa Strähnen. Sie sind meist unnatürlich gebräunt und haben ein Zahnarztlächeln. Dazu dieser starre Blick. Sie kommen mir ein wenig wie Außerirdische vor, die so auf die Welt gekommen sind und noch nie jung waren. Sie schauen immer ganz pikiert, wenn sich jemand anders benimmt, als es in ihre Tagesstruktur oder ihr kleines Weltbild passt. Letztens habe ich mich im Bus dabei ertappt, dass mir, ich denke mal, Achtklässler auf die Nerven gegangen sind mit ihrem rüpelhaften Benehmen. So rücksichtslos und laut. Dann habe ich nachgedacht, aber so habe ich mich in dem Alter nie verhalten. Oder bin ich auch schon alt im Denken und habe das vergessen?

Mir imponiert an alten Menschen, wenn sie ausgeglichen wirken. Eine gewisse Zufriedenheit und Ruhe ausstrahlen, eben wie Menschen, die ihr inneres Gleichgewicht gefunden haben. Das habe ich bislang nur bei älteren Menschen erlebt. Keine Ahnung, ob sie immer schon so waren oder ob man eine Chance hat, das zu lernen.

Wenn ich plötzlich mein Heim verlassen müsste, würde ich gar nichts mitnehmen. Nee, fällt mir absolut nichts ein.

Als 86-Jähriger, falls ich dann noch lebe, sehe ich mich am offenen Fenster stehen. Ich stehe dort, auf ein Kissen gestützt, beobachte die Vorbeigehenden und mecker über alles und über jeden.

Kapitel 10

Ich hatte das Zimmer gründlich durchsucht, aber weder Handy noch Ausweispapiere oder Bargeld gefunden. Dafür entdeckte ich meinen alten Koffer. Unter dem Bett. Mein Lieblingsversteck aus Kindertagen. Ich hatte ihn selbstverständlich mitgenommen. Die privaten Fotos und Briefe brauchten keinem Fremden in die Hände zu fallen.

Doch wer hatte ihn geholt und mir unter das Bett geschoben? Derjenige musste mich gut und schon sehr lange kennen. Mein rosarotes Erinnerungsstück war nicht mit einem eleganten Damenkoffer zu verwechseln. Wer konnte dafür infrage kommen, und was zum Teufel war mit mir los? Seit – ich überlegte angestrengt – seit mich gestern dieser schmierige Typ im Auto überfallen hatte, schien die Welt um mich herum wie auf den Kopf gestellt. Da musste es einen Zusammenhang geben. Aber welchen? Ich zwang mich, die Überlegungen beiseitezuschieben. Erst einmal weg hier und in die Praxis fahren. Ich musste mit Nele alles Organisatorische klären und dann würde ich freinehmen. Ungeplant. Das fühlte sich regelrecht revolutionär an. Und das war es auch für mich. Ich hatte mir noch niemals den Luxus geleistet, einfach mal blauzumachen. Das brachte Chaos in den Praxisalltag. Termine mussten verschoben werden. Etliche Telefonate geführt, um Patienten zu vertrösten. Nele würde wenig begeistert sein. Darauf konnte ich heute keine Rücksicht nehmen. Ich brauchte dringend Zeit. Vor allem, um in Ruhe mit Hans zu sprechen. Hans. Seit zehn Jahren tot. Wer immer sich dieses – dieses Theater ausgedacht hatte: Es war nicht mehr witzig. Menschen für tot zu erklären, damit machte man keine Spielchen. Das ging eindeutig unter die Gürtellinie.

Ich öffnete die Tür nur einen Spaltbreit und spähte auf den Flur. Niemand zu sehen. Ich wartete einen Augenblick, dann verließ ich das Zimmer. Es hätte mich nicht gewundert, wenn die besorgte Frau Bremer sofort aus einem der Zimmer auf mich zugeschossen wäre. Aber nichts. Es blieb ruhig. Kein Wachtposten in Sicht. Ich zögerte. In welche Richtung sollte ich gehen? Wo befand sich wohl das Treppenhaus? Ich entdeckte keinen Hinweis und entschied mich, den Weg nach links einzuschlagen.

»Fleißig wie immer.«

Ich zuckte zusammen. Das war Frau Bremers Stimme. Ganz in meiner Nähe. Wen meinte sie, doch nicht etwa mich? Aus einer Zimmertür fielen Sonnenstrahlen auf den Flur. Sie tanzten auf dem orangefarbenen Teppich. Ich schlich mich heran, bis ich in das Zimmer sehen konnte. Frau Bremer stand neben einer alten Frau. Einer uralten. Die Greisin trug einen weißen Kittel und polierte hoch konzentriert die Holzbeine eines Stuhls. Sie erinnerte mich an meine Oma. Die hatte auch immer so einen Kittel bei der Hausarbeit getragen. Eigentlich den ganzen Tag über. Sie hatte ihn nur ausgezogen, wenn sie zu Tisch ging oder sich eine Pause in ihrer Sofaecke gönnte.

Die alte Frau ließ sich durch Frau Bremers Anwesenheit in keiner Weise stören. Sie spuckte ungeniert auf ihr Taschentuch und bearbeitete damit die Sitzpolster des Stuhls.

»Ohne Fleiß kein Preis«, lobte Frau Bremer sie dafür auch noch. Die Alte nickte zufrieden, ohne ihre Arbeit zu unterbrechen. Wertschätzende Grundhaltung in der Kommunikation mit Menschen, die an Demenz erkrankt sind, schoss es mir durch den Kopf. Frau Bremer verstand etwas davon. Man nahm ihr die ehrliche Anteilnahme sogar ab. Mit ihrer sensiblen Art hatte sie selbst mir das Gefühl von Geborgenheit vermitteln können. Als ich nach diesem schrecklichen Albtraum völlig neben mir stand. Zumindest für einen kurzen Augenblick. Bis auch Frau Bremer mit der Dr. Ohlsen-Nummer angefangen hatte. Blieb die Frage: Warum redete sie mit mir wie mit einer zeitverrückten Verwirrten? Und wo, zum Kuckuck, war ich hier gelandet?

Bevor ich mich zum Weitergehen aufraffen konnte, hatte mich Frau Bremer entdeckt. Sie kam lächelnd auf mich zu.

»Frau Meinberg, da sind Sie ja schon. Kommen Sie. Ich zeige Ihnen den Frühstücksraum.«

Mit einem Blick auf die fleißig Putzende erklärte sie ungefragt: »Frau Hartwig kommt später nach. Sie hat noch keine Zeit.«

Ich schaute weg. Glaubte sie wirklich, ich sah nicht, dass diese Frau Hartwig sich in einer ganz anderen Zeitebene befand und auf dem Trip war, wie eh und je ihren Haushalt zu führen? Unwichtig. Sie konnte von mir aus glauben, was sie wollte.

Ich beäugte Frau Bremer von der Seite. Sollte ich es wagen und sie nach einem Telefon fragen? Etwas hielt mich davon ab. Diese Frau war zweifellos überaus freundlich. Aber irgendwie war ich sicher, dass ihre Freundlichkeit klare Grenzen hatte. Grenzen, die ich nicht überschreiten durfte. Ich musste mich möglichst unauffällig verhalten und der Situation anpassen. Frau Bremer sollte ruhig annehmen, dass meine Aufmerksamkeit einzig und allein auf das bevorstehende Frühstück gerichtet war.

Der Flur endete in einem offenen Tagesraum. Dort befand sich auch der Fahrstuhl. Die Türen öffneten sich leise surrend. Ich zögerte. Fahrstühle mied ich normalerweise. Nicht, weil ich unter Klaustrophobie leide. Sondern ich nutzte am Tag einfach jede Möglichkeit zum Training. Ich konnte nicht nachvollziehen, wie man für eine Etage in einen Fahrstuhl steigen oder sich auf eine lahmarschige Rolltreppe stellen konnte. Selbst wenn es treppab ging. Nun, bei diesen Fußfaulen sah die Waden- und Schenkelmuskulatur dementsprechend aus.

»Wollen Sie lieber die Treppe nehmen?«, fragte Frau Bremer. Ich sah sie irritiert an. Diese Frau war eine gute Beobachterin. Sie hatte mein Zaudern längst bemerkt und richtig interpretiert. Ich nickte.

»Ja, immer mobil bleiben«, bekräftigte sie mein Vorhaben freundlich. »Wer rastet, der rostet.«

Ich gestand mir peinlich berührt ein, dass mich ihr Lob sogar gefreut hätte, wenn ich nicht gerade Zeugin der Putzszene geworden wäre.

Frau Bremer begleitete mich ins Treppenhaus. Ich wollte wie gewohnt im lockeren Lauf die ersten Stufen nehmen, aber meine Beine folgten mir nicht. Sie reagierten eigenartig unbeholfen, und ich kam ins Stolpern. Frau Bremer musste beherzt zugreifen, um mich vor einem Sturz zu bewahren. Meine Güte, war mir das unangenehm.

»Geht schon«, knurrte ich unwirsch und befreite mich von ihr. Ich brauchte keine Hilfestellung. Nicht bei meiner Kondition. Die war hervorragend. Das hatte ich erst kürzlich auf unserem Klassentreffen mit Genugtuung feststellen können. Sie hatten ein Beachvolleyball-Turnier organisiert. Alle, auch die Männer, hatten bereits hechelnd im Sand gelegen, während ich noch wie eine Eins stand und nicht aufgeben wollte. Man hatte mich gebührend bewundert. Und nun schmierte ich hier bei ein paar Stufen nach unten ab.

Der Speiseraum war ein Traum aus Licht. Der obere Teil des Raumes war eine Halbkugel und bestand nur aus Fenstern. Hier versperrten keine Bäume die Sicht auf den See. Man hatte das Gefühl, mitten auf dem Wasser zu sein. Ein paar Segler nutzten den schönen Septembertag und verliehen dem Ausblick einen maritimen Touch.

Die Tische standen locker verteilt vor den Fenstern. Sie waren alle belegt. Manche nur mit einem Gast, andere mit mehreren. Bis dahin stimmte das Erwartungsbild an den Speisesaal eines gediegenen Hotels.

Aber die Gäste! Ich war längst stehen geblieben. Mein Gehirn übersetzte nur langsam meine visuellen Eindrücke. Als wollte es mich schonen. Die Gäste waren alt. Ohne Ausnahme. Der Geräuschpegel erreichte meine Sinne. Er war ebenfalls ungewöhnlich. Nicht das Summen gedämpfter Unterhaltung erfüllte den Raum, sondern emsige Schlürf- und Schmatzgeräusche. Sogar ein hemmungsloser Rülpser. Ich zwang mich, genauer hinzusehen. Ihre Kleidung, ihre ganze Aufmachung. Die Alten waren angezogen, als säßen sie in ihrer Küche. Als wären sie hier zu Hause. Einige hatten ein Geschirrhandtuch als Lätzchen umgebunden, und vor ihnen stand eine Schnabeltasse auf dem Tisch. Hatten sie ein

Pflegeheim in die Anlage integriert? Ich dachte an Frau Hartwig auf meiner Etage. Sicher, das konnte sein. Aber warum sollte ich ausgerechnet hier frühstücken? Ich hatte Frau Bremer ein geschickteres Händchen im Service zugetraut. Am liebsten hätte ich mich umgedreht und wäre gegangen, aber meine Begleiterin stand dicht neben mir. Wachsam. So als wäre sie jederzeit bereit, mich festzuhalten. Der Gedanke war unsinnig. Aber ich hatte weder Energie noch Zeit, um eine passendere Lokalität für mich einzufordern.

»Wo möchten Sie sitzen?«, fragte Frau Bremer heiter. Dabei breitete sie beide Arme aus, um mir das Angebot der freien Auswahl zu signalisieren.

»Nirgendwo«, antwortete ich knurrig. »Ich brauche keinen Sitzplatz. Ich bin gewohnt, meinen Kaffee im Stehen zu trinken. Und im Übrigen: Ich esse morgens nichts.«

Genauer gesagt, ich trank meinen Kaffee immer auf dem Weg in die Praxis aus meinem Thermobecher. Doch das brauchte ich ihr nicht auf die Nase zu binden.

»Am Morgen nichts essen? Aber Frau Meinberg, gerade für das Frühstück sollte man sich besonders viel Zeit nehmen. Mit der Mahlzeit geht man in den Tag«, war ihr liebevoller Kommentar. Sie erinnerte mich augenblicklich an meine Mutter.

Ich stöhnte auf. Okay. Gewonnen. Ich würde mich irgendwohin setzen und mir ein Frühstück servieren lassen. Frau Bremer schien ja ganz versessen darauf zu sein, mich zu bemuttern. Dann hatte sie ihren Willen und ich meine Ruhe. Danach konnte ich endlich verschwinden. Nele hatte sicher schon ihre liebe Not. Und Hans? Die Gedanken an ihn und meine Kinder hatte ich bislang immer schnell verdrängen können. Aus gutem Grund. Sie waren mir zu gefährlich. Einmal angefangen, in diese Richtung zu denken, ließ sich der Fluss schlecht stoppen. Ob sie nach Hause gekommen waren? Hans müsste mich doch längst vermissen und suchen. Ich hatte keine Nachricht für ihn hinterlassen. Wie auch! Immerhin war ich nicht freiwillig hierher gekommen. Die nächtliche Szenerie tauchte wieder vor meinem geistigen Auge auf, und eine dumpfe Angst griff nach mir. Ich zwang sie zurück. Ich durfte ihr keine Macht geben. Sonst konnte ich überhaupt keinen klaren Gedanken mehr fassen.

Ich ließ noch einmal meinen Blick über die anwesenden Senioren gleiten. Ein alter Mann erwiderte ihn und winkte mir freudig lächelnd zu. Ich sollte mich augenscheinlich zu ihm setzen. Nein, danke. Das würde ich nicht aushalten. Seine Senilität sprang mir ja schon aus der Entfernung entgegen. Er würde mich gnadenlos zutexten.

Da entdeckte ich sie. Magdalene. Ihren Namen kannte ich zu dem Zeitpunkt natürlich noch nicht.

Magdalene fiel mir auf, weil sie als Einzige in dem Raum wie ein Gast wirkte. Wie eine, die ebenfalls nicht hierher gehörte. Besser kann ich auch im Nachhinein die Anziehungskraft nicht erklären. Ihr Gesicht hatte noch Konturen und wirkte klar. Ihr schneeweißes, halblanges Haar glänzte und war tadellos geföhnt. Sie trug eine elegante Bluse und – sie schien sich absolut nicht für mich zu interessieren.

»Ich setze mich zu der Dame«, erklärte ich Frau Bremer.

»Gut, dann machen Sie sich ruhig selbst bekannt«, ermutigte sie mich.

Ich ging los. Dabei spürte ich Frau Bremers beobachtenden Blick im Rücken. Für einen Augenblick fühlte ich mich Jahrzehnte zurückversetzt. Ich war 13. Wir machten wie immer Urlaub in Dänemark. Mama, Steve und Lena. Ich lag viel auf dem Bett und träumte. Mama glaubte, ich würde trübsinnig. Aber ich wollte einfach nur für mich sein. Sollte Mama sich mit ihrer Familie amüsieren und mich in Ruhe lassen. Tat sie aber nicht. In einem Ferienhaus in der Nachbarschaft zog ein Ehepaar mit einer Tochter in meinem Alter ein, und Mama ließ nicht locker, bis ich sie ansprach. Sie hieß Laura und war begeistert, jemanden zum Bequatschen gefunden zu haben. Sie ist mir fürchterlich auf die Nerven gegangen.

Ich blieb vor Magdalenes Tisch stehen und räusperte mich: »Entschuldigung, ist hier der Platz noch frei?«

Magdalene nickte und wies gleichgültig mit der Hand auf den Stuhl ihr gegenüber. Ich setzte mich.

»Wie trinken Sie Ihren Kaffee?« Frau Bremer war mir gefolgt.

»Schwarz. Und …«, ich wollte noch einmal betonen, dass ich morgens sonst nichts zu mir nahm. Doch das Brötchen auf Magdalenes Teller verströmte einen wunderbaren Duft nach Hefe und Frischgebackenem. Mein Magen begann unanständig laut zu knurren.

»Ich hätte gern ein Brötchen mit Butter und Rübensirup.«

Während ich das sagte, lauschte ich höchst verwundert meinen Worten hinterher. Wann hatte ich das letzte Mal dieses zuckersüße Zeugs gegessen? Als Kind. Meine Kinder kannten so einen Brotaufstrich überhaupt nicht. Er kam bei uns nicht auf den Tisch. Und nun hatte ich urplötzlich Heißhunger darauf.

Unterzuckert, diagnostizierte ich. Stress und Zwangsumquartierung gingen nicht spurlos an mir vorbei. Wahrscheinlich war es die klügste Entscheidung, erst etwas zu essen, bevor ich mich aus dem Staub machte.

»Wir sehen uns später«, sagte Frau Bremer und verschwand. Ich dachte: von wegen. Du wirst mich hier nicht wiedersehen.

Ein junger Mann kam mit einem Frühstückstablett an unseren Tisch. Er lächelte mich aus bernsteinfarbenen Samtaugen an. Ganz direkt und herzlich. Seine offene Art gefiel mir und verwirrte mich gleichermaßen. Ich war es nicht gewohnt, dass mir ein Fremder, schon gar nicht so ein Jüngling, dermaßen tief und ungeniert in die Augen sah.

»Bei Rübensirup werde ich auch schwach«, gestand er verschmitzt lächelnd und drapierte Teller, Tasse und Besteck vor mir auf dem Tisch. »Können Sie selbst schmieren oder brauchen Sie dabei Hilfe?«

Ich gluckste. Was für eine Frage.

»Vielleicht übernehmen Sie auch gleich noch meine Fütterung«, lachte ich trocken und bedachte ihn mit einem vor Spott triefenden Blick.

»Okay, okay. Sie können das natürlich selbst. Ich habe gefragt, weil ich Sie noch nicht kenne«, erwiderte er nicht die Spur verunsichert. »Guten Hunger«, wünschte er und ließ mich mit meiner Tischnachbarin allein. Die lächelte mich zum ersten Mal an. Anscheinend hatte ihr meine Antwort gefallen. Aber sie schwieg weiterhin. Was ich äußerst angenehm fand.

Ich schmierte mir sündhaft dick die Butter auf das Brötchen. *Gute Butter*. Als Kind hatte ich mich immer aufgeregt, wenn Mama mich zum Einkaufen schickte und betonte, ich sollte *gute* Butter kaufen. Als würde es auch schlechte geben.

Ich tauchte den Teelöffel in den braun glänzenden Sirup und wickelte möglichst viel von der zähflüssigen Masse um ihn herum. Dann ließ ich den Rübensirup in dünnen Rinnsalen über mein Butterbrötchen laufen. Dabei bewegte ich den Löffel mal im Kreis mal im Zickzack, dann wieder im Quadrat, um ein Muster zu entwerfen. So hatte ich das immer gemacht. Das braune Geflecht regte meine Fantasie an. Bilder entstanden. Plötzlich konnte ich in ihnen keltische Knoten erkennen und sah Lillys Wohnwagen vor mir. Ich starrte fasziniert auf mein Brötchen. Und da schoss mir zum ersten Mal ein Verdacht durch den Kopf.

Wie durch das Aufblitzen einer Kamera wurde ein Gedanke beleuchtet. Für einen erschreckenden Augenblick. Länger hielt ich diese abwegige Eingebung nicht aus. Ich schickte sie wieder in die Dunkelheit zurück und konzentrierte mich auf mein Frühstück.

Interview: weiblich, 60 Jahre

Bei dem Wort ›alt‹ muss ich zuerst an Weisheit denken. Aber auch ängstlich, hilfebedürftig, abblätternde Farbe, Renovierungsarbeiten fallen mir ein. Und – loslassen dürfen.

Ich mag nicht, wenn alte Menschen griesgrämig sind. Wenn sie ständig mit einer Trauermiene durch die Gegend laufen, als gingen sie zu ihrer eigenen

Beerdigung. Wenn sie allen Humor verloren haben und ständig über die moderne Zeit schimpfen und herumposaunen: Früher war alles besser! Wenn sie sich überhaupt nicht anpassen oder weiterbewegen können.

Mir imponiert an alten Menschen vor allem, wenn sie sich bis ins hohe Alter ihren Humor bewahrt haben. Humor ist Trumpf und die beste Medizin. Wenn alte Menschen freundlich bleiben und sich noch reflektieren. Und wenn sie annehmen können, dass es einmal ein Ende hat, dieses Leben hier. Nicht krampfhaft festklammern und so sich selbst und ihren Angehörigen unnötig das Herz schwer machen.

Wenn ich plötzlich mein Heim verlassen müsste, würde ich meine Meditationsmappe mitnehmen. Darin habe ich alles gesammelt, was mir wichtig erscheint. Ein paar Briefe, Bücher, Fotos von Lebenden und auch von schon Toten.

Ich sehe mich als rüstige 80-Jährige. Ja. Voll Humor, dass die Jungen ihre Freude an mir haben. Und ich sehe für mein Alter noch verdammt gut aus (lacht). Ich nehme jeden Tag, wie er kommt, ganz ohne Angst und habe ein herrliches leckt mich am Arsch-Gefühl.

Kapitel 11

Ich biss herzhaft in die knusprige Brötchenhälfte. Dabei tropfte mir Rübensirup über die Finger. Diesen zähflüssigen Brotaufstrich ohne Schmiererei in den Mund zu bekommen, war schon immer eine Herausforderung und erfordert Geschick. Lena hatte sich nie Mühe gegeben, ihn ohne Kleckerei zu essen. Hinterher hatte sie sich die Finger einzeln abgeleckt. Ganz ungeniert. Das laute, lustvolle Lutschgeräusch hatte mich tierisch genervt. Sie wurde von Mama dafür nie gemaßregelt.

Ich betrachtete meine klebrigen Fingerkuppen und hätte es um ein Haar genau wie Lena gemacht. Aber ich spürte Magdalenes Blick auf mich gerichtet und entschied mich, eine Serviette zu benutzen.

Das Frühstück schmeckte mir. Sogar der Kaffee, der garantiert kein Koffein enthielt. Ein Wirkstoff, der sonst für mich am Morgen lebenswichtig war, und von dem ich mir einbildete, ihn herausschmecken zu können. Nur so war es ein *echter* Kaffee für mich.

Mein Blick fiel an meiner schweigsamen Tischnachbarin vorbei auf eine Wanduhr. Sie erinnerte an eine Bahnhofsuhr, nur noch größer. Sie hatte überdimensional große Zeiger und Zahlen. Es war kurz vor neun.

Verdammt! Ich frühstückte hier und verlor mich in Erinnerungen, während das Wartezimmer unter Garantie schon überquoll. Und die arme Nele hatte keinen Schimmer, wo ich steckte. Ich brauchte dringend ein Telefon. Ob Magdalene ein Handy besaß? Ich taxierte sie unauffällig. Mein erster Eindruck schien bestätigt. Obwohl sie ganz klar eine Seniorin war, grenzte sie sich von ihren anwesenden Altersgenossen wohltuend ab. Sie trug eine cremefarbene Kombination aus Bluse und Hose. Der passende Blazer dazu hing über dem Nachbarstuhl. Eine schlichte Perlenkette und die gepflegte Frisur rundeten das Bild ihrer eleganten Erscheinung ab. Alles an ihr verriet Geschmack und das nötige Kleingeld, ihn zu verwirklichen. Eine Frau, die ebenso wenig wie ich in diese Umgebung passte. Ja, mit Sicherheit besaß sie ein Handy.

»Tut mir leid. Ich habe mich Ihnen gar nicht vorgestellt. Ich heiße Michelle Meinberg«, begann ich im leichten Plauderton. Sie sah mich ohne Interesse an. Eindeutiges Signal. Sie wollte mit mir keinen Small Talk beginnen. Eine von mir unter normalen Umständen hoch geschätzte Einstellung. Aber zurzeit war nichts normal, und ich lächelte sie weiterhin erwartungsvoll an.

»Magdalene Werner«, antwortete sie widerwillig. Danach schwieg sie wieder. Ich war nicht in Übung, eine Tischunterhaltung zu beginnen. Das hatte ich bislang auch nicht nötig gehabt. Ich entschied mich, mit der Tür ins Haus zu fallen.

»Entschuldigung, wenn ich Sie weiter belästige. Aber ich habe ein Problem. Ein großes. Vor allem muss ich dringend telefonieren. Leider hat man mir – ähm, ich habe mein Handy anscheinend verloren.«

Sie sah mich durchdringend an. Mit schönen grauen Augen, die ihr Gesicht attraktiv wirken ließen. Ohne eine Gegenfrage zu stellen, griff sie in die Tasche ihres Blazers und legte das Objekt meiner Begierde vor mir auf den Tisch.

»Bitte, telefonieren Sie.«

Ihre spröde Art gefiel mir.

»Vielen Dank«, murmelte ich und griff hastig nach dem matt glänzenden Mobiltelefon. Aber anstatt endlich den Anruf zu tätigen, konnte ich nur enttäuscht auf das flache Teil in meiner Hand starren. Das Modell war mir völlig unbekannt. Dazu erkannte ich auf dem Display kaum etwas. Meine Augen hatten sich anscheinend noch immer nicht erholt. Für Strategien, meine Unfähigkeit zu verbergen, fehlte mir die Geduld und vor allem die Zeit. Ich gestand Magdalene ohne Umschweife die Wahrheit.

»Mit so einem Modell kenne ich mich überhaupt nicht aus. Wären Sie so freundlich und könnten die Nummer für mich eingeben?«

Nun lächelte ich verlegen. Aber Magdalene blieb

damenhaft gelassen. Ich konnte nicht den Ansatz von Spott in ihren Augen aufblitzen sehen. Sie setzte sich eine zierliche Lesebrille auf und griff nach dem Handy.

»Diktieren Sie mir die Nummer«, forderte sie mich auf.

Ich nannte ihr die Zahlen. Magdalene tippte sie ein und reichte mir das Handy wieder herüber. Ich hielt es ans Ohr. Aber ich hörte kein Freizeichen und nach dem Abnehmen Neles vertraute Begrüßungsformel, sondern einen lang gezogenen Quäkton. Der wurde von einer technischen Stimme abgelöst: Kein Anschluss unter dieser Nummer. Mist!

»Könnten Sie es bitte noch einmal versuchen. Vielleicht …« Ich vollendete den Satz nicht, denn ich wollte Magdalene auf keinen Fall verärgern. Aber so schnell, wie sie die Zahlen eingetippt hatte, war es mehr als wahrscheinlich, dass sich ein Dreher eingeschlichen hatte.

Sie griff kommentarlos nach dem Handy, und ich diktierte. Dieses Mal ganz langsam. Ich sagte ihr immer erst die nächste Zahl an, wenn durch ein Piep die Eingabe der vorangegangenen bestätigt wurde.

Aber als ich das Handy an mein Ohr hielt, hörte ich die gleiche Leier wie beim ersten Mal: Kein Anschluss unter dieser Nummer.

Hatte ich etwa selbst die Telefonnummer durcheinandergebracht? Das konnte nicht sein. Die würde

ich aus dem Tiefschlaf heraus richtig ansagen können. So was Blödes, aber was sollte ich machen. Es
war mir zu peinlich, Magdalene ein drittes Mal zu
bitten. Und außerdem: Nele war schließlich keine
Anfängerin, tröstete ich mich. Sie würde sich schon
zu helfen wissen und die Warterei überbrücken.

Hans. Der Gedanke an ihn ließ mir einen Kloß im
Hals wachsen. Warum hatte ich nicht ihn angerufen?
Nein, mein erster Gedanke hatte der Praxis gegol-
ten. Jetzt war es zu spät. Hans war bereits unterwegs, und seine Handynummer wusste ich nicht aus
dem Kopf. Dabei hätte er mir geholfen. Hans wusste
immer einen Ausweg. In dem Augenblick wurde
mir schmerzhaft bewusst, wie sehr Hans mir den
Rücken frei hielt. Dabei war er selbst voll berufstä-
tig. Trotzdem hatte er immer ein offenes Ohr und
Zeit. Für mich und für die Kinder. Die Kinder. Mit
Macht drängten sich die verwirrenden Erlebnisse
der letzten Nacht in den Vordergrund und warfen
wieder unzählige Fragen auf. Warum war meine
Familie verschwunden? Warum hatte man unser
Haus komplett umgeräumt? Wer, verdammt noch
mal, war Dr. Ohlsen? Und wer die unbekannte Frau
am Telefon, die sich als meine Tochter Mira ausgegeben hatte?

Entsprachen die Erinnerungsfetzen wirklich der
Realität? Oder waren sie nur ein Produkt meiner
Fantasie? Schließlich war auch ich nicht gegen Psy-
chosen immun. Das hatten sich schon ganz andere

eingebildet. Vielleicht waren meine Zwangsunter-
bringung in diesem ›Was-auch-immer-Hotel‹ und
die Fürsorge um meine Person berechtigt. Die
beschämende Erinnerung, den vermeintlichen Dr.
Ohlsen mit Kraft getreten und gebissen zu haben,
streifte mich. Der Ärmste. Dabei wollte er mir vielleicht nur helfen. Konnte das sein?

Ich gab mir einen Ruck und fragte Magdalene:
»Was ist das hier für eine – eine Einrichtung?«

Ihre wunderschönen grauen Augen musterten
mich aufmerksam. Ich bildete mir ein, in ihnen einen
Hauch von Mitleid zu erkennen.

»Das hier ist das ›Domizil am See‹.« Magdalene
zögerte, dann fügte sie hinzu. »Es ist eine Einrichtung, die sich auf die Pflege und Betreuung Demenzkranker spezialisiert hat.«

Bevor ich es verhindern konnte, klappte mir mein
Unterkiefer herunter. Magdalene sah taktvoll zur
Seite. Ich auch.

Pflege und Betreuung Demenzkranker. Die beiden Frauen am Nebentisch saßen fallgesichert in
Mobilisationsstühlen. Die eine war eingeschlafen.
Die andere schaute ohne erkennbare Regung aus
dem Fenster. Eindeutig. Das waren keine Senioren,
die ein nettes Wochenende im Hotel verbrachten.
Anscheinend war ich hier in eine Art ›Edel-Alters-
klapse‹ gelandet.

Der agile Herr, der mich schon beim Hereinkommen angestrahlt hatte, fing erneut einen Blick von

mir auf. Nun fühlte er sich unwiderruflich ermutigt und stand auf. Er formierte sich mit Rollator in meine Richtung und marschierte los. Hilfe! Das hatte mir gerade noch gefehlt.

In meinem Kopf ratterten die Überlegungen. Wie kam ich so schnell wie möglich von hier weg? Das Haus lag am See. Mamas Datscha musste sich ganz in der Nähe befinden. Ich würde sie anrufen. Immerhin riss sie sich ständig darum, etwas für mich zu tun. Bitte schön. Jetzt hatte sie die Gelegenheit dazu. Ich wandte mich Magdalene zu. Es blieb mir nichts anderes übrig, als sie noch einmal zu belästigen.

»Tut mir leid, wenn ich nerve. Aber ich muss, ich müsste ein letztes Mal telefonieren, bitte«, haspelte ich.

Sie nickte nur stumm. Auf jeden Fall war sie nicht so schnell aus der Ruhe zu bringen. Ich sagte ihr die Telefonnummer meiner Mutter an. Wieder das gleiche Theater. Kein Anschluss unter der Nummer.

»Sind Sie sicher, dass wir hier kein Funkloch haben?«

Magdalene lächelte nachsichtig. »Ja, ganz sicher.«

Mein Mund war trocken. Ich trank einen Schluck kalten Kaffee. Da stand der Rollator-Galan schon neben mir. Nein, danke. Ich stand abrupt auf und wollte blindlings loslaufen.

»Ihr Koffer«, erinnerte mich Magdalene und

erhob sich ebenfalls. Ich schnappte ihn und ließ meinen enttäuschten Verehrer am Tisch stehen. Raus hier. Aber wo war der verflixte Ausgang? Überall Fenster, überall Flure. Alles sah irgendwie gleich aus. Ich lief einfach los. Der Gang endete in einer gemütlichen Nische mit Seeblick. Verschiedenfarbene ›Fatboys‹ waren einladend im Kreis drapiert. In einem lümmelte eine magere Greisin. Sie lag in dem weichen Sitzsack wie in einer Umarmung und lächelte zufrieden.

»Suchen Sie etwas, Frau Meinberg?«

Ich fuhr dermaßen zusammen, dass ich mich an der Wand abstützen musste.

»Tut mir leid. Ich wollte Sie nicht erschrecken.« Es war der freundliche, junge Mann, der mir das Frühstück serviert hatte. Er war mir gefolgt. Zufällig oder mit Absicht? War es möglich, dass ich wirklich unter Beobachtung stand? Wenn ja, dann hätte man mich besser auf einer Geschlossenen als in einem Seniorenwohnheim unterbringen sollen. Was für ein undurchschaubares Netz wurde da gesponnen? Was für ein Plan steckte dahinter? Hör auf, Michelle. Hinter einem Plan muss ein Ziel stehen, und vor allem Drahtzieher. Wer sollte das denn sein? Ich tickte ja schon wie mein lieber schizophrener Patient Boll. Ihm ging nie die Fantasie für eine neue obskure Variante seiner Verschwörungstheorien aus. Und ich war gerade fleißig dabei, mich selbst in Wahnvorstellungen zu verstricken.

»Suchen Sie etwas?«, hörte ich den jungen Mann freundlich wiederholen. Ja, den Ausgang, dachte ich. Aber das verschwieg ich ihm wohlweislich.

»Ich weiß nicht mehr, wo mein Zimmer ist«, sagte ich. Ehrlich gesagt war diese Einsicht nicht gelogen.

»Ja, manchmal sieht alles gleich aus«, bestätigte er mich, als würde er sich selbst jeden Tag einmal verlaufen und Orientierungshilfe benötigen.

»Kommen Sie. Ich zeige Ihnen den Weg.«

Ich folgte ihm notgedrungen zurück bis zum Fahrstuhl. Da stand Magdalene und wartete. Auf mich? Fast schien es mir so.

Der junge Mann begleitete uns in die zweite Etage. Als wir aus dem Fahrstuhl stiegen, sagte ich: »Ich danke Ihnen. Aber nun finde ich mich wieder allein zurecht.«

Von wegen. Ich hatte noch immer keinen Schimmer, wie ich aus diesem Labyrinth von Kuschelwohnheim herauskommen sollte. Die einzige Person, die mir eventuell helfen konnte, war und blieb Magdalene. Sie wohnte in der gleichen Etage wie ich. Sie wirkte klar und absolut nicht zeitverrückt, und sie kannte sich hier sicher bestens aus. Es blieb mir keine Wahl. Ich musste Farbe bekennen und Mut zur Wahrheit haben. Wobei ich selbst immer noch nicht wusste, wie die aussah.

»Das ist jetzt sicher ein Überfall für Sie, aber ... Es ist ungeheuer wichtig. Meine Situation, also, sie ist schwer zu erklären. Fakt ist: Ich brauche Hilfe. Glauben Sie mir, ich bin nicht freiwillig in dieser Residenz«, begann ich hastig draufloszureden. »Ich muss hier weg, um dringende Angelegenheiten zu regeln. Man wartet auf mich. Aber dieses Haus ist so verschachtelt, dass ich den Ausgang nicht finde. Und außerdem – außerdem befürchte ich, man versucht aus irgendeinem Grund zu verhindern, dass ich gehe. Zeigen Sie mir bitte den Weg nach draußen.«

Den Weg nach draußen, dröhnte es in meinem Kopf nach. Meine Güte, das hörte sich wirklich nach Psycho an. Nach draußen wollen alle. Ich gab mir einen Ruck und sah Magdalene an. Sie hielt meinem Blick ruhig stand. Keine Chance, zu erkennen, was sie dachte. Wahrscheinlich hielt sie mich für verrückt. Das könnte ich ihr nicht verübeln, aber es war mir gerade egal. Sie sollte denken, was sie wollte, wenn sie mir nur den Ausgang zeigte.

Die Fahrstuhltür schloss sich. Ich schreckte zusammen. Vielleicht würde gleich der nächste Überwacher aussteigen. Wir durften hier keine Wurzeln schlagen.

»Bitte«, flehte ich. »Wo geht es raus?«

Aber statt mir einfach den Weg zu zeigen, bestimmte Magdalene mit einer Stimme, die keinen Widerspruch zuließ: »Gehen wir zu Ihnen aufs Zimmer.«

Interview: männlich, 53 Jahre

Das Wort ›alt‹ hat für mich etwas mit Zyklus, Relation, Zeit und Bewegung zu tun. Da ist im Grunde der Begriff ›alt‹ nicht passend, da er ein statischer Ausdruck ist und es ›alt‹ in dem Sinne gar nicht gibt.

Was mich an alten Menschen stört und was mir imponiert, die beiden Fragen sind für mich einfach zu beantworten und nicht voneinander zu trennen. Wir Menschen sind Individuen. Als Beispiel: Nimm eine Handvoll Sand am Strand auf und urteile, welches Korn älter oder jünger ist. So wie das einzelne Korn im Sand am Strand, so sind wir auch. Nur der Zusammenhalt macht uns zu dem, was wir sind. Es ekelt mich, ob einer 30 oder 90 Jahre alt ist, wenn er in die Hose macht.

Es imponiert mir, wenn einer mit 30 seine Gebrechen beherrscht genauso wie mit 90.

Wenn ich plötzlich mein Heim verlassen müsste, würde ich vielleicht Kleidung mitnehmen. Ich weiß es nicht. Es kommt auf die Umstände an, die Zeit, die einem zum Überlegen bleibt.

Wie sehe ich mich als 86-Jähriger? Die Frage kann ich nicht beantworten. Ich schaue aus meinen Augen in die Welt und nehme sie mit meinen Sinnen wahr. Spiegelbilder von mir, nee. Ich will es auch gar nicht wissen. Denn ich sehe mich im Einklang mit der Natur. Und so existieren ich und auch alle anderen bzw. meine Atome seit dem Anbeginn der Zeit und darüber hinaus. Und da ist wieder der Bezug zu der ersten Frage. Was verbinde ich mit dem Wort ›alt‹? Bin ich jung und am Anfang des kosmischen Ganzen oder an dessen Ende?

Kapitel 12

Magdalene sah aus dem Fenster. Lange, als hätte sie alle Zeit der Welt. Ich kochte vor Ungeduld. Was war an dem Blick nach draußen so interessant? Ihr Zimmer lag nebenan, und von dort hatte sie sicherlich die gleiche Aussicht. Endlich drehte sie sich zu mir um.

»Erzählen Sie mir Ihre Geschichte«, forderte sie mich auf.

Mir rutschte ein trockenes Lachen heraus. Die Art und Weise, wie sie mich zum Erzählen aufforderte, war verkehrte Welt. Ich fühlte mich aus der vertrauten Rolle der Ärztin in die einer Patientin katapultiert. Erzählen Sie mir Ihre Geschichte, wiederholte ich in Gedanken. Etwas in mir sehnte sich danach, sie zu erzählen. Ohne Scham und vor allem ohne Angst. Aber …

»Das geht nicht so einfach«, wich ich aus. »Und ich habe keine Zeit zu verschwenden.«

»Ich ebenfalls nicht«, entgegnete Magdalene weiterhin seelenruhig. »Aber ich möchte Sie verstehen. Sonst kann ich Ihnen nicht helfen.«

Helfen, dachte ich. Ja, ich brauchte Hilfe. Ein fremder Gedanke für mich. Es fiel mir ungeheuer schwer, Schwäche zu zeigen. Man vermutete sie auch nicht bei mir. Ich war die Starke. Immer schon gewesen.

»Setzen wir uns«, sagte Magdalene und rückte sich einen Stuhl zurecht.

Ich hätte mich gern widersetzt. Ihr gesagt, es reiche völlig, wenn ich ihr im Telegrammstil meine Erlebnisse berichte, und dann so schnell wie möglich weg hier. Ab in die Praxis und nach Hause. Endlich klären und verstehen, was wirklich passiert ist.

Aber ich setzte mich folgsam auf den zweiten Stuhl im Zimmer. Zumal mir das Stehen auf einer Stelle ungewöhnlich schwerfiel. Meine Beine begannen zu schmerzen und waren an den Fesseln leicht angeschwollen.

Magdalene sah mich abwartend an. »Nun?«

»Ich weiß gar nicht, wo ich anfangen soll«, versuchte ich mich noch einmal herauszuwinden.

»Beginnen Sie hinten oder vorn oder mittendrin. Fangen Sie einfach an zu erzählen.«

Mich durchströmte ein warmes Gefühl der Geborgenheit. Einfach so zu erzählen, ohne die Anstrengung, es chronologisch zu ordnen. Das hörte sich gut an. Ich entspannte mich ein wenig.

»Jetzt fällt mir doch der Anfang ein. Jedenfalls glaube ich, dass es der Anfang war.« Ich lächelte Magdalene scheu an. Sie erwiderte es freundlich ermutigend.

»Ich bin gestern auf dem Rückweg von – von einem Besuch bei meiner Mutter im Auto überfallen worden. Ich sollte Geld von meinem Konto abheben. Aber der Typ, wollte – er wollte mehr von mir, verstehen Sie. Es war furchtbar. Ich bin vor Angst fast gestorben und konnte nicht mehr denken. Außer: Der fasst mich gleich an. Der kommt mir ekelerregend nah.

Ich bin ohnmächtig geworden vor Angst. Ganz kurz. Danach war alles anders. Von einer Sekunde zur anderen hatte sich seine Geilheit in Luft aufgelöst. Er hatte kein Interesse mehr an mir. Im Gegenteil. Er hatte Angst. Er war regelrecht in Panik. Ich vermute, es war ein entgleister Kokstrip. Da erkennen die manchmal ihre eigene Mutter nicht wieder. Ich muss in seiner Fantasie wirklich gruselig ausgesehen haben. Keine Ahnung. Er ist Hals über Kopf geflüchtet. Erst war ich nur erleichtert. Dann müde. Sehr müde, und ich muss kurz eingeschlafen sein. Danach bin ich zur nächsten Polizeidienststelle gefahren und habe ihn angezeigt. Dort haben sie mich auf eine unangenehme Art und Weise abgekanzelt. Ich fühlte mich jedenfalls nicht ernst genommen. Seitdem scheint alles andere auch auf den Kopf gestellt, und mir passieren mysteriöse Dinge. Eines nach dem anderen. Ich …«

Magdalene sah mich unverändert aufmerksam an, und ich erzählte weiter. »Ich habe unser Haus kaum wiedererkannt. Alle Räume waren umgeräumt, und das innerhalb der wenigen Stunden meiner Abwesenheit. Meine Kinder und mein Mann, sie waren verschwunden. Ohne eine Nachricht zu hinterlassen. Das war mehr als ungewöhnlich. Und am Telefon hat sich eine Frau gemeldet, die behauptet hat, meine Tochter zu sein. Sie sagte mir, mein Mann wäre bereits seit zehn Jahren tot. Sie können sich vorstellen, ich war völlig verwirrt und habe krampfhaft versucht, eine Erklärung zu finden. Ich dachte schon, ich hätte durch den Stress einen Migräneschub. Immerhin beginnt der öfter mit Wahrnehmungsstörungen.

Später, in der Nacht, ist mein angeblicher Hausarzt in unser Haus eingedrungen und hat mich schließlich mit Sanitätern hierher geschafft. Zwangsweise. Ich verstehe das alles nicht. Doch je mehr ich grüble und nach einer Lösung suche, desto dichter wird der Nebel.«

Ich sah Magdalene scharf an. Aber noch immer war nicht ein Ansatz von Spott in ihren Augen zu erkennen. Ich holte tief Luft und setzte zum Finale an.

»Meine Mutter hat ihre schräge Freundin gebeten, mich mit einem Zauber zu belegen. Und den konnten sie angeblich nicht mehr rückgängig machen. Sie hat mich gestern davor gewarnt. Das ganze Theater haben sie inszeniert, um mir zu helfen. Hilfe sieht für mich allerdings anders aus. Ganz anders«, fügte ich hinzu. Jetzt hatte ich mich richtig in Zorn geredet.

Zauber, hörte ich mich im Nachhinein sagen. Ich hatte wirklich Mamas Warnung laut ausgesprochen. Als würde ich an so was wie Zauberei glauben. So weit war es mit mir schon gekommen. Was, um Himmels willen, dachte Magdalene von mir? Hoffentlich klingelte sie nicht heimlich nach einer Schwester. Wenn sie vor mir Angst bekommen hätte, könnte ich es sogar verstehen.

Aber sie wirkte weiterhin völlig unaufgeregt. Sie sah mich milde lächelnd an: »Frau Meinberg, überlegen Sie mal. Ihre Kinder werden mit Sicherheit schon erwachsen sein.«

Nein. Nicht jetzt auch noch Magdalene! Nein. Sie konnte nicht zu dem Komplott gehören, dachte ich verzweifelt. Sie durfte es einfach nicht. Oder war es gar keines? War es am Ende wahr?

»Was macht Sie so sicher? Wie kommen Sie und anscheinend die übrige Umwelt zu der Überzeugung, dass ich erwachsene Kinder haben könnte. Immerhin bin ich erst 41 und meistens werde ich locker zehn Jahre jünger eingeschätzt. Also warum?«

Nun zwinkerte Magdalene nervös mit den Augen. Sie streckte ihren Oberkörper, als müsse sie die Antwort regelrecht aus sich herauspressen.

»Frau Meinberg, warum wehren Sie sich so sehr dagegen, dass Ihre Kinder erwachsen sind? Versuchen Sie sich zu erinnern: an die Schulentlassung ihrer Kinder zum Beispiel. Was haben sie für einen Beruf erlernt. Sie waren sicher bei Abschlussprüfungen dabei. Oder auf den Hochzeiten. Das sind doch gravierende Ereignisse. Vielleicht haben Sie sogar Enkel.«

Sie schaute mich wehmütig an. »Ich habe leider keine Kinder.«

Ich hörte ihr angestrengt zu. Versuchte, die Worte zu verdauen. Wohin wollte Magdalene mich führen? Zu einer Erinnerung, die es nicht gab? Nicht geben konnte. Vielleicht war Magdalene früher Therapeutin gewesen und redete mit mir in vertrauten Mustern. Und ich war dabei, sie ernst zu nehmen. Immerhin befanden wir uns nicht gerade auf psychoneutralem Gelände.

Ich beschloss, die eigentümliche Sitzung zu beenden. Wir hatten schon genug Zeit verplempert. Ich stand auf. »Zum letzten Mal: Meine Kinder sind neun und elf Jahre alt. Das war gestern. Warum stellen Sie mir so eigenartige Fragen? Warum tun Sie so, als wären innerhalb eines Tages Jahrzehnte vergangen? So eine große Zeitspanne vergisst man nicht. Nicht einfach so.«

Magdalene zögerte. Sie rang offensichtlich mit sich. Dann sah sie entschlossen hoch und mir gerade in die Augen. »Gut, Sie sollen eine ehrliche Antwort bekommen. Sie behaupten, 41 Jahre alt zu sein. Das ist, mit Verlaub gesagt, lächerlich. Sie sind ungefähr in meinem Alter. Und ich bin 82 Jahre alt.«

Ich starrte Magdalene an. In meinem Kopf schwirrte es. Ich sollte über 80 sein? Ein hysterisches Kichern wollte in mir hochsteigen. Es blieb mir im Hals stecken. Der Polizist gestern. Sein – sein süffisantes Lächeln, als ich von sexueller Belästigung sprach. Überhaupt alle anderen, wie sie mich angesehen hatten. Das waren fremde Blicke. Sie waren für eine Person bestimmt, die ich nicht kannte. Konnte das sein? Das war absolut verrückt. Lilly. Vielleicht sollte ich nicht nur das Wort Zauber aussprechen, sondern die Möglichkeit, er könnte erfolgreich gewesen sein, einräumen. Unsinn. Totaler Unsinn. Oder nicht? Mir blieb keine Wahl. Ich musste mich dazu durchringen, einem Menschen zu vertrauen. Vor allem, was mein Aussehen und die Einschätzung meines Alters betraf. Sonst würde ich durch das ständige Misstrauen mit Sicherheit verrückt.

Ich fuhr mir nervös über das Haar und marschierte in das kleine Badezimmer. Vor dem Spiegel blieb ich stehen. Magdalene war mir gefolgt. Unsere Gesichter waren nebeneinander zu sehen. Meins wies keine einzige Falte auf. Makellos, bis auf die Augenränder. Die waren nach dem, was ich in den zurückliegenden Stunden durchgemacht hatte, kein Wunder. Ich betrachtete Magdalene mit ihrem schneeweißen, gepflegten Haar. Im Gesicht und am Hals unzählige feine, kleine Fältchen. Sie sah immer noch attraktiv aus. Mit Konturen und wundervoll lebendigen Augen. Aber sie war eindeutig sehr alt.

Unsere Blicke trafen sich im Spiegel, und ich

stellte mit zitternder Stimme die direkte Frage: »Wie alt schätzen Sie mich?«

Magdalene hob ihre Hände, ließ sie wieder sinken: »Wie ich eben schon gesagt habe. Ungefähr in meinem Alter. Aber Sie sehen wirklich noch unglaublich gut aus.«

»Danke, Sie auch«, murmelte ich tonlos und starrte wieder mein Spiegelbild an.

»Aber warum – warum sehe ich mich selbst genau wie gestern. Da war ich 41. Für mich hat sich nichts verändert, und alle anderen behandeln und sehen mich anscheinend als alte Frau. Das kann doch nicht sein.«

»Manchmal sieht man nur, was man sehen will. Ich kann Ihnen die Frage nicht beantworten. An manchen Tagen fühle ich mich zum Beispiel richtig jung. Dann sehe ich in keinen Spiegel, um mir nicht die Laune zu verderben.«

Magdalene stockte und lächelte mich traurig an. »Aber zurzeit ist das alles nicht wichtig für mich. Nicht mehr.«

Ich hörte nicht hin. Ich wankte zu dem Stuhl zurück und ließ mich kraftlos darauf plumpsen. Das konnte alles nicht wahr sein. Konnte es einfach nicht. Mama! Was für einen Riesenmist hatten sie und Lilly da angerichtet. Ich musste zu ihr.

»Ich muss mich ganz dringend mit meiner Mutter unterhalten«, sprach ich den Gedanken laut aus. Magdalene sah mich zweifelnd an.

»Glauben Sie mir, meine Mutter lebt«, sagte ich aufgebracht. »Gestern Nachmittag jedenfalls noch, und sie erfreute sich bester Gesundheit.«

Magdalene nickte skeptisch.

»Das Problem ist, dass ihr Telefonanschluss anscheinend spinnt und ich hier ohne Papiere sitze. Könnten Sie mir vielleicht mit Bargeld aushelfen? Nicht viel und Sie bekommen es zurück, ehrlich. Ich möchte mir nur ein Taxi rufen.«

»Wo wohnt Ihre Mutter denn?«

»Am See in der Laubenkolonie.«

»Die neben dem Campingplatz?«

Ich nickte erleichtert. Ein wunderbares Gefühl, dass einmal eine Angabe von mir stimmte. »Vielleicht kann ich ja auch zu Fuß gehen. Auf welcher Seite des Sees sind wir hier eigentlich?«

Ich war wie berauscht. Endlich hatte ich an einem Verbindungsfaden gezogen, der mir nicht gleich wieder aus der Hand gerissen wurde.

Magdalene winkte ab: »Das ist zum Laufen zu weit. Wir befinden uns auf der Südseite.«

Ich wollte widersprechen. Ihr sagen, ich bin durchaus in der Lage, meine Beine zu gebrauchen, da entschied Magdalene: »Ich werde Ihnen ein Taxi rufen und Sie zum Ausgang begleiten. Sonst geben Sie ja doch keine Ruhe.«

»Danke«, strahlte ich. Im Grunde war ich auf eine längere Fußtour nicht besonders scharf gewesen.

Als Magdalene das Handy in die Hand nahm,

beschleunigte sich mein Puls. Die misslungenen Versuche am Frühstückstisch ließen mich an der Funktion ihres Gerätes zweifeln. Ich schloss die Augen. Hoffentlich bekam sie eine Verbindung. Hoffentlich. Ich musste mit Mama Tacheles reden.

»Guten Tag, Werner«, hörte ich Magdalenes Stimme. Yes! Ich hätte laut jubeln können.

»Wir möchten gern einen Wagen in die Seestraße, ›Domizil am See‹. – Ja, genau.«

»Nein, wir warten am Eingang in ungefähr …«, Magdalene suchte meinen Blick, »einer Viertelstunde.«

Ich nickte heftig. Endlich kam etwas in Gang.

»Nein«, sagte sie. »Nein, das würde die Dame sicher nicht stören. Ihre Fahrt geht ja nur bis zur Laubenkolonie am See. Das wäre sogar passend.«

Stille. Längere Zeit. Magdalene zog beim Zuhören ihre Stirn in Falten und sah zunehmend irritiert aus.

»Wenn Sie meinen. Auf Wiederhören«, sagte sie betont herablassend. Sie legte das Handy ärgerlich beiseite.

»Was ist?«, bedrängte ich sie. »Nun sagen Sie schon!«

»Er fragte, ob es Sie stören würde, wenn ein weiterer Fahrgast mit in die Innenstadt fährt.«

»Und?«

»Sie haben meine Antwort gehört. Der Mann in der Zentrale sagte daraufhin, die Laubenpieper gäbe es dort schon lange nicht mehr. An dem Platz stünden jetzt Reihenhäuser. ›Schöner Wohnen‹ mit Blick auf den See.«

Ich starrte sie fassungslos an. Die Laubenkolonie sollte es nicht mehr geben?

»Spinnt der Typ?«

Magdalene lachte bitter auf. »Das Gleiche nimmt er von uns an. Nun ja, unsere Hausadresse spricht nicht gerade für unsere Glaubwürdigkeit.«

»Und nun?«

Magdalene zuckte mit den Achseln und schwieg.

Die Laubenkolonie sollte verschwunden sein. Platt gemacht. Mein einziger Halt war Magdalenes Reaktion. Sie schien davon auch nichts gewusst zu haben. Ein schwacher Trost, der mich nicht wirklich beruhigte.

»Wir werden uns für längere Zeit nicht sehen«, hörte ich im Geiste Mamas warnende Stimme.

»Was hast du vor? Willst du ans Ende der Welt?«, habe ich gespottet.

»Ja, so könnte man es nennen«, war ihre ernste Antwort. »Michelle, hör gut zu, und schau dich genau um. Aber du darfst keine Angst haben, hörst du. Versuch, keine Angst zu haben.«

Während ich das dachte, spürte ich, wie die Angst mit einer gewaltigen Macht in mir hochkroch, und ich hätte am liebsten laut um Hilfe geschrien.

Interview: weiblich, 13 Jahre

Bei dem Wort ›alt‹ denke ich an einen Schaukelstuhl, Wolle, Strümpfe stricken, Kuchen backen, eine Blumenwiese und Falten. Ganz viele Falten.

Ich mag an alten Menschen nicht, wenn sie so laut reden, fast schreien, weil sie selbst schlecht hören können. Wenn man das Gesagte ständig wiederholen muss, und wenn sie immer wieder die gleichen Geschichten erzählen. Man soll ihnen aufmerksam zuhören, als hörte man sie zum ersten Mal.

Ich habe erst mal Respekt vor alten Menschen, weil sie schon so viel erlebt haben und wissen. Und ich bewundere ihre Fröhlichkeit, obwohl sie schon durch das ganze Leben gegangen sind.

Wenn ich mein Heim ganz plötzlich verlassen müsste, würde ich mein Sparschwein mitnehmen. Ja. Das ist auch immer so in meinen Albträumen, wenn unser Haus brennt. Ich rette mein Sparschwein.

Wenn ich 86 Jahre bin, wohne ich in einem alten Haus aus Holz mit Fensterläden. Ich trage so eine Omaschürze und habe einen weiten Rock an. Ich sitze im Schaukelstuhl auf der Veranda, und um mich herum hockt eine Schar Enkelkinder, denen lese ich Geschichten vor.

Kapitel 13

»Beruhigen Sie sich erst einmal. Angst ist kein guter Berater.«

Magdalene war hinter mich getreten und umfasste fürsorglich meine Schultern.

»Nein, das ist sie nicht«, murmelte ich und gab mich ein paar Herzschläge lang der Wärme ihrer Hände hin. Einfach so sitzen bleiben und alles vergessen. Magdalene hatte die wundervolle Gabe, ein Gefühl von Geborgenheit herüberzubringen. Und – sie wirkte nicht ansatzweise geistig verwirrt. Ich drehte mich zu ihr um.

»Wieso sind Sie eigentlich hier? In einem Wohnheim für – für Demente?«

Sie lächelte resigniert. »Ich hatte die Wahl zwischen einer psychiatrischen Station mit verschlossenen Türen und diesem freundlichen Haus.«

Ich sah sie verständnislos an.

»Um hierher zu kommen, brauchte ich nur so zu tun, als ob ich mitspiele. Sie wollten eine harmlose Altersverwirrte sehen. Bitte sehr. Ich habe mich ihrem Erwartungsbild angepasst. Doch glauben Sie mir, die werden sich noch wundern. Und zwar so richtig.«

In ihrem Gesicht spiegelte sich für einen Augenblick wilde Entschlossenheit. Dahinter flackerte eine Leidenschaft, die meine Angst wieder aufleben ließ. Die werden sich noch wundern. Das hörte sich verdächtig nach Verfolgungswahn an. Aber Magdalenes ganze Ausstrahlung passte nicht zu dem Krankheitsbild. Da hatte ich eine gute Intuition. Bis gestern jedenfalls. Konnte ich ihr immer noch vertrauen? Es blieb mir nichts anderes übrig, wenn ich nicht komplett durchdrehen wollte. Und die augenscheinlichen Argumente sprachen für Magdalene. Sie wirkte weder von irgendeiner mysteriösen Macht getrieben, noch versuchte sie, mir ihre Sichtweise aufzudrücken, um in mir eine Verbündete zu gewinnen. Das hatte eher ich getan. Und zwar nicht zu knapp. Trotzdem fühlte sich Magdalene von mir anscheinend nicht bedroht und war bereit, mir zu helfen. Nur das zählte. Ich beschloss, ihre letzten Worte einfach überhört zu haben.

»Ich werde nach Hause fahren«, ging ich übergangslos zu meinem eigentlichen Anliegen über. »Vielleicht kann ich mich in vertrauter Umgebung wieder erinnern. Hier ist alles in mir blockiert.«

Mit meinem Vorhaben setzte ich auf Magdalenes Wohlwollen. Immerhin hatte sie mich ermutigt, mich zu erinnern und mein Altsein anzunehmen. Dabei war ich weit von dieser Einsicht entfernt. Ich hoffte, eine ganz andere Erinnerung zu finden. Nämlich den Schlüssel, um diesen Irrsinn schnellstmöglich zu beenden.

Leider reagierte Magdalene wenig begeistert. »Sie

wollen nach Hause? Ich glaube nicht, dass das ein schlauer Einfall ist. Wir sind hier zwar nicht eingesperrt, aber ... Nun, sagen wir, wir sind auf das Goodwill derer da draußen angewiesen.«

Ich lauschte konsterniert ihren Worten.

Sie nickte nachdrücklich. »Ja, ja. Ob Sie das nun wahrhaben wollen oder nicht. Es ist eine Tatsache. Ich bin abhängig von meinem elenden, hinterlistigen Neffen, der nur darauf wartet, dass ich mich falsch bewege. Und Sie, meine Liebe, von Ihren Kindern.«

Meine Kinder. Vor meinem geistigen Auge tauchte der spargelige Lasse auf, der sein Unterhemd links herum anzog, wenn man nicht auf ihn achtete. Daneben meine chaotische Mira, die für ihr Zimmer einen Kompass brauchte und alles Mögliche im Kopf hatte, aber sicher nicht die Betreuung ihrer Mutter. Bei der Vorstellung musste ich gegen meinen Willen lachen. Magdalene erwiderte es nicht. Sie betrachtete mich weiterhin mit Grabesmine.

»Glauben Sie mir einfach, Frau Meinberg. Wir müssen so tun, als bewegten wir uns innerhalb des Rahmens, den sie uns bieten. Dann sind sie beruhigt und lassen uns in Frieden.«

»Aber hier habe ich keinen Frieden! Ich will verstehen, was mit mir los ist. In diesem Haus kann ich nicht richtig denken. Vielleicht werde ich sogar«, ich schluckte, »werde ich mich überwinden und Lilly bitten, mir zu helfen. Immerhin hat sie mir diesen ganzen Hokuspokus eingebrockt. Behauptet jedenfalls meine Mutter.«

Durch Magdalenes Körper ging ein Ruck. Sie sah mich mit geradezu brennenden Augen an, als wäre ihr gerade das berühmte Licht aufgegangen.

»Lilly? Ist das die Freundin Ihrer Mutter?«, fragte sie mit heiserer Stimme.

»Ja, genau«, bestätigte ich irritiert.

»Gut, dann gehen wir!«, sagte Magdalene entschlossen und erhob sich. Sie wirkte plötzlich wie aufgedreht. Obwohl ich lieber früher als später hier weg wollte, fühlte ich mich von Magdalenes schlagartiger Wandlung überrollt. Gerade hatte sie mir noch eine Gardinenpredigt gehalten, warum es klüger wäre, hier zu bleiben und abzuwarten. Und nun eine Wende von 180 Grad. Sie wollte mich sogar begleiten. Einzige Erklärung: Ich musste unwissentlich ein Schlüsselwort benutzt haben. Die dadurch ausgelöste Dynamik war mir unheimlich, aber ich gehorchte.

Weggehen hörte sich grundsätzlich erst einmal gut an. Ich stand ebenfalls auf und öffnete den Kleiderschrank. Magdalene trat hinter mich und drückte die Schranktür einfach wieder zu.

»Sie müssen Ihre Sachen hierlassen. Das wäre zu auffällig. Wir tun so, als wollten wir im Park spazieren gehen. Ich nehme wie immer meine Handtasche mit und Sie diesen – diesen Kinderkoffer. Den hatten Sie ja auch zum Frühstück dabei.«

Ich nickte verdattert. Das klang nach Logik. Magdalene hatte anscheinend einen Plan. Da ich keinen hatte, außer dem dringenden Wunsch wegzukommen, folgte ich ihren Anweisungen.

Als wir im Erdgeschoss aus dem Fahrstuhl stiegen, klopfte mir mein Herz gefühlt bis zum Hals. Das Frühstücksgeschirr hatte man längst abgeräumt. Auf den Tischen standen nun zierliche Vasen mit blauen und gelben Astern. Nur ein Mann stand am Fenster und sang. Seine wohlklingende, kräftige Stimme erfüllte den ganzen Raum. Er sang in lateinischer Sprache. Das hörte sich wie ein gesungenes Gebet an.

Magdalene reichte mir ihren Arm, und ich hakte mich wie selbstverständlich bei ihr unter. Wir mussten ein groteskes Bild abgegeben haben. Sie mit ihrer kleinen, beigen Handtasche. Elegant gekleidet, ganz Dame. Ich in einer Altfrauensommerhose mit Gummizug und dieser lächerlich geblümten Bluse. In der Hand meinen Kinderkoffer.

Wir schlenderten an einer Sitzgruppe vorbei. Auf einem Sofa saß eine alte Frau. Der Kopf war ihr auf die Brust gesunken. Sie schlief. Neben ihr waren mehrere Puppen aufgereiht. Eine andere Frau saß am Tisch und legte Karten. Als wir in ihre Nähe kamen, hielt sie die Karten mit beiden Händen zu und warf uns einen giftigen Blick zu. Wir gingen weiter. Jemand spielte Gitarre, und es wurde gesungen. Total disharmonisch, aber das Lied war trotzdem herauszuhören. »Die Gedanken sind frei, wer kann sie erraten ...«

Dann kam der schräge Chor in Sichtweite. Sechs oder acht alte Frauen und ein Mann saßen im Kreis mit einem jungen Mädchen, das Gitarre spielte. Gerade wurde das nächste Lied angestimmt. »Freut euch des Lebens, Großmutter wird mit der Sense rasiert. Alles vergebens – sie war nicht einschamponiert!« Die Truppe lachte herzhaft über den verwegenen Text. Die Gitarrenspielerin hatte uns entdeckt.

»Frau Werner und Frau ...«

»Meinberg«, ergänzte ich mechanisch.

»Wollen Sie sich nicht zu uns setzen? Wir können noch Verstärkung gebrauchen.«

»Nein, wir wollen spazieren gehen«, schlug Magdalene freundlich die Einladung aus. Die junge Frau nickte und stimmte mit der Gitarre das nächste Lied an.

»Heile, heile Gänschen, es wird schon wieder gut. Die Katze hat ein Schwänzchen, es wird schon wieder gut. Heile, heile Mäusespeck, in 100 Jahr'n ist alles weg.«

»Das hoffe ich mal!«, hörten wir eine der Alten lauthals rufen.

Noch eine Tür und noch ein Flur. Mich überkamen erste Zweifel, jemals den Ausgang zu finden, da lag er vor uns. Eine breite Glastür. Die Grünanlagen dahinter erschienen mir geradezu paradiesisch. Magdalene drückte auf einen Knopf, und die Glasfront öffnete sich. In dem Augenblick stand wie aus der Erde gewachsen der junge Pfleger vom Frühstück neben uns. Ich blieb stehen und dachte: Obermist! Schon wieder der Wachhund. Aber er lächelte uns im Vorbeigehen nur wohlwollend zu: »Immer unterwegs. Immer mobil bleiben.«

»Ja, wer rastet, der rostet«, bestätigte Magdalene und zog mich energisch weiter. Wir passierten die offene Tür. Ich konnte es kaum fassen. Wir waren wirklich draußen. Ich schaute mich sicherheitshalber noch einmal um. Niemand folgte uns. Meine Aufmerksamkeit wurde auf ein Schild über dem Eingang gelenkt. Ein riesiges, hellgrünes. Auf dem stand in leuchtend roten Buchstaben geschrieben: »Achtung! Sie betreten eine andere Erlebniswelt.«

Eine andere Erlebniswelt! Mich durchströmte eine irrsinnige Hoffnung. Ich hatte diese andere Welt gerade verlassen. Vielleicht war damit der ganze Wahnsinn beendet und ich …

»Wie sehe ich aus?« Meine Stimme zitterte vor Erregung. Magdalene sah mich stirnrunzelnd an. »Nicht anders als vor fünf Minuten.« Sie betrachtete mich eindringlicher. »Ihre Wangen sind gerötet. Sind Sie nervös? Kommen Sie, Sie brauchen keine Angst zu haben.«

Keine Angst, wiederholte ich in Gedanken. Hab keine Angst. Aber ich hatte welche. Ich beschleunigte meine Schritte. Bloß weg, bevor die im Haus Lunte rochen. Magdalene hielt mich am Ärmel fest.

»Langsam. In der Ruhe liegt die Kraft.«

Schon wieder so ein Spruch. Magdalene redete wie meine Mutter und sie strahlte auch deren unerschütterliche Gelassenheit aus. Dabei hatte sie mir gerade noch erzählt, sie wäre ebenfalls nicht freiwillig hier. Immerhin müsste sie auch stark daran interessiert sein, so schnell wie möglich dieses Terrain zu verlassen. Wir hatten freie Bahn und sollten keine Zeit mit unnötiger Trödelei verlieren.

Wieso konnte sie so ruhig bleiben? Weil man die idyllisch angelegten Parkanlagen gar nicht verlassen kann und Magdalene mich im Kreis herumführt, zischelte mir eine aufrührerische Stimme zu. Unsinn. Ich atmete tief durch und passte mich Magdalenes Geschwindigkeit an, obwohl mich diese lahme Gangart kribbelig machte. Schon immer.

Wir gingen an hochgewachsenen Rhododendronbüschen vorbei. Einen gefühlten Kilometer, bis wir freien Blick auf das Ausgangstor hatten. Es stand weit geöffnet. Ich musste auf die Haltung meines Unterkiefers achten, denn ich hatte Magdalenes Fluchtaktion nicht mehr getraut.

Sie registrierte mein Erstaunen und lächelte: »Ich habe Ihnen doch gesagt, wir sind nicht eingesperrt. Aber von jetzt an müssen wir sehr vorsichtig sein.«

»Warum sind Sie dann nicht schon lange weggegangen?«, fragte ich und dachte: Vielleicht versucht sie jeden Tag abzuhauen. Jeder weiß das. Nur ich nicht. Und ich Doofe latsche brav mit und mache mich damit noch unglaubwürdiger.

»Ich war zu traurig und hätte am liebsten nicht mehr zurückgeschaut. Die Erinnerung tat einfach zu weh«, sagte Magdalene. Sie sah mich von der Seite an. »Jetzt weiß ich, dass ich mich ausruhen sollte und nur auf den richtigen Zeitpunkt warten musste.«

Der richtige Zeitpunkt. Wieder so eins von Mamas Lieblingsschlagwörtern.

»Kennen Sie etwa meine Mutter?«

»Nein, die kenne ich nicht. Aber ich kenne Lilly.«

»Lilly?«, echote ich fassungslos. »Sie kennen Lilly? Meinen Sie wirklich die gleiche wie ich? Das kann doch gar nicht sein.«

»Mit Sicherheit. Es gibt nur eine Lilly mit diesen magischen Fähigkeiten.«

»Das heißt: Sie glauben mir?«

»Ehrlich gesagt, es ist schon eine sehr verrückte Geschichte, von einem Augenblick zum anderen über 40 Jahre älter gezaubert worden zu sein. Aber wenn es die Wahrheit ist, dann würde ich es nur Lilly zutrauen. Mein Mann hat viel von ihr und ihrer ungewöhnlichen Begabung gehalten.«

Ich konnte Magdalene nur ungläubig anstarren.

»Und weil es hier um meinen Mann geht, sind Sie für mich das Zeichen. Ich soll jetzt losziehen. Es wird Zeit, mich zu wehren«, verkündete sie mit tiefem Ernst.

Dann zückte sie entschlossen ihr Handy und bestellte uns ein Taxi. Bevor ich eingreifen konnte, hatte sie es direkt vor das ›Domizil am See‹ geordert. Wie leichtsinnig. In der Zentrale würden sie sich an uns erinnern und sofort im Heim anrufen und auf uns Flüchtlinge aufmerksam machen.

»Ich habe ein anderes Taxiunternehmen gewählt«, erklärte Magdalene ungefragt. Das beruhigte mich nur mäßig. Immer wieder blickte ich nervös in den Park zurück. Ich rechnete jeden Augenblick damit, dass ein Betreuer oder sogar Frau Bremer auftauchte und unseren kleinen Ausflug beendete. Wahrscheinlich gehörte es zum gepflegten Hausleitbild, die Bewohner an der langen Leine zu halten. Ich musste an diese fingierten Bushaltestellen denken, die manchmal innerhalb der Wohnanlagen für Senioren aufgebaut waren. Dort saßen die Alten geduldig mit ihrer Tasche und warteten. Ohne Erfolg. Der Bus würde niemals kommen. Das sollte die Weglauftendenz beruhigen. Pah! Mich würde so eine Verarschung nur wütend machen.

Aber unser Taxi kam wirklich. Als ich mich in die Polster fallen ließ, fühlte ich mich wie erschlagen. Magdalene dagegen war die Ruhe selbst. Sie setzte sich neben mich auf den Rücksitz.

»Wo soll's denn hingehen, meine Damen?«, fragte der Taxifahrer. Der Mann war ungefähr so alt wie ich. Nein, korrigierte ich mich zögernd. So alt, wie ich gestern war.

Er hatte sich leutselig lächelnd zu uns herumgedreht.

»Zur Laubenkolonie am See«, sagte Magdalene. Mir wurde heiß, als der Fahrer bedauernd sein Gesicht verzog.

»Da sind wir ein paar Jährchen zu spät dran. Die Laubenkolonie war einmal. Sie meinen sicherlich ›Schöner Wohnen am See‹?«

»Nein, nein! Das meinen wir nicht. Wir wollen zum Vehrenkamp 25«, mischte ich mich hastig ein. Ich befürchtete, dass der Mann Skrupel bekam, uns zu chauffieren, und wir von ihm persönlich wieder im Domizil abgeliefert würden.

»Sehr wohl, die Damen. Ein wenig shoppen, nicht wahr?« Er zwinkerte uns zu. Ich deutete so was wie ein bejahendes Lächeln an. Shoppen. Im Vehrenkamp gab es weit und breit keine Möglichkeit dafür. Ich hoffte viel mehr, dort meine Praxisräume vorzufinden.

Das Wichtigste: Er fuhr erst mal los. Ich schloss für einen Augenblick die Augen. Ruhe. Ich musste zur Ruhe kommen, um meinen Verstand gebrauchen zu können. Er hatte mir bislang immer weitergeholfen.

Aber wie sollte ich ein sachliches Gedankengerüst aufbauen, wenn seine Grundlage ein Zauberspruch war. Ich stöhnte leise auf. Magdalene streichelte mir über den Arm. Die Berührung tat gut. Ich lehnte mich ihr entgegen, und Magdalene ließ ihre Hand leicht wie eine Feder auf meinem Handrücken liegen.

Okay, Michelle, du siehst also aus wie eine 80-Jährige. Vier Jahrzehnte sind an dir vorbeigezogen. Ohne eine Erinnerung. Demzufolge muss ich mich in der Zukunft befinden. Ich öffnete die Augen und sah aus dem Seitenfenster. Häuser, Schilder, Wagentypen, selbst die Werbung für Hundefutter waren mir vertraut. Konnte das angehen? Immerhin waren 40 Jahre kein Pappenstiel. Ich hätte eine schrägere Architektur, vielleicht sogar schwebende Fahrzeuge erwartet. Auch das Taxi, in dem wir uns befanden, hörte sich nach einem Benziner an. Eigenartig. Auf den ersten Blick hatte sich nichts verändert. Doch. Unser Haus war auf den Kopf gestellt worden. Ihm konnte man den Alterungsprozess abnehmen. Die Laubenkolonie war verschwunden. Und ich hatte mich verändert. Laut Magdalene. Meine Kinder waren angeblich erwachsen. Der Gedanke war unheimlich. Und Hans. Mir schossen Tränen in die Augen. Tot. Das war unmöglich. Hans hätte mich nicht allein gelassen. Wir hatten selten über den Tod oder das Altwerden gesprochen. Eigentlich nie. Alles zu seiner Zeit. Das konnten wir noch, wenn es so weit ist, so war meine Devise. Aber wenn sich wirklich ein Gedanke in die Zukunft verirrt hatte, war eines für mich klar: Ich würde vor Hans sterben. Und nun sollte ich seine Witwe sein? Alt und einsam. Mein Leben war bereits fertiggelebt. Ohne mich. Keine Chance mehr, eine Weiche in eine andere Richtung zu stellen. Ich betrachtete Magdalene von der Seite. Sie war auch eine alte Frau. Eine sehr elegante. Eine, wie ich sie gern wäre, später einmal.

Weitere zwei Tatsachen lagen völlig schief zu der angeblichen Zeitverschiebungstheorie. Magdalene wusste ebenfalls nicht, dass die Laubenkolonie verschwunden war. Und sie kannte Lilly. Konnte es sein, dass sie so alt geworden war? Dann müsste sie jetzt über 100 Jahre alt sein.

»Lebt Lilly noch?«

»Ja, so weit ich weiß, ja.«

Mein Herzschlag beschleunigte sich. Ich richtete mich auf dem Sitz auf.

»Wissen Sie, wo sie wohnt?« Ich hoffte sehr, auf dem Campingplatz.

»Nein, aber das würde uns auch nicht weiterhelfen. Sie wollte für längere Zeit verreisen.«

»Woher wissen Sie das?«

»Das hatte mir noch mein Mann erzählt.«

Ich fiel wieder in mich zusammen.

»Du wirst mich für eine längere Zeit nicht erreichen können«, hörte ich Mamas Worte. Was bedeutete *eine längere Zeit*? Etwa, bis ich tot war? Oder musste ich irgendeine Prüfung bestehen, bevor ich mein Leben zurückbekam? Verdammt, Mama! Wie konntest du mir das antun? Mich mitten aus meinem guten Leben reißen. Wenn du unbedingt mit mir reden wolltest, dann hättest du mich einsperren und zum Reden zwingen sollen.

Während ich das dachte, gestand ich mir ein, ich hätte mich niemals an die Wand nageln lassen. Ich hätte nicht zugehört und weiter geschwiegen.

Aber nun konnten wir überhaupt nicht mehr miteinander reden. Was sollte daran gut sein?

Ich sah das riesige Einkaufszentrum schon von Weitem. Es war eindeutig neu und fremd. Das erkannte ich sofort. Für mich keine Selbstverständlichkeit. Das hatte ich während der Taxifahrt begriffen. Ich hatte krampfhaft versucht, mir Häuser und Straßennamen in Erinnerung zu rufen. Vergeblich. Es tauchten weder Namen noch Bilder vor meinem geistigen Auge auf. Ich war wirklich wie blind immer nur von A nach B gefahren.

Doch dieses Einkaufszentrum war neu. Meine Praxis gab es nicht mehr.

Was jetzt? Der Taxifahrer drosselte bereits die Geschwindigkeit. Gleich würde er halten. Aber ich wollte hier nicht aussteigen. Wohin? Zum Stall. Immerhin war ich eine aktive Reiterin, hatte mir die Dame gestern Abend jedenfalls verraten. Und ich hatte Reitklamotten getragen. Ich verwarf den Gedanken. Mir fehlte der Mut. Wer weiß, welches

Pferd in meiner Box stand. Den Verlust von Saphira würde ich heute nicht mehr aushalten. Nach Hause? Nein, die Vorstellung, vielleicht meiner erwachsenen Tochter über den Weg zu laufen, machte mir Gänsehaut.

»Ich habe keine Idee, wo ich hinfahren könnte«, gestand ich Magdalene. »Würden Sie mich mitnehmen? Wohin auch immer.«

»Ja«, antwortete sie in ihrer knappen Art.

»Wir haben es uns anders überlegt«, wandte sie sich lauter an den Fahrer. »Lessingstraße, Hotel ›Angelika‹.«

Als der Fahrer zögerte, der Routenänderung zu folgen, fügte sie hochnäsig hinzu: »Keine Sorge. Ich habe genug Bargeld dabei.«

Interview: männlich, 49 Jahre

Beim Wort ›alt‹ denke ich an einen alten Baum. Keiner, der blüht oder noch grüne Blätter trägt. Er hat auch keine bunte Herbstverfärbung. Nein, er ist kahl und sieht schon ein wenig tot aus. Dann denke ich noch an Dunkelheit und an Kälte. Einsamkeit. Traurigkeit. Tut mir leid, aber es fallen mir nur trostlose Dinge dazu ein.

Ich mag es nicht, wenn alte Menschen rücksichtslos sind. Wenn sie kaum noch laufen oder sehen können, aber hinter dem Steuer sitzen. Ihr Alter einfach ignorieren. Nicht nur ihr Alter, sondern ihren körperlichen Abbau. Und die anderen, in diesem Fall die Jüngeren, sind dann die Dummen, die ihnen das sagen müssen. Dabei sollte das jeder selbst realisieren und Konsequenzen daraus ziehen.

Mir imponiert an alten Menschen, wenn sie sich eine gewisse Würde bewahren. Egal, wie krank sie sind. Wenn sie sich ihres Alters bewusst sind und doch ganz gelassen erscheinen. Wenn sie keine Hektik verbreiten und nicht mit ihrem Alter kokettieren oder es gar als Argument für etwas einsetzen.

Wenn ich plötzlich mein Heim verlassen müsste, würde ich Geld und Schlüssel mitnehmen. Obwohl unlogisch, die Schlüssel. Ich komme ja nicht zurück.

Wenn ich mir vorstelle, ich wäre 86 Jahre, sehe ich mich allein. Deprimiert und allein. Und ich sehe antriebslos meinem Ende entgegen. Das hört sich ganz schön düster an, aber so sind aktuell meine Gefühle und Ängste zum Thema Altsein. In meinem Umfeld verlieren gerade einige Menschen ihre Selbstbestimmung, weil sie alt und krank sind.

Kapitel 14

Das Hotel ›Angelika‹ war zweistöckig, schmalbrüstig und auf den ersten Blick als solches nicht zu erkennen. Es stand dicht eingeklemmt in einer Reihe ähnlich aussehender Gebäude. Rechts unten neben dem Hotel blinkte die Leuchtreklame einer Videothek, und links schien es sich um einen Waschsalon zu handeln. In den darüberliegenden Etagen waren offensichtlich Mietwohnungen. Hinter einigen Fenstern hingen Gardinen. Sie waren nur lieblos vorgezogen und längst nicht mehr weiß.

Wir befanden uns nach Magdalenes Aussage mitten in der Stadt. Ich hatte diese Straße noch nie gesehen. Eine Tatsache, die mich nicht zusätzlich verunsicherte, denn ich konnte sie mir erklären. Erstens: Die Gegend war grottenhässlich. Ich hatte hier sicher niemals ein Lokal für eine Abendverabredung gesucht. Von der wir selten eine in familiärer Runde hatten. Die Treffen waren meistens geschäftlich, und dann gingen wir immer nur zu ›Michele‹. Beste mediterrane Küche, und mir gefiel der Gag, mit dem Besitzer sozusagen namensverwandt zu sein. Zweitens: Ich kannte mich in meiner Heimatstadt so gut wie gar nicht aus. Das hatte ich mittlerweile begriffen. Mamas Sprüche von ›Bummelzug‹ und ›Blumen pflücken während der Fahrt‹ schossen mir durch den Kopf. Für gewöhnlich reichte mir schon der Gedanke an ein Zitat aus Mamas Weisheitsfibel, um mich in Wut zu steigern. Aber nun ergriff mich so etwas wie leise Wehmut.

Magdalene hatte längst wie selbstverständlich die Führung übernommen. Ich hinderte sie nicht daran. Ganz im Gegenteil. Ich war ihr dankbar, dass sie die Verantwortung für den organisatorischen Ablauf in die Hand genommen hatte.

Das fühlte sich für mich wie eine Premiere an. Normalerweise behielt ich die Kontrolle. Ich brauchte den Überblick, das Gefühl, die Fäden fest in den Händen zu halten. Es machte mich kribbelig, wenn ich nicht der Chef war. *Normalerweise* war weniger als 24 Stunden her. Aber der empfundene Zeitabstand zwischen gestern und heute vergrößerte sich zusehends.

Magdalene war klasse. Sie wickelte völlig souverän unsere Anmeldung ab. Zwei Einzelzimmer. Für eine Nacht erst einmal. Ich hörte nur mit halbem Ohr hin. Nur als sie uns als Lieselotte Henschel und Hannelore Ladwig eintragen ließ, wurde ich für einen Moment wachsam. Ich befürchtete, der steif wirkende Herr hinter der Rezeption würde unsere Personalausweise sehen wollen. Aber Magdalene zahlte in Voraus. Bar. Keine weiteren Fragen mehr. Ich atmete auf.

Wir mussten in die zweite Etage. Der Fahrstuhl war schmal. Sie hatten darin einen Spiegel zur optischen Vergrößerung aufgehängt. Sein Rahmen war mit üppig rankenden Rosen bemalt. Ihre Farbe blätterte. Ich betrachtete mein Spiegelbild. Ich konnte die fremde, geblümte Bluse sehen, die ich trug. Aber ich sah nicht die alte Frau, die ich sein sollte. Ich sah die Michelle von gestern. Wie konnte das angehen?

Der Aufzug wurde abenteuerlich ruckelnd in Gang gesetzt. Ich riss meinen Blick von mir los und starrte auf die vibrierenden Türen, bis wir hielten. Die Türen öffneten sich mit melodischen Gongtönen und der Ansage: »Zweite Etage.«

Die Zimmer waren sparsam eingerichtet. Bett, Tisch, und Schrank. Zwei Kunststoffstühle standen ineinander gestapelt unter dem Fenster. Wäsche und Wände farblos. Zum Glück hatte man eine separate Toilette und Waschgelegenheit. Und es schien alles sauber zu sein. Mehr hatte ich nicht erwartet. Das Haus und seine Umgebung hatten die besten Jahre hinter sich.

»Im Nobel-Hotel der Stadt würde mich mein Neffe zuerst suchen«, entschuldigte sich Magdalene. Das war unnötig. Ich hatte mit unserer bescheidenen Herberge kein Problem. Dafür mit Magdalenes Hinweis auf ihren Neffen und die Ankündigung, dass er sie suchen könnte. Wir befanden uns sozusagen auf der Flucht. Wie sollte das weitergehen? Wir konnten uns schließlich nicht für alle Zeiten verstecken. Ich hatte noch nicht einmal eine Zahnbürste dabei.

Magdalene ließ mich allein und ging in ihr Zimmer nach nebenan. Sie wollte sich einen Augenblick ausruhen. Wahrscheinlich fürs Erste die klügste Entscheidung. Ich setzte mich auf mein Bett. Die Matratze war viel zu weich, und ich sank tief ein. Ich begutachtete die Schranktüren. Mama würde jetzt ihr kleines Schweizer Messer herausholen, ein paar Schrauben lösen und sich die Holztüren unter die Matratze legen. Mama. Sie war schon unglaublich praktisch. Bei dem Gedanken überkam mich ein heftiger Anfall von Sehnsucht. Sie schmerzte richtig im Bauch. Genauso hatte es sich angefühlt, als Mama mit Steve auf Hochzeitsreise war. Fairerweise muss ich zugeben: Sie wollte mich mitnehmen. Sie hat regelrecht gebettelt, dass ich mitkomme. Aber ich war zu verletzt und wütend. Wie konnte sie nach Papa einen anderen Mann nehmen? Mamas Annäherungsversuche hatte ich abgeschmettert und bockig darauf bestanden, allein zu Hause zu bleiben. Das ging natürlich noch nicht. Ich war neun Jahre alt. Zu Lilly wollte ich auf keinen Fall und so musste ich zu Tante Adelheid. Die war nett und sterbenslangweilig. Die drei Wochen ohne meine Mutter waren mir wie eine Ewigkeit erschienen. Wie lange würde es dieses Mal dauern? Gab es überhaupt ein Wiedersehen?

Okay. Ich atmete tief durch. Ob ich wollte oder nicht, ich musste den Gedanken zulassen: Lilly hatte irgendeinen Zauberspruch losgelassen. Lilly hatte magische Kräfte. Das hatte ich, wenn ich ehrlich war, immer gewusst. Deshalb war sie mir unheimlich vorgekommen. Von Anfang an. Eifersucht war der andere Grund, warum ich sie nicht mochte. Sie war Mamas innigste Vertraute. Lilly war ihr viel näher als ich es jemals gewesen war und sein würde. Ich kämpfte gegen einen erneut aufsteigenden Schub Sehnsucht an. Schließlich war ich kein Kind mehr und erwachsen. Ich war – zum Henker, wie alt war ich nun eigentlich? Unwichtig erst einmal. Ich musste mich auf das Wesentliche konzentrieren.

Lilly hatte mich in die Zukunft katapultiert. Wohlgemerkt auf Mamas Wunsch. Für eine längere Zeit, hatte sie gesagt. Nicht für immer. Es musste also eine Chance geben, wieder zurückzufinden. Eine Prüfung. Genau. Ich sollte irgendein Rätsel lösen. Das würde zu Lilly passen.

Der Film ›30 über Nacht‹ fiel mir dazu ein. Der Teenager, der liebend gern zu der hippen Clique seiner Schule gehören wollte. Für dieses Ziel hatte das Mädchen seinen netten Freund und sich selbst verraten. Danach wurde es durch einen Zauber über Nacht 30 Jahre alt. Die junge Frau hatte Karriere gemacht. Aber sie war eine Oberzicke mit Starallüren geworden. Als sie durch den Zeitsprungschock geläutert war, flog wieder Sternenstaub. Der Spuk wirkte nicht mehr. Sie wachte in haargenau dem Moment wieder auf, aus dem man sie herausgehext hatte. Sie konnte ihr Verhalten korrigieren und ihre Zukunft leben. Und genau das wollte ich auch. Vor meinem geistigen Auge tauchte Mamas Gesicht auf. Voll der Sorge. Sie hatte anscheinend längst bereut, den Zauber in Auftrag gegeben zu haben. Aber sie konnte ihn nicht mehr rückgängig machen und wollte mich wenigstens warnen. Deshalb hatte sie mich zu sich an den See bestellt. Aber wovor hatte sie Bedenken? Dass ich vielleicht in dieser Zeitebene stecken blieb, weil sie Lillys Künsten nicht über den Weg traute? Oder befürchtete sie, dass ich die Prüfung, welche auch immer das sein sollte, nicht bestehen würde?

Meine Gefühle schwankten hin und her. In der einen Sekunde erfasste mich wilde Panik, im Körper der alten Frau gefangen zu bleiben. Wirklich am Ende meines Lebens zu sein. Ich wollte aufspringen und weglaufen. Im nächsten Moment überkam mich ein geradezu unheimliches Ruhebedürfnis. Das umfing mich wie ein dichter Nebel und erweckte in mir den Wunsch, mich ohne Gegenwehr der Situation hinzugeben.

Beides fühlte sich nicht gesund an und erschwerte das klare Denken. Ich ließ mich nach hinten auf das Bett fallen und schloss die Augen. Aber das beschleunigte das Denkkarussell in meinem Kopf, und ich setzte mich wieder auf.

Es klopfte.

»Herein.« Meine Stimme klang belegt. Es war natürlich Magdalene. Wer hätte es anders sein sollen? Als sie mich auf dem Bett sitzen sah, blieb sie zögernd in der Tür stehen.

»Wollen Sie schlafen?«

»Nein, nein. Dafür bin ich viel zu aufgewühlt. Dabei würde ich gern schlafen. Schlafen und in meinem alten Leben wieder aufwachen.«

Magdalene nickte. »Das würde ich auch gern, aber ich bin auch nicht zur Ruhe gekommen.«

Sie stand noch immer unschlüssig in der Tür.

»Kommen Sie doch rein.«

Magdalene folgte meiner Aufforderung. Sie zog die beiden Stühle auseinander und stellte sie einladend an den schmalen Tisch. Ich erhob mich schwerfällig von der Matratze und setzte mich zu ihr.

Die Konstellation der Sitzordnung machte mich sofort ruhiger. Sie fühlte sich so vertraut an. Zwei Stühle, dazwischen ein Tisch. Ich saß einem Menschen gegenüber. Der wollte ein Problem loswerden. Ich hörte ihm zu. Vollkommen wachsam. Ganz auf den Patienten orientiert. Ich saugte für kurze Zeit sein Leben in mich auf und dachte nicht mehr an mein eigenes.

»Erzählen Sie mir Ihre Geschichte«, ermutigte ich Magdalene. Meine Stimme hatte das praxistrainierte Beruhigungstimbre angenommen.

Magdalene sah mich zweifelnd an. »Warum wollen Sie die hören? Sie haben genug mit Ihrer zu tun.«

»Stimmt. Aber damit komme ich nicht weiter. Ich denke nur im Kreis.«

Magdalene rang offensichtlich mit sich. Ich spürte, sie wollte gern reden. Doch noch hatte sie Hemmungen.

»Sehen Sie, zuzuhören, das ist mein Beruf. Das belastet mich nicht. Im Gegenteil: Es wird mich beruhigen«, erklärte ich ihr.

Jetzt ging ein zartes Lächeln über ihr Gesicht. »Ich kann mir nicht vorstellen, dass Sie meine Geschichte beruhigen wird.«

»Sie wollten etwas erledigen. Für Ihren Mann«, stellte ich, ohne auf ihren letzten Einwand einzugehen, fest.

Magdalenes Augen verdunkelten sich. Sie strich sich eine Strähne ihres weißen Haars hinter das Ohr und wandte den Blick von mir ab.

»Er darf nicht ungestraft davonkommen. Es muss doch eine Gerechtigkeit geben«, brachte sie heiser hervor. Dieses inständig vorgestoßene Wunschdenken war mir ebenso vertraut wie unsere Sitzposition.

»Von wem reden Sie? Wer muss bestraft werden?«

Magdalene sah mich ernst an. »Der Mörder meines Mannes. Der läuft frei herum. Schlimmer. Er ist dabei, sich alles unter den Nagel zu reißen. Unser ganzes Hab und Gut. Alles. Völlig legal. Und ich kann nur tatenlos dabei zusehen.«

»Warum gehen Sie nicht zur Polizei und zeigen ihn an?«

»Pah«, stieß Magdalene aufgebracht hervor. »Was soll ich denen denn erzählen?«

»Zum Beispiel, dass Ihr Mann umgebracht worden ist.«

Magdalene beugte ihren Oberkörper nach vorn und fixierte mich mit brennenden Augen. Auch dieser Ausdruck war mir nicht fremd. Ich konnte ihm gelassen standhalten.

»Ich kann den Mord nicht beweisen. Jeder glaubt, mein Mann wäre an einem Herzinfarkt gestorben«, flüsterte sie.

»Und was glauben Sie?«

Magdalene setzte sich wieder gerade hin und sagte mit fester Stimme: »Ich glaube nicht. Ich weiß!«

»Dann wäre es doch sicher möglich, den Mord zu beweisen. Man könnte Ihren Mann exhu…«

»Nein!«, unterbrach sie mich erregt. »So schlau wäre ich selbst gewesen.«

»In Ordnung«, beschwichtigte ich sie. »Es war kein Herzinfarkt, sondern ein Mord. Verraten Sie mir die Todesursache?«

»Angst. Pure Angst.«

Für einen kleinen Augenblick kam ich ins Schleudern. Es hatte mir schon so mancher schräge Vogel gegenübergesessen. Sie ängstigten mich nicht. Sie waren mir oft sogar sympathisch. Doch das war in meiner Praxis, in meinem normalen Leben. Aber hier handelte es sich um eine Frau, mit der ich zwischen den Zeiten unterwegs war. Was heißt unterwegs, wir waren gemeinsam auf der Flucht. Sie war sozusagen meine Gefährtin. Auf wen hatte ich mich da eingelassen!

»Sie glauben mir nicht«, stellte Magdalene nüchtern fest. »Ich habe es nicht anders erwartet. Genau aus dem Grund habe ich bislang geschwiegen.«

Ihre Augen schimmerten verdächtig. Sie wendete den Blick von mir ab. Ich starrte betroffen auf die weiße Tischdecke und entdeckte an der Ecke eine Stickerei. Ton in Ton mit dem Tuch. ›Hotel Angelika‹.

Aus Angst sterben. An die Todesursache glaubte ich wirklich nicht. Das klang so medizinisch korrekt wie erkältete Blase.

»Was immer auch passiert, Michelle, hör zu: Hab keine Angst und schau dich gut um!«, hörte ich im Geist die Stimme meiner Mutter. Warum hatte sie mir nur diese schwammigen Orakelsätze mit auf dem Weg gegeben? Warum hatte sie mir nichts Konkreteres gesagt? Dazu habe ich ihr keine Chance gelassen, gestand ich mir widerstrebend ein. Ich bin aus der Laube regelrecht geflohen, als sie mich vor dem Zauber warnen wollte.

Ich schaute Magdalene entschlossen an. »Überzeugen Sie mich. Wie kann man aus Angst sterben?«

Sie reckte ihr Kinn und sah mich prüfend an. Das ließ sie wieder einmal umwerfend attraktiv und blitzgescheit aussehen.

»Verraten Sie mir: Wie kann man aus Angst sterben«, wiederholte ich. Meine Bitte war ehrlich gemeint. Das schien sie zu spüren. Sie nickte kaum merklich und begann zu erzählen.

»Knut, so hieß mein Mann, hatte eine ausgeprägte Spinnenphobie. Nur Menschen, denen es ähnlich geht, können verstehen, was das bedeutet. Für den Betroffenen und für seine Angehörigen. In diesem Fall für mich.

Unsere Fenster waren allesamt mit Fliegengittern verbarrikadiert. Das gab selbst einem strahlend blauen Sommerhimmel eine Nuance von grau. Was sehr schade und dazu unnötig war. Die flinken Tierchen suchten sich ganz andere Wege, um in das geschützte Haus zu gelangen. Aber Knut hätte sonst nicht friedlich schlafen können, deshalb ließ ich diese Schutzmaßnahme zu. Das wurde besonders im Urlaub zum Problem und bedeutete, falls keine Fliegengitter vorhanden waren, geschlossene Fenster. Egal, welche Temperaturen herrschten.

Einmal hat Knut sogar eine Angst-Therapie über sich ergehen lassen. Ich glaube, mehr aus Liebe zu mir.«

Magdalene lächelte liebevoll an mir vorbei.

»Danach konnte Knut die Möglichkeit, dass im Nebenzimmer eine Spinne hocken könnte, ohne Herzrasen ertragen. Oder, dass draußen einige in ihren Netzen unter dem Dachgiebel lauerten. Ein Erfolg im Grunde. Nur dummerweise fielen Knut seitdem immer mehr Varianten für Spinnenverstecke ein. Er dachte sich Schauergeschichten über sie aus. Ja, er personifizierte die Spinnen regelrecht. Wenn er in den Gartenschuppen ging, war er überzeugt, sie lachten sich schon im Voraus über ihn in ihre acht Fäustchen und überlegten, wie sie ihm den Schweiß auf die Stirn treiben könnten.

Wissen Sie, wenn es so etwas gibt, dann ist Knut in einem früheren Leben von einer Spinne erlegt worden. Vielleicht als Fliege oder Schmetterling. Er hat sich in ihrem klebrigen Netz verfangen. Dort musste er ohnmächtig zappeln und warten, bis die Herrin in ihre Vorratskammer zurückkam. Das war übrigens auch eines seiner Gruselmärchen.«

»Sie sagten, Ihr Mann kannte Lilly. Warum konnte sie ihn nicht von dieser Phobie befreien? Er schien doch eine Menge von ihrer Magie zu halten.«

Magdalenes Gesicht verdunkelte sich für einen Augenblick. Meine Zwischenfrage nach Lilly hatte sie aus dem Konzept gebracht.

»Lilly«, wiederholte sie endlich leise. »Ja, Knut hat viel von ihren Künsten gehalten. Aber ich habe nie etwas mit Esoterik anfangen können, deshalb hat er mir nur wenig über seine Sitzungen erzählt. Ich weiß nur, dass Lilly ihn von einer üblen Migräne geheilt hat. Und sie gab ihm regelmäßig Lebenswegweiser, so nannte Knut das. Aber was seine Spinnenphobie anging, da konnte selbst sie nicht helfen. Es gäbe Dinge, die zu ändern nicht in ihrer

Macht lägen. So soll ungefähr ihre Aussage gewesen sein.«

Ich nickte und versuchte, die neu aufkommende Unruhe in mir zu beherrschen. Lillys Macht war begrenzt. Was bedeutete das für meine Situation? Ich schaltete den negativen Gedankenblitzen entschlossen das Licht ab und konzentrierte mich wieder auf Magdalene.

»Knut hatte also weiterhin die Spinnenphobie«, resümierte ich.

»Ja, und Norbert wusste davon.«

»Wer ist Norbert?«

»Unser Neffe, das heißt eigentlich Knuts. Er hat sich systematisch sein Vertrauen erschlichen. Ich habe ihm von Anfang an nicht getraut, aber Knut empfand mein Misstrauen als übertriebene Vorsicht, wenn nicht als Hysterie.

Norbert ist in Kanada aufgewachsen und hat dort bis vor ein paar Jahren gelebt. Dann kam er nach Deutschland mit der Aussage: Es würde ihn zu seinen Wurzeln zurückziehen. An die Mär habe ich nie geglaubt. Er war ja schon Mitte 40 und hatte die Heimat seines toten Vaters nie kennengelernt.

Aber Knut war sofort Feuer und Flamme für seinen Neffen und hat ihm spontan eine unserer Wohnungen geschenkt. Diese überschwängliche Geste resultierte sicherlich aus unserer Kinderlosigkeit und Knuts Sentimentalität. Er genoss das Gefühl, auf seine alten Tage noch einen Sohn bekommen zu haben.

Norbert tat das Seinige, um das zu unterstützen. Er kam regelmäßig zu Besuch. Zum Schluss fast jeden Tag. Er nahm Knut zur Begrüßung wie einen Vater in den Arm. Spielte stundenlang mit ihm Schach, trank mit ihm seinen Lieblingswein am Kamin, diskutierte mit Knut über Politik oder seine angeblichen Börsengeschäfte. Norbert hatte mein Misstrauen längst gespürt, da bin ich sicher. Deshalb hatte er sich mit ganzer Energie auf meinen Mann konzentriert. Mit Erfolg. Es war ihm gelungen, einen Keil zwischen Knut und mich zu treiben. Es entstand eine Kluft. Eine schmerzende Entfremdung. Und das nach fast 60 Jahren harmonischer Ehe.«

Magdalene hatte Mühe, weiterzusprechen. In ihren Augen standen Tränen. Aber sie weinte nicht.

»Knut hat mir sogar vorgeworfen, ich wäre auf das innige ›Vater-Sohn-Verhältnis‹ eifersüchtig. Ich sollte mich doch einfach mitfreuen und Norbert ein wenig Mutterliebe entgegenbringen. Das konnte ich nicht.

Leider wurde mein Misstrauen bestätigt. Glauben Sie mir, ich würde alles dafür geben, wenn ich mich geirrt hätte.

Wir haben einiges zu vererben. Vor 20 Jahren ist unsere Wiese am nördlichen Stadtrand zu Bauland geworden. Wir haben das Geld angelegt und besitzen gut gelegene Mietwohnungen. Knut hat das Testament zu Norberts Gunsten geändert. Wir hätten sonst ja keine Erben, so war Knuts Argumentation. Ich war nicht einverstanden, aber ich konnte mich nicht durchsetzen und gab schließlich nach.

Am 30. August hatte Knut Geburtstag. Vormittags hielt er sich dann in seinem Arbeitszimmer auf und nahm Glückwunschtelefonate entgegen. So hatte er das immer gemacht, auch als er noch aktiv im Beruf war. Der Geburtstagsnachmittag hatte ausschließlich mir gehört.«

Magdalene lächelte zärtlich.

»Knut war Architekt und hatte unsäglich viele Stunden an seinem Schreibtisch verbracht. Selbst an den Wochenenden. Das war für mich als junge Frau gar nicht so leicht. Damals war ich wirklich eifersüchtig. Auf seine Arbeit. Ich fühlte mich einsam, obwohl sich mein Mann im Haus befand. Zu dem Zeitpunkt hat Knut das geheime Fenster einbauen lassen. Nur für mich. Das war so romantisch von ihm. Ich konnte ihn sehen, wann immer ich wollte. Von der Büroseite aus meinte man, es wäre ein Spiegel. Eine wundervolle Idee und der größte Liebesbeweis. Knut ließ mich von meinem Zimmer aus in seine Arbeitswelt blicken. Ich konnte ihn sehen, wenn er über seinen Zeichnungen brütete oder Verhandlungen führte. Niemand wusste davon. Noch nicht einmal Norbert.

An seinem Geburtstag stand ich an dem Fenster und wartete. Das machte ich nur noch selten, aber ich wollte einen günstigen Augenblick abpassen, um ihm mein Geschenk auf den Schreibtisch zu legen. Eine gemeinsame Islandtour. Norbert hatte allerdings auch eine Überraschung, und er war schneller als ich. Er hatte ein Paket dabei. Knut freute sich so sehr, dieser alte Narr. Er strahlte beim Öffnen wie ein Kind. Das Strahlen ist ihm allerdings im Gesicht stehen geblieben, als er den Inhalt erblickte. In der Kiste befanden sich Spinnen. So richtig dicke schwarze, vor denen habe selbst ich mich geekelt. Sie haben sofort die Chance genutzt, um ihr Gefängnis zu verlassen. Ich weiß gar nicht mehr, wie viele es waren. Eine ist Knut den nackten Arm hochgekrabbelt. Er konnte sich vor Entsetzen weder rühren noch um Hilfe schreien. Hätte ich doch gleich einen Krankenwagen oder die Polizei angerufen. Aber ich war ebenfalls wie erstarrt. Ich konnte nicht begreifen, was ich sah. Keine Ahnung, wie lange. Mir fehlte jedes Zeitgefühl. Dann bin ich losgelaufen. Völlig kopflos. Mein Zimmer und Knuts Arbeitszimmer befinden sich zwar Wand an Wand, aber da gibt es keine Tür. Man muss erst durch die halbe Wohnung laufen.

Als ich ankam, da war Knut schon tot. So schnell, ich konnte es nicht fassen. Norbert stand neben ihm und fühlte ihm den Puls. Die schwarzen Viecher waren nicht mehr zu sehen. Sie hatten sich wahrscheinlich schon in irgendwelchen Ritzen versteckt. Ich bin auf Norbert losgegangen. Mit beiden Fäusten und habe getobt und geschrien und ihn als Mörder beschimpft und von den Spinnen erzählt.

Er hatte sich nicht gegen meine Angriffe gewehrt. Selbst als ich ihm einige blutende Kratzer im Gesicht beibrachte.

Da wurden die Türen aufgerissen. Sanitäter und eine Notärztin stürzten herein. Norbert musste sie, bevor ich das Büro erreicht hatte, benachrichtigt haben. Sie versuchten, Knut zu reanimieren. Nicht lange. Dann gaben sie auf. Stellen Sie sich vor, dieser miese Mensch hat sogar geweint, dicke Tränen vergossen. Die liefen über sein Gesicht, vermischten sich mit dem Blut. Ich habe ihn wieder beschimpft, und er versuchte, mich zu beruhigen, ganz lieb. Dadurch wurde ich immer rasender. Ich beschuldigte und verfluchte ihn vor den Anwesenden als Mörder und habe von den Spinnen erzählt. Sie hörten mir nicht zu. Sie wollten mich alle nur trösten. Als hätte ich nur einen Albtraum gehabt. Norbert hat sich ganz vertraulich an die Notärztin gewendet. Er hat leise gesprochen, aber ich habe jedes Wort gehört.

»Meine Tante war schon länger, nun, wie soll ich sagen, sie hat sich äußerst eigenartig verhalten. Sie hat viel vergessen und, es tut mir leid, das sagen zu müssen, sich haarsträubende Geschichten ausgedacht, um von sich abzulenken. Aber ihr Mann wollte es nicht wahrhaben. Er wollte seine Frau nicht zu einem Demenztest drängen.

Deshalb habe ich auch nichts gesagt. Sein plötzlicher Tod muss einen regelrechten Schub bei ihr ausgelöst haben. Wenn man so etwas durch einen Schock bekommen kann, ich kenne mich da nicht aus. Ich bin natürlich bereit, ihre Betreuung zu übernehmen.«

Er hatte die Ärztin treuherzig und völlig niedergeschlagen angesehen. Sie hatte ihm tröstend über den Arm gestrichen. Ihm! Dem Mörder meines Mannes! Sie hatte ihm sofort geglaubt. Sie hat nicht einmal den Versuch unternommen, nach einer der Spinnen zu suchen. Dabei mussten sie sich noch im Zimmer befunden haben.

Die Ärztin war nur auf meine angebliche Psychose konzentriert. Die Sanitäter zückten schon eine Beruhigungsspritze. Ich sah in Norberts kalte Augen und wusste, er würde gewinnen. Ich würde es nicht beweisen können. Eher würde ich in der Psychiatrie landen, und er hätte als mein Betreuer freie Hand. Das erkannte ich in meinem Schmerz glasklar. Seitdem habe ich mich mehr oder weniger tot gestellt. So getan, als wäre ich wirklich altersdement.«

Ich sah sie erschüttert an. Meine Mutter behauptete zwar, dass ich wenig Intuition besaß, aber genau die sagte mir in diesem Augenblick, dass Magdalene die Wahrheit gesagt hatte.

Interview: weiblich, 58 Jahre

Zum Wort ›alt‹ fällt mir als Erstes ›jung‹ ein. Dann Rollstühle, Pflegeheim, Altersflecken. Aber auch Sonnenblumen, Liebe, Partnerschaft und Würde.

Ich mag es nicht, wenn alte Menschen sich dumm stellen. Das hört sich ein bisschen krass an, aber ... Es regt mich einfach auf, wenn sie auf hilfsbedürftig machen und damit Aufmerksamkeit einfordern. Hallo! Sieht mich niemand? Ich bin alt und habe verdient, beachtet zu werden! Machen Sie dies und jenes für mich. Einfach so, nur weil sie alt sind.

Mir imponiert an alten Menschen, wenn sie selbstbewusst sind. Wenn sie fröhlich sind und einem in die Augen sehen können. Wenn sie auf andere Menschen zugehen, weil sie Interesse an ihnen haben. Wenn sie lächeln, auch wenn es mal regnet. Und wenn sie versuchen, noch jemandem eine Freude zu machen, zu helfen, so weit das in ihrer Möglichkeit liegt.

Wenn ich plötzlich mein Heim verlassen müsste, würde ich das umfangreichste Familienalbum mitnehmen.

Oh je, wenn ich mich aus der aktuellen Sicht als 86-Jährige sehe, kommt eine ungenießbare Alte zum Vorschein. Störrisch, mehr als jetzt (lacht). Eine, die überkritisch ist und keine Hilfe annimmt. Die sagt: Lasst mich doch alle in Frieden. Ich schaffe das alles noch allein!

Kapitel 15

Magdalene füllte zwei Gläser mit Leitungswasser und reichte mir eins. Ich nahm es wie in Trance entgegen und begann zu trinken. Ganz langsam. Schluck für Schluck. Ich war dermaßen erhitzt, dass ich nicht wagte, die kühle Flüssigkeit gierig in mich hineinzuschütten. Ich hatte die irrationale Befürchtung, mein Kopf könnte von dem Temperatursturz zerspringen.

Magdalenes Geschichte hatte mich tief berührt. Da brauchte ich mir nichts vorzumachen. Ich hatte meine viel gepriesene professionelle Sachebene längst überschritten. In mir brodelte Wut. Am liebsten hätte ich auf der Stelle einen Rachefeldzug gegen diesen Fiesling von Neffen auf die Beine gestellt. Aber mir kam keine einzige brauchbare Idee.

Ich ging in das winzige Badezimmer und füllte unsere Gläser nach. Wasser half immer, wenn der Geist glühte. Meine Güte, schon wieder ein Spruch meiner Mutter. Man sagt, dass man sich im Alter besser an die Worte der Eltern erinnert. Ihre Ratschläge erscheinen plötzlich wie in Stein gemeißelt. Demnach war ich wirklich alt.

Magdalene lehnte ein zweites Glas ab. »Das ist zu viel Flüssigkeit. Ich muss etwas erledigen.« Sie stand schon an der Tür und glättete mit fahrigen Bewegungen ihren Rock.

»Ich komme mit!«, rief ich spontan.

Magdalene knetete ihre Hände. Sie rang sichtlich mit sich. Dann kam sie mit einer schnellen Bewegung auf mich zu und hauchte mir einen zarten Kuss auf die Wange.

»Danke. Ganz lieben Dank fürs Zuhören. Aber das, was ich jetzt vorhabe, das muss ich allein schaffen. Ich lasse Ihnen Geld hier, damit Sie sich etwas zu essen bestellen können. Machen Sie sich keine Sorgen. Ich bin bis zum Abend zurück.«

Ich konnte ihren Worten kaum folgen. Die Berührung ihrer Lippen hatte mich völlig außer Gefecht gesetzt.

»Machen Sie bloß keinen Scheiß«, konnte ich nur murmeln.

Sie richtete sich auf. Ein Hauch von Lächeln ging über ihr gerötetes Gesicht. »Sie sprechen wirklich nicht wie eine alte Dame.«

Damit drehte sie sich entschlossen um und verließ das Zimmer. So hastig, dass ihr die Klinke beim Schließen der Tür zweimal aus der Hand rutschte.

Ich blieb am Tisch sitzen und konnte keinen klaren Gedanken fassen. Wie lange? Keine Ahnung. Irgendwann drang das Gefühl, allein gelassen zu sein, zu mir durch. Das weckte wieder meine Lebensgeister. Egal, was Magdalene gesagt hatte, ich wollte sie begleiten. Ich musste sogar! Sie hatte sich ungewöhnlich verhalten. Regelrecht hektisch. Das passte ganz und gar nicht zu der selbstsicheren Frau, die ich am Morgen kennengelernt hatte.

Ich beeilte mich, ihr zu folgen. Ihre Zimmertür war bereits abgeschlossen, und der antiquierte Fahrstuhl befand sich schon im Erdgeschoss. Das Treppenhaus. Nein, das konnte ich vergessen. Ich war zu spät in Gang gekommen und würde Magdalene nicht mehr einholen. Wahrscheinlich saß sie bereits in einem Taxi. Ich ahnte, wohin die Fahrt gehen sollte. Zu ihrem sauberen Neffen. Aber wo wohnte der? Ich wusste von ihm nur, dass er Norbert hieß. Magdalenes Hausadresse kannte ich nicht, und in der Rezeption hatte sie falsche Namen angegeben. Ich wagte es nicht, dort nach einem PC zu fragen. Ich war eine alte Frau, und vielleicht würde man mir helfen wollen. Das würde unnötige Aufmerksamkeit erregen, weil ich keine konkreten Angaben machen konnte. Ein Königreich für mein Handy mit Internetzugang! So blieb mir keine andere Wahl. Ich musste auf Magdalene warten. Eine von mir zutiefst verabscheute Disziplin.

Ich begann, wie ein unruhiger Löwe im Käfig in meinem Hotelzimmer hin und her zu gehen. In meinem Kopf kreisten die übelsten Befürchtungen. So wie Magdalene diesen miesen Erbschleicher beschrieben hatte, war der zu allem fähig. Der hatte auf eine wirklich ekelhafte Art und Weise seinen Onkel um die Ecke gebracht. Noch mehr Sorgen machte mir seine Kaltblütigkeit. Er hatte nicht einkalkulieren können, dass seine Tante ihn bei der speziellen Geschenkübergabe beobachten würde. Auch nicht, dass sie dermaßen ausrastete. Und doch hatte er ohne ersichtliche Anstrengung das Blatt zu seinen Gunsten gewendet. Aalglatt. Er hatte die Gelegenheit beim Schopf gepackt, seine Tante als unzurechnungsfähige Frau präsentiert und sich als potenzieller Betreuer aufgedrängt. Der war mit allen Wassern gewaschen und würde sich von Magdalenes Vorwürfen niemals beeindrucken lassen. Lächerlich!

Oder wollte sie mehr, als ihn nur zur Rede stellen? Sie hatte so befremdend anders gewirkt. Wie ferngesteuert. Ich bin am Abend wieder zurück, hatte sie gesagt. Das hörte sich schwer danach an, dass sie etwas ganz Bestimmtes im Schilde führte. Besaß sie vielleicht eine Schusswaffe? Ich hoffte nicht. Die würde ihr nicht weiterhelfen. Ganz im Gegenteil. Magdalene war zwar tief verletzt, aber sie war nicht gewalttätig. Sich in wüsten Rachefantasien etwas auszumalen, war die eine Sache. Einem Menschen wirklich gegenüberzustehen und abzudrücken, die andere. Das hatte mir letztens erst eine Patientin bestätigt. Sie war Kriminalkommissarin und hatte in einer hoch prekären Situation nicht schießen können. Sie hätte einfach nicht den Finger bewegen können. Durch ihr Versagen hatte sie einen Kollegen in Lebensgefahr gebracht. Es war noch einmal gut gegangen. Doch seither saß ihr die Angst vor dem nächsten Mal im Nacken.

Ganz klar, Magdalene war nicht zu einem Mord fähig. Eine Waffe in ihrer Hand war eher eine Gefährdung für sie selbst. Sie bräuchte nur den Bruchteil einer Sekunde zu zögern. Ihr Neffe würde ihre Schwäche nutzen. Er würde Magdalene den Arm umdrehen und die Waffe auf sie richten. Abdrücken. Aus. Er würde vor Notarzt und Polizei etwas von Notwehr faseln. Sein Talent, auf Knopfdruck betroffen zu wirken und sogar heulen zu können, hatte er bereits unter Beweis gestellt. Magdalenes Glaubwürdigkeit stand ohnehin auf dünnem Eis. Seniorendomizil für Demente. Ohne Abmeldung unterwegs. Dieser Norbert dagegen war nicht zu greifen und ein Charmeur. Quatsch! Jeder hatte eine Leiche im Keller. Ich hätte mit Magdalene darüber reden sollen. Vielleicht hatte er Affären laufen oder war spielsüchtig. Wir würden schon etwas finden. Hoffentlich war es dafür nicht zu spät.

Ich stöhnte auf und schaute aus dem Fenster. Nichts, was das Auge erfreuen und mich entspannen könnte. Eine durchgängig öde Gegend. Kein Baum, kein Strauch. Nur hässliche Häuserfronten.

›Sie sprechen wirklich nicht wie eine alte Dame‹, hatte Magdalene zu mir gesagt. Das tröstete mich ein wenig. Egal, wie ich aussehe, ich bin Michelle geblieben. Die Michelle, die ich war. Gestern noch war. Ich erinnerte mich vage, dass meine Mutter mir etwas Ähnliches zum Abschied gesagt hatte. »Michelle, dieser Zauber kann nicht dich verändern, nicht dein Inneres.« Warum hatte ich ihr nur nicht mehr Zeit gegeben und besser zugehört? Weil es einfach eine ungeheuer abgedrehte Geschichte war, die sie mir bei Kaffee und Kuchen aufgetischt hatte. Meine entsetzte Reaktion hätte sie einkalkulieren müssen. Sie behauptete schließlich, mich zu kennen. Sie hätte mir einen Brief schreiben sollen. Den könnte ich jetzt in Ruhe lesen, und in diesem Fall hätte ich sogar ihre unvermeidlichen Ratschläge als Beigabe in Kauf genommen.

Der Koffer! Es musste einen ganz speziellen Grund dafür geben, dass er wieder aufgetaucht war. Schließlich war er mit alten Fotos und Briefen gefüllt. Ich hoffte, Mama war so vorausschauend gewesen, mir einen Hinweis hineinzulegen. So eine Art Schatzkarte, wie ich aus diesem Labyrinth der Zeit-Verrücktheiten wieder herausfinden konnte.

Ich öffnete den Koffer auf dem Bett und setzte mich daneben. Schummelzettel aus der Schule. Die hatte ich nach meinem 15. Geburtstag nicht mehr nötig gehabt. Ich habe wie eine Wahnsinnige gebüffelt und niemanden abschreiben lassen. Die meistgehasste Streberin. Das war ich.

Liebesbriefe von Chris. Die meisten hatte er mir geschrieben, nachdem ich mit ihm Schluss gemacht hatte. Er war wie vor dem Kopf gestoßen gewesen und wollte das abrupte Ende nicht akzeptieren.

Kein Wunder. Wie sollte er auch. Er hatte mir lange geschrieben. Ich hatte ihm nicht einmal geantwortet. Irgendwann kam nichts mehr von ihm. Das hatte mir wehgetan. Dabei, wie hätte er anders reagieren sollen? Er musste mich schlichtweg für eine überkandidelte Zicke gehalten haben, die ihn als Entjungferer missbraucht hatte. Ich durchwühlte die Briefe. Es war keiner von meiner Mutter dabei.

Jede Menge Fotos. Ich badete unschlüssig meine Hand darin und zog dann wahllos eines davon heraus.

Mama und Steve. Braun gebrannt. Im Hintergrund eine Dünenlandschaft. Dänemarks Nordseeküste. Mama und Steve lachten fröhlich in die Kamera. Das Foto hatte ich geschossen. Daran konnte ich mich ganz genau erinnern. Steve hatte mir den Fotoapparat vor dem gemeinsamen Urlaub geschenkt. Ich konnte den neuen Mann meiner Mutter trotzdem nicht leiden. Ich war nur deswegen mit in den Urlaub gefahren, um nicht wieder bei Tante Adelheid zu landen.

Mama konnte ich zu der Zeit auch nicht leiden. Was heißt: Ich konnte sie nicht leiden. Ich hatte sie mit dem glühenden Herzen einer Zehnjährigen gehasst. Wie konnte Mama mit einem anderen zusammen sein! Sie hatte einen Mann. Und das war mein Papa. Ich hätte an ihrer Stelle immer auf ihn gewartet, ein ganzes Leben lang.

Er war noch nicht lange tot. Mama hatte nicht

einmal ein Jahr um ihn getrauert. Dabei hätte ich ihr so gern beigestanden. Mama und ich. Aber sie hatte sich von mir nicht trösten lassen, sondern so getan, als wäre sie nicht traurig. Sie hat in meiner Gegenwart sogar gelacht. Ein krampfhaftes, unehrliches Lachen. Ich mochte es nicht. Es war unheimlich und nicht lustig, und ich fühlte mich betrogen.

Über ihren Kummer geredet hatte sie nur mit ihrer geliebten, dicken Lilly. Sie zogen die Küchentür zu und dämpften ihre Stimmen. Als würde eine damals noch Neunjährige zu dumm sein, um zu begreifen, dass es schlimm für Mama war, so ganz ohne ihren Mann. Wenn ich in die Küche kam, lächelten mir beide aufmunternd zu. Lilly hatte sich bemüht, mehr Kontakt zu mir zu bekommen. Sie wollte mir sogar das Kartenlegen beibringen. Dabei hatte ich mit solchem Firlefanz schon damals nichts am Hut.

Meine Rettung war die Stallgemeinschaft und vor allem die Pferde. Ihnen konnte ich vertrauen. Sie waren nicht falsch. In ihrer Nähe fühlte ich mich geborgen. Die warmen Körper, der dampfende Atem und die klugen Augen. Ich hatte diese schönen Tiere immer gemocht, nun liebte ich sie. Ich war viel im Stall. Mama kam nie mit, sie hatte eine Pferdehaar-Allergie. Es war mir ganz recht. So blieb der Stall ausschließlich mein Revier.

Und dann war plötzlich Steve da. Wie aus dem Nichts.

Eines Abends saß er in unserem Wohnzimmer. Mama trank mit ihm Wein. Das war nicht ungewöhnlich, sie hatte öfter Besuch. Aber an diesem Gast war etwas anders. Genau wie die aufgeladene Stimmung im Raum. Mama war ungewöhnlich nervös, und sie kicherte wie ein junges Mädchen. Das fand ich befremdlich und abstoßend. Deshalb verzog ich mich gleich in mein Zimmer. Sie hielten mich nicht zurück.

Als ich am nächsten Morgen durch das Wohnzimmer in die Küche wollte, sah ich Mamas Schuhe auf dem Teppich liegen. In einer eigenartigen Stellung, als hätte sie sie während des Laufens einfach abgestreift. So hatte ich Mamas Schuhe noch nie herumliegen sehen. In dem Augenblick wusste ich, dass Steve über Nacht bei uns, bei Mama geblieben war.

Er sollte länger als eine Nacht bleiben. Und er tat von Anfang an so, als gehörte er zu unserer Familie.

Lilly mochte ihn auch nicht. Das machte sie mir zum ersten Mal sympathisch. Aber sie riss sich zusammen und behielt ihre Meinung für sich. Ich hatte es gemerkt, obwohl Mama immer behauptete, dass ich kein Gefühl für die Aura und so weiter hätte. Ich hatte. Ich brauchte nur nicht andauernd darüber zu reden.

Schon kurze Zeit, nachdem Steve sich bei uns eingenistet hatte, veränderte sich etwas. Es brodelte regelrecht im Haus und roch nach einem Geheimnis. Meine Mutter war schwanger. Sie erzählte mir die Neuigkeit ganz vertraulich bei einer heißen Schokolade. Es dauerte lange, bis ich den Sinn ihrer Worte begreifen konnte. Der Gedanke war einfach zu absurd. Mama und Steve würden ein Kind haben. Und Mama schien sich sogar zu freuen. Ich war entsetzt und betete inständig, es möge ein Irrtum sein. Mama konnte einfach nicht schwanger sein. Aber sie war es. Ihr Bauch wuchs und wuchs und wurde kugelrund. Mama nahm öfter meine Hand, und ich durfte fühlen, wenn das Baby strampelte. Ich lächelte, obwohl ich todunglücklich war. Mama merkte es nicht. Das zum Thema Intuition.

Die hatte sie auch in der Wahl ihres zweiten Ehemannes nicht bewiesen. Ganz und gar nicht.

Lena kam auf die Welt. Unser Strahle-Baby. Ein so liebes Kind. Ein richtiges Engelchen.

Lena hatte mich vom ersten Moment an geliebt. Das hatten die Erwachsenen jedenfalls behauptet und waren hellauf begeistert. Wie rührend und wunderbar. Geschwisterliebe. Wir waren wieder eine richtige Familie.

Von wegen Familie. Pustekuchen! Ich hatte Lenas Liebe nie erwidert. Tut mir leid, dachte ich zum ersten Mal. Tut mir echt leid, kleine Schwester. Meine Augen begannen zu brennen. Bevor ich zu heulen anfing, fischte ich schnell ein anderes Foto aus dem Koffer.

Das machte mich nicht gerade glücklicher. Steve, der Blender. Er stand vor dem Pferdeanhänger und hielt meinen Filou an den Zügeln.

Nachdem Lena geboren war, verbrachte ich noch mehr Zeit im Stall. Mama machte sich Sorgen. Wenn sie Glück hatte, sah sie mich zu den Mahlzeiten. Sie forderte mindestens zwei reitfreie Tage in der Woche. Das war Steves große Stunde. Er trat als mein Fürsprecher auf und tat so, als interessierte er sich für den Reitsport und könnte meine Leidenschaft verstehen. Er redete Mama sogar ein, dass ein eigenes Reitpony für mich das Beste wäre. Dann würde ich zwar weiterhin viel im Stall sein, aber gleich lernen, was Verantwortung heißt. Wahre Verantwortung. Pah, das hatte der Richtige erzählt.

Aber seine Überredungskünste waren erfolgreich. Meine Mutter ließ sich erweichen. So kam ich zu meinem geliebten Frechdachs Filou. Das war Liebe auf dem ersten Blick. Meine Reitlehrerin war begeistert und schwärmte: »Ihr seid füreinander gemacht!« Sie drängte immer mehr, dass ich bei meinem Talent unbedingt an Turnieren teilnehmen sollte. Dafür brauchte man allerdings Eltern, die Auto und Pferdeanhänger besaßen. Und die außerdem so engagiert waren, Kind und Pferd zu den diversen Turnieren durchs Umland zu kutschieren.

Steve war wieder einmal der edle Retter. Er bot sich an, mich und Filou zu fahren. Ich brannte darauf, endlich Dressuren mitzureiten, und nahm seine

Hilfe an. Unsere gemeinsamen Fahrten verliefen weit angenehmer als erwartet. Steve war schlau. Er textete mich nicht zu und hielt sich auf den Turnieren im Hintergrund. Ich beachtete ihn auch kaum. Ich war viel zu beschäftigt mit Filou und auf unsere Zusammenarbeit konzentriert. Das war eine gute Zeit.

Bis es zu dem Zwischenfall im Stall kam. Die Pferde waren tagsüber auf der Koppel. Ich hatte zwar keinen Stalldienst, aber Nicole hatte einmal Hilfe beim Ausmisten bei mir gut.

Ich ging in den Stall und suchte sie. Bevor ich nach ihr rufen konnte, hörte ich das Flüstern. Steves Flüstern. Ganz in meiner Nähe. Mich überfiel ein Gemisch aus Angst und Erregung. Am liebsten wäre ich wieder nach draußen gerannt, aber ich konnte nicht. Es zog mich weiter bis zur nächsten Box. Da konnte ich sie sehen. Steve saß in der Hocke an die Stallwand gelehnt und Nicole auf seinem Schoß. Das war keine Vater-Tochter-Umarmung. Das war spürbare Erotik. Nicoles Schultern waren entblößt. Ihre Lippen, ihre Augen. Sie sahen anders aus. Ganz fremd und verklärt. Sie waren gerade noch geküsst worden. Ich drehte mich um und lief weg. Zu dem Zeitpunkt war ich 14, genau wie Nicole.

Ich hatte keinen der beiden darauf angesprochen. Nicole ging mir von dem Tag an, so gut es möglich war, aus dem Weg. Und Steve umschleimte mich mit ekelhaften Freundlichkeiten. Seine Bemühungen waren eindeutig. Er hatte Angst und befürchtete, dass ich nicht den Mund halte.

Zurecht. Ich hatte ihn in der Hand. Und diesen Trumpf wollte ich ausspielen. Am liebsten hätte ich noch am gleichen Tag meiner Mutter die widerliche Stallszene unter die Nase gerieben. Ich brannte darauf, ihr an den Kopf zu schleudern, was für einen Mann sie geheiratet hatte. Einen, der auf junge Mädchen steht. Dem sie wahrscheinlich längst zu langweilig und zu alt geworden war. Der nur bei ihr blieb, weil Papa eine außergewöhnlich hohe Lebensversicherung für uns abgeschlossen hatte. Steve hatte sich an einen gewissen Luxus gewöhnt, den er sich von seinem Gehalt als Versicherungskaufmann niemals leisten könnte. Und er war eitel. Er liebte seinen Status als engagierter Patchwork-Vater und treuer Ehemann.

Aber meine Mutter war mit Lena verreist. Sie waren irgendwo an der See. Nicht nur für ein paar Tage, sondern für zwei Wochen. Ich zwang mich zum Warten, denn ich wollte dabei ihr Gesicht sehen.

In den Tagen lernte ich Chris kennen und verliebte mich in ihn. Das veränderte alles und drängte meine Familienprobleme in den Hintergrund. Sie waren mir nicht mehr wichtig. Meine Verliebtheit machte es mir auch leichter, auf die Turniere zu verzichten. Denn Steves Fahrdienste wollte ich auf keinen Fall länger in Anspruch nehmen. Ich hätte es nicht ertragen, stundenlang so nah neben ihm zu sitzen. Ich versuchte, Steve völlig auszublenden und vermied, mir Gedanken zu machen, ob es noch mehr Mädchen wie Nicole in seinem Leben gab. Das funktionierte fast ein Jahr lang. Bis zu meinem 15. Geburtstag.

Es sollte unsere erste Liebesnacht werden. Chris und ich hatten sie uns wunderbar ausgemalt und viel davon geträumt. Aber sie stand von Anfang an unter keinem guten Stern. Wir konnten uns nicht wie geplant bei Chris treffen. Mama war mit Steve beim ›Alten Seemann‹ zu einer Feier eingeladen, und ich hatte Lena am Hals. Chris und ich trafen uns bei mir. Es war nun einmal unsere Nacht und nicht austauschbar.

Wir rechneten damit, bis weit nach Mitternacht allein zu sein. Aber Steve war früher nach Hause gekommen. Anscheinend hatte er sich mit Mama gestritten. Keine Ahnung. Ich habe niemals danach gefragt. Später.

Steve musste Chris und mich vom Garten aus beobachtet haben. In meinem Zimmer leuchtete ein Meer aus Kerzen. Steve konnte unseren ungeschickten ersten Beischlaf gut beobachten. Das musste ihn dermaßen aufgegeilt haben, dass die freigesetzten Hormone den Rest von Vernunft in seinem Gehirn gelöscht hatten.

Chris war gerade gegangen. Ich lag noch nackt

auf meinem Bett. Da stand Steve in der Terrassentür. Er betrat ohne zu fragen mein Zimmer und zog die Tür hinter sich zu. Er kam näher. Seine Augen glänzten, als hätte er Fieber.

»Meine Kleine. Warum hast du nicht auf mich gewartet? Komm, ich zeige dir mal, wie das ein richtiger Mann macht.«

Er konnte vor Erregung kaum sprechen und begann, sich mit zitternden Händen die Klamotten vom Leib zu reißen.

Ich war völlig geschockt und blieb hilflos wie ein Käfer auf dem Rücken liegen. Obwohl ich mich ekelte, musste ich wie gebannt auf sein erigiertes Glied starren. Es erschien mir brutal groß. Ich wollte um Hilfe schreien, aber ich bekam keinen Ton heraus. Es war, als bestünde die Luft im Zimmer plötzlich aus Beton. Er machte jede Bewegung unmöglich und gab mir das Gefühl, gleich ersticken zu müssen.

Steve beugte sich über mich. Sein weit geöffneter Mund kam auf mich zu. Die Vorstellung, dass er damit mein Gesicht berühren würde, gab mir die Kraft, den Kopf zur Seite zu drehen.

Da sah ich sie. Sie stand hinter der Glastür. Lena. Ihr kleines Gesichtchen an die Scheibe gepresst. Die langen, blonden Locken wehten im Nachtwind. Sie sah aus wie ein Engelchen. Unsere Blicke trafen sich. Und ich erkannte in ihren Augen Angst. Lena und Angst. Das war so beunruhigend fremd, dass ich aus meiner Starre erwachte. Ich zog die Beine an und trat zu. Als trainierte Reiterin war ein Tritt von mir keine Streicheleinheit.

Steve hatte nicht mehr mit Gegenwehr gerechnet, wenn er überhaupt etwas gedacht hatte. Er flog regelrecht von meinem Bett und landete unsanft auf dem Fußboden. Er glotzte mich verdutzt an, dann grinste er und begann sich wieder hochzurappeln. Nein. Er würde mir nicht noch einmal zu nahe kommen. Er durfte nicht aufstehen. Ich sprang hoch und griff wahllos nach dem nächstbesten Gegenstand. Es war die Bronzefigur eines Ponys. Bevor Steve begriff, was ich vorhatte, gab ich ihm damit einen kräftigen Schlag über den Schädel. Diesmal blieb er auf dem Fußboden liegen.

Mein Blick suchte Lena. Sie stand nicht mehr am Fenster. Ich hoffte inständig, dass sie in ihrem Zimmer war. Ohne mich um Steve zu kümmern, zog ich mir eilig einen Slip über und im Laufen noch ein Shirt. Alles, was ich denken konnte, war: Ich muss Lena finden!

Ich hatte sie gefunden. Zu spät. Mein Gott, was musste sich in ihrem kleinen Kopf abgespielt haben? Sie hatte ihre geliebte große Schwester beobachtet, die nackt auf dem Bett lag. Sie musste ihren Vater sehen, der sich auch entblößt hatte. Und der sich auf mich gelegt hatte. Was hatte sie davon verstanden? Auf jeden Fall hatte sie Angst gehabt. Und die Angst in ihren Augen hatte mir meine eigene genommen. Lena hatte mich gerettet. Hätte sie nicht am Fenster gestanden, dann hätte das Schwein alles mit mir machen können.

Lena war mein rettender Engel. So hatte ich das nie gesehen. Ich hatte überhaupt nichts mehr gesehen. Ich hatte mir Scheuklappen aufgesetzt und niemanden an mich herankommen lassen. Sogar das Denken an diese Nacht hatte ich mir abtrainiert. Wenn ein Gedanke der Erinnerung aufkam, hatte ich ihn im Keim erstickt. Ich war eine Meisterin des Verdrängens geworden.

Die Wahrheit war unerträglich. Mit ziemlicher Sicherheit hatte ich Steve getötet. Zumindest schwer verletzt. Steve war seitdem verschwunden. Hatte Mama seine Leiche im Garten verscharrt, um mich zu beschützen? Immerhin waren wir danach gleich aus dem Haus ausgezogen. Warum hatte sie das für mich getan? Sie musste mich doch gehasst haben. Sie hatte in der Nacht ihre geliebte kleine Tochter verloren. Und gleichzeitig ihren Mann.

Mein Gesicht war längst nass. Ich stand auf und holte mir noch einmal ein Glas Wasser. Es schmeckte salzig.

Die Erinnerungen waren lebendig und ließen sich nicht mehr beiseiteschieben. Ich konnte Mama am Unfallort sehen. Lena, die auf der Straße lag. Tot. Mama hatte einen Schock, genau wie ich. Wir sind zusammen für den Rest der Nacht ins Krankenhaus gebracht worden. Als wir am nächsten Tag zurückkamen, war Steve verschwunden. ›Er war verschwunden‹, murmelte ich, als müsste ich mir den Gedanken bestätigen. Mama konnte ihn gar nicht weggeschafft haben! Lebte er etwa noch? Oder hatte Lilly die Hand mit im Spiel? Lilly war auch am Unfallort gewesen. Ich hatte sie für einen kurzen Augenblick gesehen. Lilly! Warum hatte ich nie an sie gedacht?

Interview: männlich, 71 Jahre

Bei dem Wort ›alt‹ muss ich gleich an meinen veränderten Tagesablauf denken. Früher habe ich über den Spruch, dass man als Rentner erst recht keine Zeit mehr hätte, gelacht. Aber es stimmt auf eine Art und Weise. Man geht bewusster durch den Tag, sieht viel mehr als früher. Man nimmt viel mehr wahr. Das braucht Zeit. Und man entwickelt Interessen, zu denen man als Berufstätiger keine Muße hatte. Kaum zu glauben, aber erst jetzt brauche ich wirklich einen Terminkalender. Früher hatten die Tage durch die Arbeit eine Struktur aus Beton. Da musste ich höchstens mal am Wochenende etwas eintragen. Nun ist er randvoll. Mit schönen Terminen.

Ich mag an alten Menschen nicht, wenn sie so eine Erwartungshaltung an die Gesellschaft und vor allem an die eigenen Kinder entwickeln. Sie erwarten Dankbarkeit. Als hätten sie ein Recht darauf, ihre Saat zu ernten. Sie erwarten Besuche und Zuwendung.

Und ich mag es nicht, wenn alte Menschen nicht die Verantwortung für ihre Zukunft übernehmen. Solange sie noch dazu in der Lage sind. Sie beharren eisern darauf, dass sich nichts verändert. An ihrer Wohnsituation zum Beispiel. Bis sie sich einen Oberschenkel brechen und in einer Nacht- und Nebelaktion irgendwo untergebracht werden müssen. Wenn sie Glück haben, wird das von ihren Kindern organisiert. Aber die sind damit auch überfordert. Sie müssen im Grunde die Verantwortung für ihre Eltern übernehmen oder abgeben. So eine Entscheidung treffen zu müssen, die Last sollte man ihnen nicht aufdrücken.

Mir imponiert an alten Menschen, wenn sie Interessen behalten, rege bleiben und nicht nur depressiv auf ihr Ende warten. Wenn sie nicht ständig über ihre Wehwehchen reden. Die haben wir schließlich alle. Aber will man da ständig drüber sprechen?

Wenn ich plötzlich mein Heim verlassen müsste, würde ich meine Lieblingskochtöpfe mitnehmen. Ich koche und esse leidenschaftlich gerne. Dazu ein paar Flaschen Rotwein und Kerzen.

Ich als 86-Jähriger? Ich bin nicht sicher, ob ich so alt werden will. Wenn ja, dann nur ohne diese verdammte Demenz. Die macht mir Angst. Nicht mehr Herr meiner Sinne zu sein. Nein, da möchte ich lieber vorher abgerufen werden.

Falls ich gesund bleibe, im Rahmen meines Alters, wäre ich gerne noch ein Weilchen hier. Es macht gerade noch viel Spaß.

Kapitel 16

Das Zimmertelefon läutete dicht an meinem Ohr. Ich rollte mich zur Seite und nahm den Hörer ab. »Meinberg«, meldete ich mich mechanisch und hätte mir am liebsten auf die Zunge gebissen. Ich hatte, so aus dem Schlaf gerissen, nicht daran gedacht, dass wir inkognito unterwegs waren. Zum Glück vernahm ich am anderen Ende der Leitung eine wohlvertraute Stimme: »Michelle, da bist du ja.«

Mir fiel ein Felsbrocken vom Herzen.

»Mama!« Mehr konnte ich nicht hervorbringen.

»Ja, ich bin's«, bestätigte sie in ihrer ruhigen Art, als wäre in den letzten 24 Stunden nichts Ungewöhnliches geschehen. Ich ließ mich mit dem Telefon auf das Bett zurückfallen und hätte vor Erleichterung gleich wieder heulen können.

»Michelle, hast du Lust auf eine Tasse Kaffee?«

»Wann und wo immer du willst.«

»Fein«, sagte sie, und ich hörte ein Lächeln in ihrer Stimme. »Dann bis gleich in der Buchenstraße. Ich bin im Garten.«

»In der Buchenstraße? Meinst du in unserem alten Haus? Du hast es also nicht verkauft?«

Die Fragen sprudelten nur so aus mir hervor.

»Nein, selbstverständlich habe ich es nicht verkauft.«

»Das hast du mir nie erzählt.«

»Du hast auch nie gefragt.«

Nein, das hatte ich nicht. Wie so vieles andere auch nicht. Das würde ich nachholen. Und zwar noch heute.

»Bis gleich«, sagte ich und legte auf. Ich verlor keine Zeit, um mich zurechtzumachen. Zumal ich meinem Spiegelbild sowieso nicht mehr trauen konnte. Ein Spuk, der hoffentlich bald vorbei sein würde. Mama war wieder aufgetaucht. Sie wartete auf mich in unserem alten Haus. Alles würde gut. Ich schnappte meinen Kinderkoffer und machte mich auf den Weg.

Gut, dass Magdalene beide Zimmer im Voraus bezahlt und mir Geld da gelassen hatte. So brauchte ich an der Rezeption keine lästigen Fragen zu beantworten und konnte problemlos ein Taxi bestellen. Dieses Mal löste das genannte Fahrtziel keine Irritationen aus. Der Taxifahrer nickte gleichmütig und fuhr los.

Ich war aufgeregt wie ein Kind vor Weihnachten. Gleich würde ich mein Elternhaus wiedersehen. In der Buchenstraße war ich seit Lenas Unfall nicht mehr gewesen. Wir waren unmittelbar danach ausgezogen und hatten in einem anderen Stadtteil gelebt. Nach meinem Abitur war ich ins Studentenwohnheim übergesiedelt und Mama in ihre Datscha am See.

Die Buchenstraße war eine Allee mit alten, prächtigen Buchen. Sie waren sicher der Grund, warum sich hier kaum etwas verändert hatte. Als wäre die Zeit stehen geblieben. Der vertraute Anblick der schattigen Straße machte mich glücklich. Auch unser Haus sah aus wie in meiner Erinnerung. Zur Straßenseite war es ein flacher, roter Klinkerbau. Ein Gebäude, das nur aus einem Erdgeschoss bestand und nicht zum längeren Betrachten einlud. Die großzügig angelegte Terrasse und der weitläufige Garten blieben den Blicken Vorbeigehender verborgen.

Im Garten, hatte Mama gesagt. Ich klingelte nicht, sondern lief auf dem Plattenweg entlang hinter das Haus. Als ich um die Ecke bog, blieb ich wie angewurzelt stehen. Der riesige Garten bestand aus einem einzigen Meer zartgelber, lindgrüner und rosaroter Farbtöne. Frauenmantel und Rosen. Sie waren zu gleichen Teilen über die große Fläche verteilt. Nur diese beiden Pflanzen. Der Frauenmantel mit seinem besonderen Gelb und Grün war Lenas Lieblingsblume gewesen. Sie behauptete steif und fest, dass auf den Blättern des Frauenmantels Perlen wuchsen. Damit meinte sie den Tau, dessen Tropfen in der Morgensonne auf den Blättern glitzerten. Meine Lieblingsblume war die Rose. Eine, die noch duftete und rosafarbene bis kräftig rote Blütenblätter trug. Ich war überwältigt von der Schönheit unseres Gartens und konnte mich gar nicht sattsehen. Dabei atmete ich den sinnlichen Duft der Rosen tief ein. So hätte ich stehen bleiben können. Aber ein anderer, penetranter Geruch überdeckte das liebliche Parfüm der Blüten. Rauch. Es brannte. Mein Gott, in unserem Haus brannte es! Wo war überhaupt meine Mutter? Ich begann, mir einen Weg durch die dichtstehenden Blumen zu bahnen. Das war beschwerlich. Die Rosenranken verhakten sich mit ihren Dornen in meiner Kleidung und versuchten, mich festzuhalten. Aber ich musste weiter, ins Haus, Mama helfen.

»Frau Meinberg, wachen Sie auf.«

Ich öffnete mühsam die flatternden Augenlider. Jemand zupfte an meinem Ärmel. Magdalene. Sie saß neben mir auf dem Bettrand.

»Tut mir leid, dass ich Sie geweckt habe. Aber Sie haben so unruhig geträumt«, sagte sie und ließ meinen Arm los.

Geträumt. Nur ein Traum. Die Enttäuschung trieb mir neue Tränen in die Augen. Ich sah zur Seite. Magdalene brauchte das nicht zu sehen. Die Ernüchterung traf mich wie ein Keulenschlag. Es hatte sich nichts an meiner verworrenen Situation geändert. Mama war verschwunden, und ich befand mich in einem Hotelzimmer. Über 40 Jahre älter als gestern. Gerade noch hatte ich so viel Hoffnung gehabt. Die Blumen, Lenas und meine Lieblinge, so grundverschieden und nebeneinander überwältigend schön. Ich hatte bei ihrem Anblick seit Langem ein Gefühl von Glück gespürt. Ganz tief in mir. Bis es nach Rauch gerochen hatte.

»Ich habe gedacht, es brennt«, murmelte ich.

»Oh, das war ich«, gestand Magdalene verlegen. »Ich habe geraucht. Aber ich brauchte jetzt einfach eine Zigarette.«

Ich wischte mir über das Gesicht und setzte mich auf.

»Wie spät haben wir es überhaupt?«

»Nachmittags, denke ich«, antwortete Magdalene gleichmütig. Anscheinend war ihr die Uhrzeit völlig egal. Ich betrachtete sie genauer. Sie sah erschreckend blass aus und wie um Jahre gealtert.

»Warum sind Sie schon zurück? Ist etwas passiert?«

Sie zuckte müde mit den Schultern. »Gar nichts und doch alles. Wissen Sie, was man empfindet, wenn man nicht in sein Haus hineinkommt? Wenn man sich im Garten verstecken muss, um nicht gesehen zu werden? Man fühlt sich wie ein Besucher in seinem eigenen Leben.«

Ich nickte ernsthaft. »Ja, das weiß ich sehr gut. Seit gestern.«

Magdalene stand auf und ging zum Fenster. Sie kehrte mir den Rücken zu. Aber ich konnte ihre Traurigkeit spüren wie meine eigene. Als hätten wir den gleichen Traum gehabt. Einen Augenblick der Hoffnung, sogar des Glücks erlebt und beim Aufwachen den brutalen Absturz in die Realität. Welche das auch immer hier war.

»Warum sind Sie eigentlich nach Hause gegangen? Sie hatten doch einen Plan, oder?«

Magdalene drehte sich wieder zu mir um. »Ja, das glaubte ich jedenfalls.«

Sie verschränkte die Arme vor ihrer Brust. »Nachdem Knut vor meinen Augen«, sie stockte, »nachdem er in seinem Arbeitszimmer gestorben ist, habe ich es nur einmal laut geschrien: Norbert ist ein Mörder! Seitdem habe ich geschwiegen. Sie haben mich in eine Klinik gebracht und mit Beruhigungsmitteln vollgepumpt. Selbst seine Beerdigung liegt für mich im Dämmerlicht. Ich war dabei. Sie haben mich irgendwie auf den Friedhof geschleift. Es kam mir alles so unwirklich vor, als würde ich nur einen Film sehen.

Dann habe ich die Medikamente einfach nicht mehr eingenommen. Ich wollte wieder denken können. Mit dem Bewusstsein kamen die Erinnerung und der Schmerz zurück. Auch die Angst, dass Norbert mich einsperren lassen könnte. Deshalb habe ich mich weiter dumm gestellt und bin freiwillig in das nette Haus am See gegangen. Selbstverständlich wollte ich nie für immer dort bleiben. Ich wollte Zeit gewinnen. Nachdenken und eine Lösung finden, wie ich Norberts Verbrechen beweisen könnte. Aber ich habe nicht nachgedacht, es tat einfach zu weh. Erst vorhin hier bei Ihnen, da habe ich Knuts

Tod das erste Mal Revue passieren lassen. Ganz bewusst. Von Anfang bis Ende.«

Magdalene machte eine kleine Pause. Sie hob beide Arme, als wollte sie mir ein imaginäres Geschenk präsentieren.

»Und mir schien die Lösung zum Greifen nahe. So einfach und logisch, als wäre ich vorher blind gewesen. Die Spinnen waren der Schlüssel. Mit ihnen konnte ich beweisen, dass Knut keinen einfachen Herzinfarkt erlitten hat. Es war noch nicht zu spät, dachte ich. Das Verbrechen war erst zwei Wochen her. Norbert hatte sicher versucht, die Spinnen zu finden und aus dem Haus zu schaffen, aber das dürfte schwer gewesen sein. Wenigstens eine von ihnen hatte sich bestimmt irgendwo eingenistet. Wenn ich die finden würde, dann könnte ich damit zur Polizei gehen. Immerhin waren das keine normalen Hausspinnen. Sie sahen exotisch aus. Vielleicht haben sie Knut sogar gebissen. An die Möglichkeit habe ich nie gedacht. Ach, ich habe überhaupt nichts gedacht. Aber wenn ich noch eine finden würde, wäre sie der Beweis: Knut ist feige ermordet worden! Ich habe keine Wahnvorstellungen!«

Ich atmete tief durch. Das hörte sich im ersten Moment durchaus plausibel an. Aber nur im allerersten. Diese Konstruktion stand auf verdammt wackeligen Beinen und war leider naives Wunschdenken. Selbst wenn Magdalene eine Spinne gefunden hätte, was schon vage genug war, sie hätte nie und nimmer für eine Mordanklage oder sogar eine Verurteilung ausgereicht. Diese Beweisführung könnte für Magdalene sogar nach hinten losgehen. Ihr windiger Neffe würde sich zu helfen wissen. Seine Tante und ein Schächtelchen mit Krabbelinhalt bei der Polizei. Eindeutiges Symptom ihres Verfolgungswahns, würde er sagen, und sie mit geheucheltem Mitgefühl ansehen. Ich sprach meine Befürchtungen nicht aus.

»Und warum sind Sie nicht ins Haus gekommen?«

»Mein Schlüssel passte nicht. Stellen Sie sich das vor! Norbert hat in der kurzen Zeit unser Haus schon in Besitz genommen und die Türschlösser auswechseln lassen. Ich bin wie eine Diebin um mein eigenes Heim geschlichen. Ich wäre sogar durch ein Fenster gestiegen. Aber alle Fenster, auch die Terrassentür, waren verschlossen. Ich konnte mir nur an der Scheibe die Nase platt drücken, in die vertrauten Räume starren, aber nicht hineinkommen.«

Magdalenes Stimme war beim Erzählen immer dünner geworden. Sie tat mir unglaublich leid.

»Sie hätten mich mitnehmen sollen. Gemeinsam wäre uns schon etwas eingefallen. Dann wäre ich nicht eingeschlafen, und mir wäre eine Gefühlsachterbahn erspart geblieben. Mein Traum hat mir eine wunderbare Hoffnung vorgegaukelt, und ich war für einen Augenblick glücklich«, gab ich zu. »Die

Ernüchterung fühlt sich an wie ein schlimmer Kater. Darauf hätte ich verzichten können.«

Magdalene nickte verständnisvoll. »Genauso geht es mir. Ich war plötzlich felsenfest davon überzeugt, dass ich den Kerl überführen könnte. Das hat mich richtig beseelt. Aber als ich vor dem verschlossenen Haus stand, ist mein schöner Plan wie eine Seifenblase geplatzt. Mit einem Mal wusste ich, wie kindisch mein Verhalten ist. Und gefährlich. Wahrscheinlich lauert Norbert nur auf so eine Aktion von mir. Dann kann er mich endgültig in die Psychiatrie stecken.«

Magdalene setzte sich wieder zu mir.

»Übrigens war es eine gute Entscheidung, dass ich allein unterwegs war. Sonst säßen wir wahrscheinlich nicht mehr hier«, stellte sie lakonisch fest.

Ich sah sie verständnislos an.

»Auf der Rückfahrt im Taxi haben sie über Radio eine Suchmeldung durchgegeben.«

»Wie – eine Suchmeldung?«, echote ich fassungslos. »Sie meinen …?«

»Ja, das meine ich. Wir werden gesucht. Jedenfalls war ich froh, dass ich allein im Taxi saß. Sonst wäre die Sache klar gewesen. Wir werden als gepflegte Erscheinungen beschrieben. Genau beschrieben bis hin zu meinem schneeweißen Haar, Ihrer geblümten Bluse und dem Kinderkoffer. Sie betonen, dass wir orientierungslos wären. Zwei alte Frauen, die dringend Hilfe benötigen.«

»Wie geht das so schnell an? Wir sind doch gerade ein paar Stunden unterwegs.«

»Tja, Norbert versteht sich auf Medien. Ich weiß nicht, wie er das hingekriegt hat, aber dass er dahintersteckt, ist eindeutig. Was sollen wir jetzt unternehmen? Das heißt, die Frage lautet eher: Wie soll es für Sie weitergehen? Mir ist es mittlerweile einerlei. Dann gehe ich eben wieder in das ›Domizil am See‹. Da war es ganz nett.«

Ich sah Magdalene höchst alarmiert an.

»Nix da. Wir brauchen nur ein bisschen Zeit zum Überlegen. Wo wurde wohl zuerst nach uns gesucht?«

Magdalene antwortete nicht. Also überlegte ich laut allein weiter.

»Zu Hause. Also, ich meine, bei mir zu Hause. Dort werden sie sicherlich schon gewesen sein. Was dann? Ihr Neffe wird wahrscheinlich längst mit der Heimleitung gesprochen haben. Irgendeiner hat ein Taxi gesehen, oder er vermutet, dass wir eins gerufen haben. Er wird den Taxifahrer finden, vielleicht schon gefunden haben, und somit wissen, wo wir sind. Im Hotel ›Angelika‹. Wir müssen hier schnellstens verschwinden.«

Ich stand auf.

»Aber wo sollen wir hingehen?«, fragte Magdalene wenig überzeugt und blieb sitzen. »Ich werde nicht weiter weglaufen.«

Ohne auf ihren Einwand einzugehen, sagte ich:

»Dorthin, wo sie uns zuerst gesucht haben: zu mir nach Hause.«

»Aber sie werden wiederkommen. Nein, das ist wirklich lieb gemeint von Ihnen. Aber Ihr Heim ist kein gutes Versteck.«

Versteck, hallte es in mir nach. Und da traf mich ein Gedanke wie ein Blitz. Er machte mir ein wenig Angst, aber ich sah ein, dass es die einzige vernünftige Lösung war. Vorerst.

Interview: weiblich, 47 Jahre

Bei dem Wort ›alt‹ denke ich zuerst an meine Eltern. Sie wohnen weit von mir entfernt, und ich mache mir Sorgen, wie es sein wird, wenn sie Hilfe brauchen. Und ich denke an eine Freundin, mit der ich seit Kindertagen zusammen war. Eine alte, beständige Freundschaft, und doch ist sie zerbrochen. Seit einem Jahr, und ich leide unter dem Bruch. Ich denke, um ehrlich zu bleiben, bei dem Wort ›alt‹ auch an mein Aussehen und seine Vergänglichkeit.

An alten Menschen stört mich, wenn ich das stören nennen kann, ihr Geruch. Nicht immer. Aber sie riechen manchmal ungelüftet und eben alt.

Ich wohne mitten in einer Großstadt, und mir imponiert an alten Menschen, wie sie mit dem Trubel und dem Straßenverkehr zurechtkommen. Sie schleppen, mit einem Gehstock in der einen

Hand, in der anderen ihre Einkäufe nach Hause. Das Zuhause liegt oft in einer höheren Etage ohne Fahrstuhl, aber sie schaffen das. Allerdings weiß ich sonst nicht viel von ihnen. Ich habe wenig mit alten Menschen zu tun.

Wenn ich plötzlich mein Heim verlassen müsste, würde ich meinen Laptop mitnehmen. Das fällt mir als Erstes ein. Wenn ich Zeit hätte, so viele Bilder wie möglich. Die sind von Freunden gemalt, und ich hänge sehr an ihnen.

Ich werde eine sehr dünne, richtig magere 86-Jährige sein. Die aber hoffentlich nicht allein ist. Am liebsten, so ist meine Wunschvorstellung, wohne ich dann in einer WG mit Freunden und habe noch Kontakt zu meinen Kindern.

Kapitel 17

Ich vertrödelte keine Zeit, um Vorkehrungen zu treffen. Mir Strategien auszudenken, die uns möglichst unentdeckt aus dem Hotel schleusen könnten. Vielleicht getrennt fahren oder zeitversetzt. Magdalene und ich würden uns ein Taxi nehmen. Schluss mit dem Versteckspiel. Basta!

Der Mann an der Hotel-Rezeption hatte im Hintergrund Fernsehen laufen. Es war ihm offensichtlich wurscht, aus welchem Grund wir nur für wenige Stunden Zimmer gemietet hatten. Und im Taxi dudelte ein türkischer Sender oder eine CD. Insofern liefen wir auch hier nicht Gefahr, enttarnt zu werden. Und selbst wenn, es wäre keine Katastrophe gewesen. Ich wusste nun, was ich im Falle eines Falles zu antworten hatte. Geantwortet hätte. Um ehrlich zu sein: Ich war heilfroh, dass unsere Fahrt glatt verlief und ich noch nicht auf die Probe gestellt wurde. Zumal ich nicht wusste, wie Magdalene reagiert hätte. Sie war nicht mehr kampfbereit. Ich hatte sie mit Mühe überreden können, mich zu begleiten.

Unser Haus in der Lohstraße sah genauso aus wie am Tag zuvor. Fremd. Auch wenn ich dieses Mal auf den Anblick vorbereitet war, traf er mich wie ein feiner Nadelstich.

»Wunderschön«, murmelte Magdalene, als sie das mit herbstbuntem Weinlaub überrankte Haus betrachtete. Ob sie unser weißes schnörkelloses schön gefunden hätte? Hoffentlich war niemand zu Hause, war mein nächster Gedanke. Immerhin hatte – hatte Mira versprochen, so schnell wie möglich zu kommen. Ich atmete gegen einen aufkommenden Druck in der Herzgegend an und überprüfte mit den Augen die Fenster. Sie waren alle geschlossen. Wir hatten geschätzt über 20 Grad. Wenn sich jemand im Haus befunden hätte, stünde mit Sicherheit ein Fenster auf Kipp.

Ich wollte die ersten Stufen der Außentreppe hochsteigen, als es mir siedend heiß einfiel: Ich hatte überhaupt keinen Hausschlüssel! Außer dem Kinderkoffer hatte ich kein Gepäck dabei. Ich erinnerte mich, dass ich morgens im Heim weder Papiere noch Handy oder Schlüssel gefunden hatte. Sie hatten mir wahrscheinlich alle Wertsachen weggenommen. Daran hatte ich im Hotel nicht mehr gedacht. Wie kurzsichtig von mir! Was sollten wir jetzt tun?

»Ich habe keinen Schlüssel«, stammelte ich und sah Magdalene Hilfe suchend an. Die zuckte nur mit den Schultern und lehnte sich an das Treppengeländer. Diese Lethargie gefiel mir ganz und gar nicht. Die passte nicht zu der besonnenen und doch zielstrebigen Person, die ich am selben Morgen kennengelernt hatte. Die Wandlung machte mir deutlich, wie sehr ihre erfolglose Exkursion sie mitgenommen haben musste. Sie brauchte dringend Ruhe. Ich musste mich zusammenreißen und für uns beide Stärke ausstrahlen.

Ich konzentrierte mich. Was macht man in so einer Situation? Ich hatte bislang meine Schlüssel stets dabei – aber Hans nicht!

»Kein Problem. Ich setze auf das Einhalten alter Gewohnheiten. Wir hatten immer einen Ersatzschlüssel im Gartenhäuschen liegen«, verkündete ich leichthin. Während ich das sagte, hoffte ich inständig, dass das Häuschen noch existierte. Bestimmt, sprach ich mir Mut zu. Das Gartenhäuschen ist – war Hans‹ Lieblingsplatz. Er hatte sogar eine kleine Veranda davorgebaut. Das hatte ich garantiert nicht abreißen lassen, auch wenn er schon so lange – tot war. Diese Fakten gingen mir wie gestottert durch den Kopf. Sie als Wahrheit anzuerkennen, fiel mir unglaublich schwer. Doch ich hatte keine andere Wahl, wenn ich für Magdalene und mich die Verantwortung übernehmen wollte.

Als ich um die Hausecke kam, blieb ich abrupt stehen. Der Garten war ein einziges Blütenmeer. Blüten der unterschiedlichsten Blumen, deren Namen ich nicht kannte. Außer von zweien: Das waren rosarote Rosen und blassgelber Frauenmantel. Sehr viel Frauenmantel. Ich hatte ihm großzügig Platz gelassen. Wie in meinem Traum, musste ich denken und heftig gegen aufkommende Tränen ankämpfen.

Und inmitten dieser Blütenpracht stand unser Gartenhäuschen. Es sah genauso aus, wie ich es in Erinnerung hatte. Magdalene war mir gefolgt.

»Ein wunderschöner Garten.« Sie flüsterte, als könnte uns jemand belauschen. Dabei ging ein hauchzartes Lächeln über ihr erschöpftes Gesicht. »Hier würde ich am liebsten bleiben.«

»Das können Sie, wenn Sie wollen«, sagte ich mit heiserer Stimme. Es traf mich ein wehmütiger Blick von ihr. Sie glaubte mir augenscheinlich nicht. Dafür war ich jetzt sicherer als je zuvor, das Richtige zu tun.

»Vertrauen Sie mir einfach«, sagte ich und dachte, ich brauche nur noch den Schlüssel.

Ich bahnte mir durch die üppig blühenden Stauden einen Weg zum Gartenhaus. Die Tür war verschlossen. Keine Panik, Michelle. Erinnere dich. Die Tür hatte eine Macke. Hans hatte sie an der Klinke immer ein wenig anheben müssen. Dann ließ sie sich öffnen. Die Vertrautheit dieses Handgriffes beruhigte mich. Die Tür gab wirklich nach. Ich atmete tief durch und trat in das schummrige Licht des Schuppens. Hier sah alles so aus wie eh und je. Auch das Regal mit den unterschiedlich großen Pappschachteln war noch vorhanden. Hans hatte Unmengen von Nägeln, Haken, Schnürbändern und anderem Kleinkram gesammelt. In einer der Schachteln mussten sich Schlüssel befinden. Schlüssel von Fahrradschlössern, Zimmertüren, die es nicht mehr gab und von längst geschlachteten Sparschweinen. Ich fand sie an ihrem alten Platz, ganz hinten in der linken Ecke. Ich öffnete sie und starrte auf den Schlüssel-Salat. Unter ihm lag unser Hausschlüssel vergraben. Jedenfalls in der Zeit, an die ich zurückdenken konnte. Mein Herz klopfte wie verrückt, als ich hineingriff. Ich hielt die Luft an, als ich einen besonders langen ertasten konnte und herauszog. Ja! Er war es wirklich. Er lag wie eh und je in unserem Geheimversteck. Korrekter ausgedrückt, in Hans‹ Geheimversteck. Er brauchte es als Sicherheit, weil er öfter mal ohne Schlüssel aus dem Haus gegangen war. Diese schusselige Ader mochte ich an ihm besonders. Aber das hatte ich ihm nie gesagt. Im Gegenteil. Ich hatte nur verständnislos den Kopf geschüttelt, wie man so vergesslich sein konnte. Werde nicht sentimental, ermahnte ich mich.

Draußen wartete Magdalene. Ich trat auf die winzige Veranda und hielt meinen Fund triumphierend in die Höhe: »Ich habe ihn!«

Als ich die Haustür öffnete, beschlich mich wieder das mulmige Gefühl, gleichzeitig mein vertrautes Heim und fremdes Territorium zu betreten. Vielleicht war Mira doch im Haus und schlief. Mira, eine längst erwachsene Frau, die sich Sorgen um ihre Mutter machte. Um ihre alte Mutter, die sich am Telefon auffällig benommen hatte. So einem Zusammentreffen fühlte ich mich immer noch nicht gewachsen. Ich sah in Magdalenes müdes Gesicht und versuchte, mir mein Unbehagen nicht anmerken zu lassen. Wenn sie mitbekam, wie schwer mir dieser Gang fiel, würde sie meine Hilfe ablehnen, sich ein Taxi rufen und zurück an den See fahren. Aber hier und nur hier hatten wir beide eine Chance auf eine Atempause.

Die sterile Flurgarderobe löste dieses Mal keine Verwirrung in mir aus. Sie beruhigte mich sogar. Es schien wirklich niemand im Haus zu sein.

»Machen Sie es sich im Wohnzimmer bequem«, forderte ich Magdalene auf. Der Raum war mir wie am Abend zuvor der angenehmste. Er stimmte mit meiner Erinnerung fast überein.

Ich hatte Hunger. Anscheinend begann ich mich zu akklimatisieren. Ich vermied es abzuwägen, ob diese Entwicklung gut oder schlecht war. Ob das bedeuten könnte, wirklich alt zu sein. Alt zu bleiben.

Ich machte mich auf die Suche nach Nahrungsmitteln. Hoffentlich hatte ich überhaupt Vorräte im Haus. Immerhin war ich – über 80 Jahre alt. Vielleicht hatte ich längst einen Menübringdienst organisiert, und alle Regale waren bis auf eine Packung Zwieback und Knäckebrot leer gefegt. Das könnte zu mir passen. Ich war nie eine begeisterte Hausfrau und Köchin gewesen. Die Kinder wurden in der Schule mit Mittagessen versorgt, und an den Wochenenden hatte Hans gekocht. Abwechselnd unsere Lieblingsgerichte. Er hatte dafür extra einen Kalender mit Favoriten geführt. Stopp! Nicht in Erinnerungen abtauchen und an Hans denken. Auch nicht an die Kinder und wie turbulent es sonst im Haus herging, wenn sie hier herumturnten. Wenn sie ständig eine Frage hatten und aus einem der Zimmer immer zu laute Musik dröhnte.

Ich inspizierte die Vorratskammer. Dort hatte ich gestern Äpfel entdeckt. Immerhin. Die waren auch eine Überraschung gewesen. Mal schaun, was ich sonst noch auf Lager hatte. Bingo! Ich besaß einen Tiefkühlschrank. Und zwar einen gut gefüllten. Kaum zu glauben, aber ich war anscheinend unter die Köchinnen gegangen. Die Tupperdosen waren säuberlich beschriftet. Kohlroulade. Rindsroulade. Gulasch. Möhreneintopf. Nicht schlecht.

»Was wollen Sie essen? Ich habe ein reichhaltiges Angebot zu bieten!«, rief ich über den Flur ins Wohnzimmer.

»Ich habe keinen Hunger. Wenn Sie haben, nur eine Tasse Tee«, kam die Antwort so leise, dass ich sie kaum verstehen konnte.

Gut. Dann würde ich Tee kochen und mir ein Brot schmieren. Für mich allein wollte ich keine Mahlzeit aufwärmen. Ja, ich hatte auch Brot. Sogar ordentlich in einer schweren Steingutdose gelagert.

Mein Blick fiel wieder auf das Foto an der Wand. Hans und Lasse beim Pflanzen eines Baumes.

Wie es Lasse wohl ging? Wo lebte er? Mira hatte nichts von ihm erwähnt. Wäre es nicht logisch gewesen, ihn zu mir zu schicken? Lebte er auch in einem anderen Land? Vielleicht in den USA oder Asien? Lasse hatte schon als kleiner Junge eine Vorliebe für die östliche Kultur. Als kleiner Junge! Oh Gott, ich benahm mich bereits wie eine alte Frau, die in ihren Erinnerungen schwelgte. Aber wieso hatte ich so wenige Bilder von meinem Leben im Gedächtnis? Im Grunde gar keine. Das konnte nicht sein. Das durfte einfach nicht sein.

Hör auf! Hier und jetzt, in dieser verfahrenen Situation, musste ich mich, ob ich wollte oder nicht, mit der Zeitebene anfreunden. Sonst würde mein Plan nicht funktionieren. Unwichtig, wie verrückt mir alles erschien und wie viel Angst es mir machte. Ich musste die Realität der anderen, so wie sie mich sahen, als Wahrheit anerkennen. Dann bestünde keinerlei Grund mehr, mich als unzurechnungsfähig zu erklären. Sie würden mich in Ruhe lassen, weil mein Verhalten mit ihrem Bild von mir übereinstimmte. Und es war die einzige Möglichkeit, gleichzeitig Magdalene zu helfen. Sie könnte bei mir wohnen. Das dürfte uns niemand verbieten. Danach würden wir schon weitersehen. Jeder machte Fehler. Irgendwann. Und dieser miese Neffe würde auch einen machen. Wir mussten nur erst einmal aus der

Schusslinie kommen und unser Recht auf Selbstbestimmung verteidigen.

Während ich diesen Gedanken nachging, brühte ich mit routinierten Handgriffen schwarzen Tee auf. Eigenartig. Ich war immer eine passionierte Kaffeetrinkerin gewesen. Ich nahm kopfschüttelnd die Teekanne und machte mich auf den Weg ins Wohnzimmer. Auf dem Flur streckte ich mir im Garderobenspiegel die Zunge heraus. Dabei war mir nicht nach Witzemachen zumute. Mein Spiegelbild war eine erneute Enttäuschung. Insgeheim hatte ich die leise Hoffnung gehegt, wenn ich mein Alter annehme, mich endlich auch so zu sehen. Aber mir blickte noch immer die Michelle von gestern entgegen. Ich sollte einfach nicht mehr in den Spiegel schauen.

Magdalene war inzwischen eingeschlafen. In einer denkbar unbequemen Position. Sie hatte den Kopf nach hinten überstreckt fallen lassen und gab aus weit geöffnetem Mund rasselnde Schnarchtöne von sich. Ich war mir sicher, ihr Anblick wäre ihr selbst am unangenehmsten gewesen.

Ich stellte die Teekanne auf dem Tisch ab und kümmerte mich um sie. Ich umfasste vorsichtig ihren Nacken, schob ihren Oberkörper zur Seite und lagerte ihren Kopf auf ein Kissen. Magdalene zog ihre Beine mechanisch auf das Sofa hoch. Dabei wachte sie nicht auf. Ich deckte sie mit einer Wolldecke zu und ging zurück in die Küche.

Dort schmierte ich mir zwei Scheiben Brot. Fingerdick mit Leberwurst und Senf. Das hatte ich seit meiner Pubertät nicht mehr gegessen. Jetzt lief mir schon bei dem Geruch der Speichel im Mund zusammen.

Mit dem Brotteller und einem großen Becher Tee setzte ich mich zu Magdalene ins Wohnzimmer. Als ich satt war, lehnte ich mich in meinem Sessel zurück. Es war still im Haus. Nur das leise Ticken der Wanduhr war zu hören. Ich streichelte zärtlich über das Polster der Armlehne. Wie schön, dass manche Möbelstücke so lange halten. Dieser Lehnstuhl war einer der wenigen Überbleibsel aus meinem Elternhaus. Der Sessel und – der Koffer. Ich hatte ihn neben mich an den Stuhl gestellt. Sollte nicht doch noch …? Nein! Keine alten Kamellen mehr. Heute hatte ich schon genug Erinnerungen durchlebt. Mehr als in den vergangenen Jahrzehnten zusammen. Ich würde hier sitzen bleiben. Vielleicht sollte ich Magdalenes Beispiel folgen und auch ein bisschen schlafen. Das würde mir sicher guttun.

Ich schloss die Augen. Magdalenes Atemzüge gingen mittlerweile fast lautlos. Ich hängte mich in ihren Rhythmus. Aber an Schlaf war nicht zu denken. Seit ich die Augen geschlossen hatte, schlug mein Herz schneller. Ich hörte die Uhr lauter ticken als zuvor, und Magdalenes entspannte Schlafgeräusche hatten auch keine beruhigende Wirkung mehr auf mich.

Ich öffnete wieder die Augen und setzte mich gerade hin. Vielleicht hatte ich doch einen wichtigen Hinweis übersehen. Ich hatte viel zu hastig die Briefe und Fotos durchgewühlt. Entschlossen zog ich den Koffer hoch auf den Schoß. Ich würde ihn noch einmal ganz in Ruhe durchsuchen.

Als ich den Deckel öffnete, erkannte ich den Brief auf den ersten Blick. Hellblaues Papier, auf das zartweiße Wolkengebilde gedruckt waren. Mamas Briefpapier.

Interview: männlich, 55 Jahre

Bei dem Wort ›alt‹ denke ich an Backsteinhäuser mit wunderschönen, individuell gestalteten Fassaden. Alt, weil sie durch die angedachte Zwangswärmedämmung in Plattenhaussiedlungen verwandelt werden sollen. Und an Glühbirnen. Wenn die einmal zersprangen, brauchte man nicht wie bei den Energiesparlampen Vorsichtsmaßnahmen einleiten, die an einen Chemieunfall erinnern.

Ich mag es nicht, wenn alte Menschen Altsein für einen Verdienst halten. Auf der anderen Seite tun mir die alten Menschen heutzutage leid. Ihre Erfahrung gilt nichts mehr. Sie haben gesellschaftlich keinen Rang. Wenn mein Opa zu mir gesagt hatte: »Geh langsam, Junge, und trink viel Wasser!«, hatte das für mich noch eine Aussage.

Er war der Mann, der gesehen hat, dass eine Straßenbahn nicht mehr von Pferden, sondern an Drahtseilen gezogen wurde. Seine Generation konnte sich noch wundern. Über was sollten wir uns wundern? Es ist völlig egal, ob ein Auto mit Benzin oder Strom fährt. Die Entwicklung ist so rasant, dass wir die Unterschiede kaum noch bemerken. Was kann ich meinem Sohn noch Bemerkenswertes erzählen? Zum Beispiel, wenn er vor mir steht und klagt, dass sein PC zu langsam ist. Dann sage ich, dass der Arbeitsspeicher meines ersten PCs ein Millionstel der Kapazität von seiner jetzigen Grafikkarte hatte. Aber er kann sich das nicht mehr vorstellen.

Wenn ich plötzlich mein Heim verlassen müsste, würde ich wahrscheinlich mein I-Pad mitnehmen. Das hat für mich den gleichen Wert wie damals für meinen Opa sein Taschenmesser.

Mit 86 Jahren bin ich bereits seit drei Jahren tot. Das ist aus dem erreichten Lebensalter meiner Vorfahren errechnet. Dann bin ich 33.000 Tage alt geworden. Das ist doch schön.

Kapitel 18

Ein Brief von Mama. Sie hatte mir also doch eine Nachricht hinterlassen. Ich starrte den Umschlag an und war unfähig, meine Hand danach auszustrecken. Als befürchtete ich, er könnte sich durch Berührung in Luft auflösen. Ich riss mich zusammen und ertastete ihn. Das Papier fühlte sich kühl und echt an. Ich nahm ihn hoch und stellte den Koffer neben mir ab. Dann erst öffnete ich den Brief. Ich zog die handgeschriebenen Seiten heraus und faltete sie andächtig auseinander.

Meine liebe Tochter,

wenn du diesen Brief von mir in den Händen hältst und liest, sind wir voneinander getrennt. Und doch sind wir uns in diesem Augenblick näher, als wir es jemals gewesen sind.

Warum wir es nie geschafft haben, miteinander echte Nähe zu leben, weiß ich nicht. Aber ich habe nie aufgehört, darüber nachzudenken.

Schon als du ein kleines Mädchen warst, als Papa noch lebte und wir beide lange Zeitabschnitte zu zweit allein waren, hatte ich immer das Gefühl, nicht wirklich an dich heranzukommen.

Besonders wenn Lilly mich besuchte, hast du dich noch mehr zurückgezogen. Mir war bewusst, dass du eifersüchtig warst, und ich hätte dir gerne erklärt, dass dafür kein Grund bestand. Doch wie sollte ich das einem kleinen Mädchen klarmachen? Wie solltest du zu dem Zeitpunkt verstehen, dass man durchaus mehrere Menschen von Herzen lieben kann. Jeden auf seine besondere Art und Weise. Lilly ist meine älteste, meine beste Freundin und ohne sie hätte ich einige Hürden in meinem Leben nicht gemeistert. Ja, ich liebe sie und ich wusste, du magst sie nicht. Ich habe geschwiegen, auch später, als du längst erwachsen warst. Ich hielt es für klüger, keine Worte über meine Gefühle für Lilly zu verlieren. Ich habe überhaupt zu wenig über meine Gefühle gesprochen, obwohl ich voll von ihnen war und bin. Ich habe mich hinter Weisheiten versteckt und sicher viel geredet, aber über meine wahren Empfindungen geschwiegen. Vor allem, weil ich Angst hatte, du würdest dich noch mehr zurückziehen. Das hast du, weil ich in meiner Hilflosigkeit nie die richtigen Worte gefunden habe und so die Missverständnisse genährt und die Kluft zwischen uns vergrößert habe.

Zuerst will ich dir eine Frage beantworten, die du nie ausgesprochen hast, die aber immer im Raum gestanden hat: Ja, du bist ein Wunschkind! Und was für eins. Hast du dich nie gefragt, warum du Michelle heißt? Du bist in Paris gezeugt worden. Es waren ein paar wundervolle Urlaubstage. Dein Vater und ich waren so glücklich, als ich schwan-

ger war. Endlich! Das war wie ein kleines Wun-
der. Wir hatten die Hoffnung auf ein Kind fast auf-
gegeben. Und in dem Überschwang der Gefühle
haben wir dich auf den Namen Michelle taufen las-
sen. Dabei hört sich Michelle Meinberg ein wenig
affig an. Schade, dass ich dir das nie erzählt habe.
Nicht erzählen konnte. Und nein, es war kein Ver-
zicht für mich, dass ich für dich an Land bleiben
musste. Dein Vater und ich waren uns einig, dass
ein Kind nicht in der Kunstwelt eines Luxusliners
aufwachsen sollte. Du solltest soziale Kontakte zu
anderen Kindern haben. Wie du siehst, die Entschei-
dung trafen wir unabhängig von deinem empfind-
lichen Magen.

Du warst gerade acht Jahre alt, da passierte das
Unfassbare. Mein Mann, dein Vater, er kam nicht
zurück. Nie mehr. Ich fühlte mich, als wäre ich mit
ihm gestorben. Ich habe nichts mehr gespürt. Als
wäre ich zum Schutz in einen Kälteschlaf versetzt
worden. Sonst hätte der Schmerz mich wahrschein-
lich umgebracht.

Ach, mein liebes Kind, du musst dich sehr allein-
gelassen gefühlt haben. Das tut mir immer, wenn
ich daran denke, unendlich leid und weh. Aber ich
kann es im Nachhinein nicht mehr ändern. Wie du
weißt, hält das Leben keine Generalprobe für uns
parat. Es ist alles gleich die Premiere.

In dieser völlig gefühlsverwirrten Zeit lernte ich
Steve kennen. Ich habe nicht im Traum an eine neue

Beziehung zu einem Mann gedacht, das musst du mir glauben. Es ist einfach passiert. Steve war so fürsorglich, so humorvoll. Mit ihm war plötzlich alles leichter. Er hat mich durch sein Lachen in das Leben zurückgeführt. Und ich habe mich in seine Arme geworfen. Ohne nachzudenken einfach seine Liebe genossen. Ähnlich ausgehungert, wie man sich nach einem langen Winter über den ersten Sonnentag freut. Man reckt sich der Sonne entgegen und denkt nicht daran, sich vor einem Sonnenbrand zu schützen. Man will nur die Wärme auf der Haut spüren, die so guttut.

Ich will jetzt, wo ich endlich anfange, mit dir über meine Gefühle zu sprechen, keine neue Nische zum Verstecken schaffen. Ich gebe zu, dass ich in der Zeit wenig an deine kleine Seele gedacht habe. Ich habe überhaupt nicht nachgedacht. Mein Verhalten ist für mich aus der heutigen Sicht, nein, schon lange, nicht mehr nachzuempfinden. Aber zu dem Zeitpunkt habe ich als Mutter versagt. Es ist nun deine Entscheidung, ob du mir das verzeihen kannst.

Schon nach zwei Monaten war ich von Steve schwanger. Das hat mich unsanft auf den Boden der Tatsachen zurückgeholt. In meinem Liebesrausch habe ich noch nicht einmal an Verhütung gedacht. Vielleicht, weil ich das erste Mal so schwer schwanger geworden bin. Ich war nicht bereit, für einen weiteren Menschen Verantwortung zu übernehmen. Ich hatte sie seit dem Tod meines Mannes

*nicht einmal für dich und mich tragen können. Und
nun ein zweites Kind?*

*Die ersten Schwangerschaftswochen habe ich
nur gelitten. Ich habe heimlich gehofft, dass ich
eine Fehlgeburt erleide und mich körperlich nicht
geschont. Ich habe sogar Holz gehackt und im Garten bis zur Erschöpfung geschuftet. Nichts. Das
Baby ist in seinem Nest sitzen geblieben. Ich habe
sogar mit dem Gedanken gespielt, Lilly um Hilfe
zu bitten.*

*Ich habe der Versuchung widerstanden, und Lilly
hat mich nicht angesprochen, obwohl sie meine
Zweifel mit Sicherheit gespürt hat.*

*Steve dagegen freute sich auf den Nachwuchs. Er
hatte keinerlei Bindungsängste, obwohl wir uns erst
so kurz kannten. Er wiederholte wie ein Mantra:
Wir schaffen das. Du und ich und Michelle.*

*Steve hat dich gedanklich immer mit eingebun-
den. Das hat mir sehr gefallen. Und ganz langsam
begann ich ihm zu glauben. Eine Familie, habe ich
gedacht. Wir sind wieder eine richtige Familie.*

*Erst als ich dir in der Küche gegenübersaß und dir
erzählt habe, ich bin schwanger, da wurde mir die
Tragweite meiner Entscheidung bewusst. Du weißt
es vielleicht noch. Ich habe für uns beide eine heiße
Schokolade zubereitet und ich habe mich unsinnigerweise auf diesen Augenblick gefreut. Aber als
ich in dein Gesicht sah, wusste ich, was du denkst:
Deine Mutter würde knapp ein Jahr nach dem Tod*

deines Vaters wieder heiraten und ein neues Kind bekommen.

Du hast dementsprechend reagiert und dich wütend von mir zurückgezogen. Mehr noch. Du hast mich sogar ein Stück weit gehasst. Ich habe es gespürt, und das hat wehgetan. Aber je intensiver ich versucht habe, dich zurückzugewinnen, desto mehr hast du dich abgekapselt. Deshalb habe auf den Lauf der Zeit gesetzt und dich in Ruhe gelassen und nur auf dich gewartet. Dieses Verhalten hast du leider als Gleichgültigkeit interpretiert.

Als Lena geboren wurde, war ich glücklich. Ja, glücklich. Das will ich auch nicht verleugnen. Sie hat es uns so leicht gemacht, sie zu lieben. Sie hat schnell durchgeschlafen, war stets gut gelaunt und selten krank. Wenn sie im Raum war, ging es allen Anwesenden besser. Nur dir nicht.

Ja, Lena war ein Sonnenschein, ein Engelchen, aber: Ich habe sie nie mehr geliebt als dich. Vielleicht war es eher umgekehrt, denn ich hatte immer ein wenig Sehnsucht nach dir.

Ich komme nun zu unserem wundesten Punkt. Als das Unglück geschah, konnte ich nicht darüber sprechen. Ich war wie verstummt. Als ich so weit war und Worte gefunden hätte, hast du kein Gespräch mehr zugelassen. Nie mehr. Du weißt, worum es geht.

Die Nacht zu deinem 15. Geburtstag. Sie hat uns beiden einen grausamen Schmerz zugefügt. Einen

Schmerz, der uns bis heute getrennt hat. Diese Wand zwischen uns macht es mir unmöglich, dich zu trösten, dir zu helfen. Dabei würde ich das so gern. Aber seit jener Nacht bist du weggelaufen und hast die Erinnerung verdrängt. Du hast nur noch gelernt, studiert, und nun arbeitest du wie eine Besessene. Du hast einen Kokon um dich gesponnen, den niemand durchdringen kann und darf. Noch nicht einmal Hans und auch nicht deine Kinder.

Michelle, leg jetzt bloß nicht den Brief beiseite. Das sollen keine Vorwürfe sein. Ich wünsche mir nur von Herzen, dass ich dich wachrütteln kann, bevor es zu spät ist.

Zurück zu der Nacht.

Ich hatte Steve schon länger durchschaut. Dachte ich. Er war ein Luftikus. Ein Akrobat der schönen Worte. Ein Schauspieler, der einem so warm in die Augen schauen konnte, dass einem das Herz aufging. Aber er war unfähig zu lieben. Er brauchte immer wieder eine neue Herausforderung und schaute anderen Frauen hinterher. Frauen wohlgemerkt, glaubte ich, und nicht – halben Kindern.

Aber er war Lenas Vater, und als solcher verhielt er sich bravourös. Er kümmerte sich um Lena und auch um dich. Er chauffierte dich zu den Turnieren und hörte mir geduldig zu, wenn ich ihm von meiner Sorge um dich erzählte. Deshalb habe ich unsere Ehe fortgeführt. Das Thema Mann hatte ich abgeschlossen. Steve und ich lebten wie Freunde oder *besser ausgedrückt, wie gute Bekannte zusammen, die ihre Kinder großzogen. Dieses stille Abkommen verlor aber schon ein Jahr vor dem Unglück seinen Wert. Steve wurde immer unzuverlässiger, auch als Vater. Und er begann, einfach so, tagelang zu verschwinden. Ohne eine Nachricht zu hinterlassen. Dieses launische Verhalten wurde mehr und mehr untragbar, und ich wusste, dass ich handeln musste. Michelle, wenn ich ansatzweise geahnt hätte, dass er keine Skrupel hatte, sich an meiner eigenen Tochter zu vergreifen, ich hätte ihn sofort zum Teufel gejagt. Aber hätte ...*

Wir können die Zeit nicht zurückdrehen und unser Verhalten korrigieren. Selbst Lilly kann das nicht.

Zurück zu der Nacht. Die Feier im ›Seemann‹ endete früh. Als unsere Bekannten gegangen waren, habe ich mich mit Steve heftig gestritten. Wie so oft in der letzten Zeit. Dieses Mal ging es um Geld. Ich hatte ihm immer freie Hand gelassen, aber Steve begann mit seinen Ausgaben maßlos zu werden, und ich hatte ihm das Konto sperren lassen. Und in dem Streit habe ich auch den Mut gehabt zu sagen, dass ich mich scheiden lassen würde. Damit hatte Steve nicht gerechnet. Er ist wie ein Tollwütiger aufgesprungen und davongelaufen. Ich bin ihm nicht hinterher und allein dort sitzen geblieben. Ich wollte erst zur Ruhe kommen. Wenn ich geahnt hätte, was sich währenddessen zu Hause abspielte ...

Aber so habe ich dort gesessen und bin meinen Gedanken nachgehangen, bis eine Frau kreidebleich in die Gaststube gestürzt kam und um Hilfe rief. Es waren nicht mehr viele Gäste im ›Seemann‹, und wir sind alle nach draußen gelaufen.

Erst dachte ich, diese Locken. So welche hat auch meine Lena. Ich sah den kleinen Körper in dem Nachthemdchen auf der Straße liegen und begriff: Das war Lena. Meine kleine Lena. Sie war tot. Mehr konnte ich nicht denken, nicht fühlen. Eines meiner Kinder war gestorben. Einfach so.

Michelle, du hast mittlerweile selbst zwei Kinder. Stell dir vor, Mira oder Lasse würde etwas zustoßen. Du würdest auch durch ein Tal der Tränen gehen, und das dir gebliebene Kind könnte dir keinen Trost spenden. Jedenfalls nicht im ersten Augenblick des Schmerzes. Da macht man nicht alles richtig. Da leidet man nur. Wie sehr auch du gelitten hast und dass du dir an dem Unglück allein die Schuld gegeben hast, das hat mir Lilly erst später klar gemacht. Aber da war der Zeitpunkt für eine Umarmung, für tröstende Worte verstrichen. Und Lilly hast du als Vermittlerin sowieso nicht an dich herangelassen.

Sie war in der Nacht am Unfallort. Sie hatte das drohende Unheil gespürt und war losgelaufen, um euch zu helfen. Ja, euch beiden. Aber sie kam zu spät.

Ich konnte in der Nacht keinen klaren Gedanken fassen, genauso wenig wie du. Wir sind in ein Kran-

kenhaus gebracht worden. Zusammen in ein Zimmer und doch Lichtjahre voneinander entfernt. Als wir am nächsten Tag wieder nach Hause kamen, war Steve verschwunden. Lilly hatte für mich entschieden und gehandelt. Das einzige Mal in den Jahren unserer Freundschaft, denn Lilly ist nie grenzüberschreitend und nimmt keinem die Verantwortung für sein Leben ab.

Lilly hat mir eine Schonfrist zum Verschnaufen gegönnt. Dann musste ich mir anhören, was in der Nacht wirklich geschehen war. Ich habe ihre Worte gehört und konnte sie nicht begreifen. Es war einfach zu grausam. Lilly hat mich gefragt, ob ich wissen wollte, was aus Steve geworden ist. Ich wollte es nicht wissen.

Nach zwei Jahren seiner Abwesenheit habe ich die Scheidung eingereicht. Ich war nicht bereit, seine Witwe zu sein.

Wieder zu uns, mein Mädchen. Als ich wieder zu Sinnen kam, wurde mir bewusst, wie sehr du mich gebraucht hättest. Gerade in jener Nacht. Ich habe versucht, es nachzuholen. Immer und immer wieder. Aber du hast alle Schotten dichtgemacht. Nicht die kleinste Luke offen gelassen, durch die ich dich hätte erreichen können. In dieser Isolation hast du dir deine eigene Wahrheit gezimmert: Lena sei meine Lieblingstochter gewesen, die du auf dem Gewissen hast. Meine Gefühle für dich wären geheuchelt. Sie beruhten einzig auf meinem

Bedürfnis nach Harmonie. Ach, Michelle. Da hast du dich geirrt.

Als du Hans kennengelernt hast, schöpfte ich Hoffnung. Er ist so ein liebenswerter und zuverlässiger Mensch. Der dich von ganzem Herzen liebt. Ich befürchte, du weißt nicht oder gestehst dir überhaupt nicht ein, wie sehr er dich liebt. Du bist schwanger geworden, und ich habe wieder gehofft. Ein Kind würde deine Schutzwälle durchbrechen, einfach in nichts auflösen.

Es gab Augenblicke, da sah es fast so aus. Das waren die Momente, in denen du dein Glück zugelassen hast, um im nächsten wieder Angst zu bekommen und dich vor der Liebe zu schützen. Dich zu wappnen, weil du ständig befürchtest, sie wieder zu verlieren.

Ich habe zu einem drastischen Mittel gegriffen. Aus Liebe. Michelle, meine Zeit hier ist begrenzt. Nein, keine Sorge, ich bin nicht krank. Aber immerhin werde ich bald 80 und ich wollte dich nicht allein lassen, ohne mit dir gesprochen zu haben. Wirklich gesprochen, mit der Gewissheit, dass du mir zuhörst und vielleicht sogar glaubst.

Das ist der Grund, aus dem ich Lilly gebeten habe, dich von deiner Überholspur zu holen und zur Langsamkeit zu zwingen. Sie sollte dich alt hexen, damit du dich endlich traust, jung und lebendig zu sein und den Mut findest, deinen Gefühlen zu trauen.

Ich habe meine Entscheidung bereut, denn der

Zauber ist nicht ungefährlich. Aber einmal in Gang gesetzt, nicht rückgängig zu machen. Deshalb habe ich dich zu mir an den See ›eingeladen‹. Ich bin mir nicht sicher, ob du mir zugehört hast. Ich war so aufgeregt, weil ich dir noch so viel mit auf den Weg geben wollte. Und so habe ich das Wichtigste vergessen. Was ich dir schon früher hätte sagen sollen. Viel früher. Ich habe es immer gefühlt, aber nie ausgesprochen. Irgendwie war dafür nie der richtige Zeitpunkt. Ich liebe dich, Michelle. Hörst du? Ich habe dich immer geliebt.

   Ich umarme dich
   deine Mama

Ich ließ die Seiten auf den Schoß sinken und starrte ins Leere. Mama. Warum hast du nie so ehrlich mit mir gesprochen? Früher, als ich dafür noch offene Ohren hatte, als ich darauf gewartet habe.

Ich schloss die Augen. Meine Mutter. Sie hatte in meiner Vorstellung immer ein wenig über den Dingen geschwebt und war mit logischen Argumenten nicht zu erreichen. Sie wollte auch gar nicht erreicht werden, so schien es. Ich war überzeugt, sie brauchte nur ihre kleine, selbst gebastelte Welt und Lilly. Ich war nun einmal ihre Tochter. Der einzige Grund für sie, mit mir Kontakt zu halten. Und ich? Ich kann mich an keines unserer Telefongespräche wirklich erinnern. Dabei haben wir jeden Sonntag miteinander telefoniert. Ich habe Mamas Geplapper an mir vorbeirauschen lassen, damit ich mich nicht aufrege und mir den Sonntag verderbe.

Kaum vorstellbar, aber meine esoterische, vor Weisheiten übersprudelnde Mutter hatte anscheinend genauso viele Hemmungen, über Gefühle zu reden, wie ich. Über wahre Gefühle. Über Liebe. *Ich war ein Wunschkind.* Dieser Satz erfüllte mich mit tiefem Glück. Ich lächelte, obwohl mir Tränen über die Wangen liefen.

Ich war ein Wunschkind. Ein Kind der Liebe, und Lena war – sie war nicht geplant. Und doch war sie ein Engelchen. Kleine Lena. Eine warme Welle der Zuneigung durchströmte mich. Tut mir so leid, kleine Schwester. Ich war blind vor Eifersucht. Dir hat Mama immer ihre Liebe zeigen können. Von Anfang an. Ganz offen. Ihr seid mir so harmonisch und nah beieinander erschienen. Wie aus einem Guss. Während Mama und ich uns linkisch und oft so wütend gegenüberstanden. Ach, Mama. Ich liebe dich doch auch. Hätte ich dir damals nur von Nicole erzählt und warum Steve sich plötzlich vom Stall zurückgezogen hatte. Du hättest ihn sofort rausgeworfen. Er hätte gehen müssen, und Lena würde noch leben. Aber hätte … In Sachen Konjunktiv waren wir beide uns schon immer einig. Wir mögen ihn nicht. Und nun?

Mama, wie soll es nun weitergehen? Ich will zurück zu meinen Kindern. Ich will nicht 40 Jahre überspringen. Ich will eine Erinnerung an meine gelebte Vergangenheit haben. Und ich möchte Mira und Lasse nicht nur einen Brief hinterlassen, in dem ich ihnen meine Gefühle beschreibe und gestehe, dass ich sie liebe. Immer geliebt habe. Ja, ich habe auch versäumt, es ihnen zu sagen. Ich habe alles für sie getan, was eine Mutter tun muss. Sicherlich. Aber letztendlich bin ich immer ein wenig auf Distanz geblieben. Ich war nicht zu erreichen. Nicht wirklich. Ich habe meine Kinder nie gefragt, ob sie ein Familientreffen unter dem Kirschbaum schön finden würden. Ich habe einfach für sie entschieden und geglaubt, sie wollen in ihrer Welt genauso wenig gestört werden wie ich.

Und ich möchte Hans endlich sagen: Ich liebe dich. Er hat es mir oft gesagt. Am Anfang habe ich verlegen gelacht. Später war ich sogar ärgerlich. Das Wort Liebe erschien mir zu groß, um es in den Mund zu nehmen. Vor allem, weil mir das Gefühl Angst gemacht hat. Aber ich möchte es meinen Lieben noch einmal sagen und sie dabei in den Arm nehmen. Dich auch, Mama.

Ich lehnte mich zurück. Mir war schwindlig. Ich griff mit zitternden Händen nach dem Teebecher und trank. Durch den Tränenschleier sah ich zu Magdalene. Sie lag friedlich auf dem Sofa und schlief. Auf jeden Fall hatte man mir eine Gefährtin mit auf den Weg gegeben. Ein kleiner Trost. Das schwindlige Gefühl ließ nach. Ich atmete durch. Da klingelte es an der Haustür.

Bei dem Wort ›alt‹ denke ich an Altersheim, Weisheit, innere Gelassenheit, Ratschläge, Blick auf die Vergangenheit und Aufarbeitung.

Ich mag an alten Menschen nicht, wenn sie ausländerfeindlich sind. Eine Freundin von mir sieht sehr südländisch aus, und sie arbeitet in einem Altersheim. Es gibt da Bewohner, die sich nicht von ihr anfassen lassen wollen. Und ich mag das Leistungsdenken nicht: ›Spare, lerne, leiste was, dann hast du, kannst du, bist du was!‹ Gruselig!

Mir imponiert an alten Menschen, wenn sie gelassen sind. Mein Vorbild war mein Opa. Er hatte Kinderlähmung und musste im Rollstuhl sitzen. Ich saß oft auf seinem Schoß, und er hat mir die Einstellung beigebracht, Menschen so anzunehmen, wie sie sind. Das konnte mein Opa. Er hat unsere Familie zusammengehalten, und jeder hat sich bei ihm ausgesprochen. Seit er tot ist, gibt es kaum noch Familienfeiern.

Wenn ich plötzlich mein Heim verlassen müsste, würde ich wohl Geld mitnehmen. Natürlich auch Dinge mit symbolischem Wert wie Fotos und Geschenke von Freunden und (lacht) mein Handy.

86 Jahre alt? Das kann ich mir nicht vorstellen.

Aber wenn ich so alt werde, dann wünsche ich mir, dass ich versöhnlich auf meine Vergangenheit, auf mein Leben zurückblicken kann. Meine Fehler einsehe und auch offen zeigen kann, dass ich aus ihnen etwas gelernt habe.

Kapitel 19

Beim zweiten Mal wurde der Klingelknopf länger gedrückt. Ein ungeduldiger Mensch. Wie lange würde er durchhalten, bevor er entnervt aufgab? Unwichtige Überlegungen. Was hätte ich dadurch gewonnen? Einen kurzen Aufschub. Und letztendlich nur eine Verlängerung der Ungewissheit. Weiterhin banges Warten und Nachdenken, wie es mit mir und Magdalene weitergehen sollte.

Wer da auch immer vor meiner Tür stand, er würde wiederkommen. Das nächste Mal vielleicht gar nicht erst klingeln, sondern mit einem Schlüssel ausgerüstet sein. Nein, es machte wenig Sinn, sich tot zu stellen. Selbst, wenn der Gedanke verlockend war, hier still sitzen zu bleiben und sich einfach zu verstecken. Ich befürchtete, dann würde ich nur verschenkten Chancen hinterhertrauern. Dazu hatte ich nie geneigt, denn das waren keine aufbauenden Gedanken. Man versackte mit ihnen in Grübelschleifen, die irgendwann unüberschaubar wurden. Kein Wegweiser mehr in Sicht zum Herauskommen.

Wenn ich könnte, würde ich auf der Stelle die Zeit zurückstellen und bei Mama in ihrer Datscha sitzen und ein Stück saftigen Zwetschgenkuchen mit Schlagsahne vertilgen. Ohne Kalorien- oder Cholesterinaufzählerei. Vielleicht sogar einen von Mamas selbst angesetzten Johannisbeerlikören trinken. Danach würde ich mich von Hans abholen lassen. Von ihm und den Kindern, und wir würden nach Hause fahren. Richtig nach Hause. Aber ich konnte nun einmal nicht am Zeitrad drehen. Ich musste mich dem Hier und Jetzt stellen.

Als ich aufstand, klingelte es ein drittes Mal. Könnte das etwas Mira sein? Meine erwachsene Tochter. Das Temperament, mit dem geklingelt wurde, könnte zu ihr passen. Oder etwa dieser Ohlsen? Kaum, denn der würde nicht so lange draußen stehen bleiben. Der hatte letzte Nacht einen Schlüssel dabei gehabt und wäre längst ohne Aufforderung hereingekommen. Ich wischte mir mit dem Ärmel die letzten Tränen von den Augen und lugte durch den Spion.

Vor der Tür stand wieder einmal ein wildfremder Mann. Er war in meinem Alter. Nein, korrigierte ich mich in Gedanken. Schätzungsweise Mitte 40. Er war allein und machte keinerlei Anstalten, den Rückzug anzutreten.

Magdalenes Neffe, schoss es mir durch den Kopf. Mein erster Impuls war, umzudrehen und in das Wohnzimmer zu flüchten. Ich war schon auf halbem Weg, als er das vierte Mal beharrlich auf den Klingelknopf drückte. Okay, du Mistkerl. Ich habe keine Angst vor dir und ich bin nicht so nett wie

Magdalene. Du wirst dir die Zähne an mir ausbeißen. Beginnen wir das Spiel!

Ich riss dermaßen heftig die Haustür auf, dass der Mann vor Schreck einen Schritt zurückwich.

Das war immerhin ein guter Start und machte mich sicherer. Der Fremde lächelte mir eingeschüchtert entgegen. Ein talentierter Schauspieler. Seine Augen kamen mir irgendwie bekannt vor.

»Guten Abend«, grüßte er. Seine Stimme klang sympathisch und durchaus herzlich. »Entschuldigen Sie die Störung, aber … Frau Dr. Meinberg, nehme ich an?«

Es irritierte mich, dass er meinen Titel anführte. Das erinnerte mich an meine Welt von gestern. War das seine Absicht? Wahrscheinlich sollte das so eine Art Vertrauensbasis zwischen uns schaffen.

»Ja, die bin ich«, antwortete ich so arrogant wie möglich. »Und Sie sind?«

Nun errötete er sogar.

»Oh, stimmt. Entschuldigung. Ich habe mich gar nicht vorgestellt. Ich bin Dr. Ohlsen.«

Er deutete eine leichte Verbeugung an.

Ich spürte, wie sich meine Augen verengten und sich mein Körper anspannte. An Dr. Ohlsen konnte ich mich noch genau erinnern, besser als mir lieb war. Der hier vor meiner Tür stand, war es jedenfalls nicht. Niemals! Verdammt, was lief jetzt schon wieder völlig quer? Ich lehnte mich an den Türrahmen. Bloß nicht meine Verwirrung zeigen, dachte ich.

Und vor allem nicht umdrehen und abhauen. Dann begann womöglich der ganze Zirkus von vorn. Ich konnte mir nicht vorstellen, dass der Typ allein gekommen war. An der Ecke stand mit Sicherheit ein Krankenwagen. Und Helfer, die nur auf ihren Einsatz warteten. Denen man eingeredet hatte, dass eine der Alten wieder ausrasten könnte. Eine falsche Bewegung, und die Falle schnappte zu. Und dieses Mal ging die Fahrt nicht in das nette Haus am See, sondern in die Psychiatrie.

Ich atmete tief durch. Ganz ruhig, Michelle. Denk nicht solchen Unsinn. Du brauchst absolut keine Angst zu haben. Du hast die Umstände akzeptiert. Du behauptest nicht mehr, jung zu sein. Du hast eingesehen, du bist eine alte Frau. Kein Grund mehr, dass sich jemand in dein Leben einmischt. Niemand hat das Recht, dich gegen deinen Willen von hier wegzuholen.

Ich taxierte mein Gegenüber von unten bis oben. Langsam. Mit hochgezogenen Augenbrauen.

»Schön, aber ich kenne keinen Dr. Ohlsen. Was wollen Sie von mir?«

Meine Arroganz wirkte wie zu meinen besten Zeiten. Der Fremde vor meiner Tür trat verlegen von einem Fuß auf den anderen. Mittlerweile war er glühend rot vor Aufregung.

»Nein, das stimmt. Wir kennen uns nicht persönlich, aber unsere Jungens gehen in die gleiche Klasse.«

Ich starrte an ihm vorbei. Unsere Jungens. Unsere Jungens gehen in die gleiche Klasse. Das hörte sich so wunderbar vertraut an.

»Sie gehen auch gemeinsam in die Schach-AG«, fügte er hinzu. »Mein Sohn heißt Olaf. Lasse hat bestimmt schon mal von ihm erzählt.«

Er kratzte sich verlegen über sein Stoppelhaar und sah mich Hilfe suchend an.

Ich war nicht fähig zu reagieren. Etwa zu sagen: Stimmt, von Olaf hat Lasse manchmal erzählt. Zum Beispiel, wenn er von einem Schachturnier zurückkam. Wenn ich das sagte, würde ich anerkennen, dass gerade Olafs Vater vor mir stand. Und gestern Nacht der erwachsene Olaf. Ebenfalls ein Arzt. Zwei völlig verschiedene Zeitebenen. Wie konnte das angehen? Lilly! Eine herausragend begabte Hexe bist du wirklich nicht!

»Es geht um Magdalene Werner«, drang wieder die Stimme meines Besuchers an mein Ohr. Es geht um Magdalene, dachte ich und sah ihn alarmiert an. Er redete, durch meine Aufmerksamkeit ermutigt, hastig weiter.

»Frau Werners Neffe hat mich angerufen. Er macht sich Sorgen. Es wird sogar schon im Radio nach ihr gesucht. Sie ist erst vor Kurzem Witwe geworden. Sie hatte einen Nervenzusammenbruch, und man hatte sie im ›Domizil am See‹ untergebracht. Ihr Neffe macht sich deswegen die größten Vorwürfe. Er meinte, die Unterbringung wäre ein

Fehler gewesen. Aber er hätte durch den Schock über den plötzlichen Tod seines Onkels nicht besser reagieren können. Frau Werner ist nicht nur altersdement. Ihr Neffe hat mir anvertraut, sie wäre schon vor dem Tod ihres Mannes auffällig gewesen und hätte eine Psychose entwickelt. Sie war aber nie in ärztlicher Behandlung. Ihr Neffe befürchtet nun, dass seine Tante in ihrem Wahn sich selbst und andere gefährden könnte.«

Ich spürte, wie in mir etwas in Bewegung kam. Auffällig. Psychose entwickelt. Gefährdung für sich selbst und andere. Ganz schlau, der Neffe. Der schreckte vor keiner Gemeinheit zurück. Und Ohlsen hatte er bereits fest im Griff, der glaubte ihm. Wie anscheinend alle anderen auch. Okay. Ich drückte das Chaos meiner eigenen Situation in den Hintergrund und schlüpfte in die vertraute Rolle der Ärztin. Der Fachärztin. Und den Vorteil gedachte ich auszuspielen.

»Ach?«, fragte ich gedehnt. »Das meint der Neffe. Und Sie, mein lieber Herr Kollege, lassen sich einfach losschicken und suchen nach ihr?«

Meine Stimme triefte vor Spott.

»Na ja, was heißt losschicken«, stotterte er empört. »Ich betreue die Bewohner im ›Domizil am See‹. Als Hausarzt. Frau Werner habe ich noch nicht persönlich kennengelernt. Ich hatte Urlaub. Aber nach Frau Werners Akteneinsicht muss ich den Eindruck des Neffen …«

»Sie haben Ihre Patientin also noch gar nicht gesehen«, fiel ich ihm ins Wort. »Interessant. Und Sie vertrauen einzig dem Protokoll eines überforderten Notarztes und der Aussage eines Verwandten. Sie wissen doch, wie subjektiv deren Eindrücke sind. Gerade nach einem Todesfall.«

»Sicher, aber ...«

»Frau Werner hat mich aufgesucht, weil man sie dermaßen verunsichert hatte. Unsere Familien sind seit Langem miteinander bekannt, und ich kann Ihnen versichern, Frau Werner entwickelt keine Psychose.« Ich lächelte überlegen. »Und sie ist absolut nicht fremdaggressiv und auch nicht suizidgefährdet. Sie wohnt vorübergehend bei mir. Ich übernehme die Verantwortung.«

Jetzt hatte ich mein Pulver verschossen. Aber es schien auszureichen. Ohlsen nickte nur ergeben.

»Selbstverständlich, wenn Sie das sagen. Da wäre noch etwas«, er zögerte und wand sich wie ein Aal, bis er weiterredete. »Wir suchen eine zweite Person, ebenfalls eine alte Dame, die im ›Domizil‹ wohnt.«

Ich spürte, wie mein Puls hart, und wie ich aus Erfahrung wusste, für jeden sichtbar gegen meine Halsschlagader pochte. Es kostete mich alle Beherrschung, Ohlsen weiterhin ruhig zuzuhören.

»Die andere Dame ist 86 Jahre alt, sehr gepflegt, und sie wirkt jünger. Außerdem trägt sie so einen Kinderkoffer mit sich herum. Rosa oder rot mit weißen Punkten. Sie ist desorientiert und braucht Hilfe.«

Er räusperte sich. »Die ist nicht zufällig auch bei Ihnen? Die Dame heißt übrigens Meinberg. Komisch nicht wahr?«

»Wahnsinnig komisch. Aber ich gedenke nicht, hier ein Seniorenwohnheim zu eröffnen.«

Während ich das kühl sagte, rauschte es in meinem Kopf verdächtig. Ich musste dieses Gespräch sofort beenden, denn ich befürchtete, in Ohnmacht zu fallen. Direkt vor Ohlsens Füße. Das hätte gerade noch gefehlt.

»Nein, bei mir ist nur Frau Werner. Schönen Abend.«

Ohne seine Erwiderung abzuwarten, machte ich ihm die Tür vor der Nase zu. Der Flur drehte sich. Ich lehnte mich schweißgebadet gegen die Wand. Dabei horchte ich nach draußen. Ohlsen ging die Stufen runter. Eine Wagentür klappte, und ein Motor wurde gestartet. Er fuhr tatsächlich weg.

Langsam ließ der Schwindel nach. Aber der Schweiß stand mir noch immer auf der Stirn. Ich wankte ins Badezimmer, um mir das Gesicht zu waschen. Was ich dort sah, stürzte mich in die nächste Verwirrung. Ich hielt meine Hände unter den laufenden Wasserhahn und blickte mich misstrauisch um. Die Badezimmerregale waren brechend voll. Miras Ecke mit einer Sammlung kunterbunter Creme- und Parfümpröbchen. Ihre prall gefüllte Kulturtasche mit dem Emblem eines dicken, kussbereiten Frosches. Lasses Seite gewohnt übersichtlicher. Alle Utensilien in seiner Lieblingsfarbe blau. Hans‹ Rasierapparat, sein Aftershave. Daneben ein flüchtig rübergehängtes Handtuch. Und – ich musste heftig schlucken – auch meine Kulturtasche stand an Ort und Stelle. Heute Morgen hatte ich sie in dem fremden Badezimmer entdeckt und nicht mitgenommen. Wie kam sie plötzlich hierher?

Ich schaufelte mir mit den Händen Wasser ins Gesicht und starrte mich im Spiegel an. Der Anblick brachte keine Klärung. Ich sah aus wie immer. Aber unter dem Spiegel hingen wieder vier Zahnbürsten in Reih und Glied.

Ich trocknete mich ab und ging auf den Flur. Wachsam, um mich zu wappnen. Für was auch immer. Mich empfing das vertraute Durcheinander aus Schuhen und Jacken. Ich ging weiter in die Küche. Sie sah wieder aus wie unsere Küche. Fenster mit freier Sicht. Ohne Gardinen. Auf dem Tisch lag ein Zettel. Ich näherte mich Schritt für Schritt und erkannte Hans‹ fein geschwungene Handschrift. Ich musste mir einen Ruck geben, um nach dem Stück Papier zu greifen. »*Hallo Michelle,*

es ist alles geregelt. Mach dir keine Sorgen. Mira wird heute gleich nach der Schule zu Klara gehen und dort schlafen. Lasse hole ich von der Schach-AG ab und nehme ihn mit in die Kanzlei. Ich hoffe, es geht Saphira wieder besser und du musst nicht noch eine Nacht im Stall verbringen. Ich vermisse dich. Dein Hans.«

Ich drückte den Zettel an die Lippen und küsste ihn. »Ich vermisse dich auch«, flüsterte ich. Ohlsens Worte drangen in mein Bewusstsein: Die andere alte Dame heißt Meinberg. Sie heißt Meinberg, hatte er gesagt und er meinte nicht mich! War ich nicht mehr alt? Sollte das wirklich wahr sein? Ich drehte mich um und stürmte ins Wohnzimmer. Magdalene lag noch immer auf dem Sofa und schlief.

»Magdalene! Magdalene, wachen Sie auf!« In meiner Aufregung hatte ich sie ganz selbstverständlich beim Vornamen genannt. Sie rührte sich nicht. Ich fasste sie ungeduldig an den Schultern und schüttelte sie.

»Magdalene, nun wachen Sie doch auf!«

Sie schreckte hoch. Ihr sonst so gepflegtes Haar hing ihr wirr vor dem Gesicht. Sie beachtete es nicht, sondern stierte mich nur völlig entgeistert an. Ich ging in die Hocke, um mit Magdalene auf Augenhöhe zu kommen.

»Ich bin es! Michelle Meinberg. Wie sehe ich aus?«

Magdalene ruderte hilflos mit den Händen in der Luft herum. Sie versuchte, etwas zu sagen, aber sie brachte kein Wort über die Lippen.

»Nun, sagen Sie schon«, bettelte ich.

»Sie haben noch immer die gleiche Stimme«, kam endlich eine vorsichtige Antwort.

»Und sonst?«

»Und sonst?«, wiederholte Magdalene. »Sonst sehen Sie anders aus. Anders und jung.«

»Wie alt schätzen Sie mich?«, fragte ich atemlos.

»Ihren Jahrgang kann ich schlecht schätzen. Das ist zu lange her«, wehrte Magdalene ab.

»41!«, jubelte ich. »Ich bin 41!« Ich sprang auf, griff Magdalene an beiden Hände und zog sie zu mir hoch.

»Ich bin wieder in meiner Zeit. Verstehen Sie, was das bedeutet? Ich bin wieder in meinem Leben.«

»Das freut mich wirklich für Sie«, sagte Magdalene zurückhaltend höflich.

Ich umarmte sie herzlich. »Aber verstehen Sie nicht? Jetzt kann ich Ihnen auch helfen. Ha! Ihr Neffe soll mal ankommen und sich trauen, Sie als unzurechnungsfähig zu erklären. Den werde ich fertigmachen. So klein mit Hut mache ich den!«

Ich zeigte übermütig zwei Zentimeter zwischen Zeigefinger und Daumen. »Sie können wieder nach Hause. Sie sind gesund, und Ihr Neffe kann sich seine Erbschaft abschminken.«

Magdalene löste sich sanft aber bestimmt aus meiner Umarmung.

»Sie meinen es gut, das weiß ich. Aber erstens bekommt Norbert die Hälfte unseres Vermögens schon zu meinen Lebzeiten und zweitens geht es mir nicht um meine Güter. Norbert hat auf die gemeinste Weise meinen Mann getötet. Er ist ein Mörder und läuft frei herum. Daran werden wir nichts ändern können, und solange mag ich nicht wieder in mein Haus zurückgehen.«

Mein überschäumendes Hochgefühl bekam durch Magdalenes Traurigkeit einen kleinen Dämpfer.

»Bleiben Sie bei mir!«, schlug ich ihr vor. »Wir haben genug Platz im Haus.«

»Nein, auf keinen Fall«, wehrte Magdalene entschieden ab und ließ sich wieder auf das Sofa sinken. »Dann wäre ich auch nur ein Dauergast in einem fremden Leben. Sie würden es irgendwann bereuen. Nein, wenn ich nicht nach Hause kann, gehe ich zurück ins ›Domizil am See‹. Und Sie, Sie leben Ihr Leben.«

Ich blickte hilflos auf sie herunter. Ich war so glücklich. Ich wollte, dass es Magdalene auch wieder sein konnte.

Wir konnten Norbert seine Untat nicht nachweisen, hatte sie gesagt. Er war und blieb ein freier Mann. Daran konnten wir nichts ändern. Aber vielleicht konnte Lilly das.

Interview: männlich, 22 Jahre

Zu dem Wort ›alt‹ habe ich keine Jahreszahl im Kopf. Alt – das Wort hat für mich eine zweischneidige Bedeutung. Es kann sowohl eine Beleidigung als auch eine Auszeichnung sein.

Ich mag an alten Menschen nicht, falls man die Definition ›nicht mögen‹ dafür nehmen kann, wenn sie zu sehr an der Vergangenheit festhalten. Sie sind nur alt geworden, nicht weiser. Unbeweglich im Denken und die Jugend verachtend. Selbst wollen sie aber jung sein. Sie sind auf der einen Seite stolz auf ihr Alter und auf der anderen wollen sie es nicht ansatzweise annehmen. Sie legen die Situation immer so aus, wie es ihnen passt. Sie picken sich vom Altsein und vom Jungsein nur die Bonbons, die ihnen schmecken, heraus.

Mir imponiert an alten Menschen, wenn sie nicht mehr gierig sind. Ich meine, wenn sie das Gefühl herüberbringen, nichts verpasst zu haben und nicht neidisch auf jüngere Menschen blicken.

Die alten Weisen haben sich zwar aus den kriegerischen Auseinandersetzungen herausgehalten, aber sie haben beraten. Wenn man sie um Rat gefragt hat. Weil sie über den Ereignissen standen und somit einen viel besseren Blick hatten.

Wenn ich plötzlich mein Heim verlassen müsste, würde ich aus der aktuellen Sicht meine handschriftlichen Aufzeichnungen mitnehmen.

86 Jahre alt? Also ein wirklich alter Mann. Der Gedanke ist nicht ganz ohne Angst. Man braucht geistige Reife, um den Verfall, die Begrenztheit des Körpers zu akzeptieren. Die Gelassenheit möchte

ich erreichen. Und ich möchte meine geistigen Kräfte ausbilden und erhalten. Wenn ich im Alter allein bin, wäre ich gerne unterwegs. Ich denke dabei an keine Urlaubsreisen, sondern unterwegs sein mit offenen Sinnen.

Kapitel 20

Ich stand schon auf dem Flur und wollte nach dem Telefon greifen, als mir bewusst wurde: Ich besaß gar keine Telefonnummer von Lilly. Woher auch? Ich hatte sie noch nie angerufen. Die fehlende Nummer war das kleinere Problem und wäre zu lösen gewesen. Aber ich kannte nicht einmal Lillys Nachnamen! Die beste und älteste Freundin meiner Mutter – und ich hatte keine Ahnung, wie sie weiter hieß! Ich hatte ihren Nachnamen mit Sicherheit schon mal gehört. Er war mir nur entfallen. Ich versuchte, mich zu erinnern. Nichts. Lilly war und blieb einfach nur Lilly. Ich ging in Gedanken das Alphabet durch. Nichts. Ich nahm das Adressbuch zur Hilfe. Vielleicht klang ein Name dem ihren ähnlich. Ich ließ die Seiten durch meine Finger gleiten. Bei dem Buchstaben L hielt ich an und starrte ungläubig auf die Eintragung. In einer wie gemalt schönen Handschrift stand dort: *»Liebe Michelle. Endlich! Ich freue mich auf deinen Anruf. Herzlich deine Lilly«*

Ich schluckte. Sie hatte wirklich an alles gedacht und – sie war eine Hexe. Mir fielen keine vernünftigen Argumente mehr dagegen ein. Die Ereignisse der letzten 24 Stunden waren nicht anders zu erklären. Ich musste Lillys Zauberkünste anerkennen. Die Vorstellung machte mich weiterhin nervös.

Ich schnappte Telefon und Buch und verschanzte mich in der Küche. Magdalene sollte das Gespräch auf keinen Fall mitbekommen. Sie wäre damit nicht einverstanden gewesen. Nicht in der resignierten Stimmung, in der sie sich gerade befand. Sie wollte sich ihrem Schicksal ergeben und zurück in das ›Domizil am See‹. Ich hatte sie mit Mühe überreden können, wenigstens noch eine Nacht bei mir zu bleiben. Bis dahin würde mir eine Lösung einfallen, und Magdalene hätte sich erholt. Sie würde wieder Kampfgeist entwickeln. Einfach so klein beizugeben, passte nicht zu ihr.

Ich setzte mich an den Küchentisch und begann die aufgeschriebene Nummer einzutippen. Mit jeder eingegebenen Zahl wurde ich aufgeregter. Als ich den Ton der Durchwahl vernahm, hatte ich feuchte Hände. Zum Glück brauchte ich nicht zu warten. Lilly musste neben dem Telefon gesessen haben, so schnell nahm sie den Hörer ab. Bevor ich mich melden konnte, begrüßte sie mich: »Michelle, wie schön, dass du anrufst.«

»Ja,« entgegnete ich unbeholfen. »Hallo, Lilly.«

Und was nun? Mein Kopfinhalt schien plötzlich aus einem Vakuum zu bestehen. Dabei hatte ich gerade noch den Handlungsverlauf so klar vor Augen gehabt. Lilly anrufen. Ihr Magdalenes Geschichte erzählen und einen Weg finden, um diesen Mistkerl dingfest zu machen. Ganz einfach. Aber jetzt kam ich mir wie ein kleines Mädchen vor, das seine Zaubertante anruft: ›Liebe Tante Lilly, ich hätte da ein Problem. Es läuft ein Mörder frei herum. Bring den bitte zur Strecke. Sonst kann die Frau des Opfers nicht in Ruhe weiterleben.‹

Wie sollte ich das Lilly auf die Schnelle erklären? Und überhaupt. Ich hatte mit Lilly nie mehr als nötig gesprochen. Die letzten 20 Jahre kein Wort. Und nun rief ich sie an, weil ich ihre Hilfe benötigte.

»Mach dir keine Gedanken, Michelle«, hörte ich Lillys Stimme. »Es geht hier nicht um uns beide. Aber es könnte durchaus ein Anfang für uns sein. Mich würde das sehr freuen.«

Ich errötete, obwohl sie mich nicht sehen konnte. Lilly hatte meine Abneigung immer gespürt und nun auch meine Unsicherheit, den Anfang zu finden. Kunststück, dachte ich, und der nächste Gedanke rutschte mir laut heraus: »Ich vergesse immer wieder, dass du eine Hexe bist.«

Jetzt ertönte der vertraute Sound ihres Lachens. Damit könnte sie auch Mauern zum Einsturz bringen. Die gewaltige Lautstärke war mir zum ersten Mal nicht unangenehm.

»Huhu!«, sang sie gut gelaunt. »Da schaut eine alte Hexe raus, sie lockt die Kinder ins Pfefferkuchenhaus.«

Dann wurde sie übergangslos ernst: »Ja, Michelle. Ich habe eine besondere Gabe mit auf den Weg bekommen. Aber eine Hexe, nein. Da bekommt man einen falschen Eindruck. Das klingt so, als müsste ich nur mit den Augen zwinkern, um Wünsche zu erfüllen. So viel Macht habe ich nicht.«

Ich schluckte. »Du meinst, es geht manchmal etwas schief oder klappt gar nicht?«

»Ich möchte einfach nur betonen, ich bin keine Märchenfigur und kann nicht nach Belieben herumzaubern. Ich bin Regeln unterworfen.«

»Aber nach Maßarbeit hat der Zauber bei mir nicht ausgesehen. Du hast schon einiges durcheinandergebracht«, platzte ich heraus. Die Erinnerung an das erlebte Durcheinander brachte mich nachträglich in Rage.

»Was meinst du?«, fragte Lilly freundlich.

»Na ja, du hast mich angeblich 40 Jahre weiter in die Zukunft geschickt. Aber im Grunde hast du nur mich älter gemacht, ansonsten hast du kaum etwas verändert. Zukunftsvisionen fallen bei mir anders aus. Der schlimmste Stolperstein war, dass ich mich selbst unverändert gesehen habe. Das hat mich ganz schön verwirrt und nicht gerade geholfen, herauszufinden, in welcher Zeit ich mich befinde.«

Lilly hörte sich meine Vorwürfe kommentarlos an.

»Existiert eigentlich das ›Domizil am See‹? Ich meine jetzt – aktuell?«, fiel mir als Nächstes ein.

»Ja, das steht genau an der Stelle. Du solltest wirklich mal am See spazieren gehen.«

»Und Magdalene? Sie ist anscheinend wirklich so alt und lebt in ihrer Gegenwart.«

Als Lilly nicht antwortete, fügte ich hinzu: »Magdalene habe ich im ›Domizil‹ kennengelernt.«

»Ich weiß«, sagte Lilly. »Ja, Magdalene ist wirklich 82 Jahre alt. Sie sollte dir begegnen.«

Lilly kannte Magdalene. Warum wunderte mich das immer noch?

»Und die anderen Menschen, denen ich begegnet bin. Was ist mit denen? Ohlsen zum Beispiel. Den habe ich im Doppelpack kennengelernt. Also ehrlich, und das nennst du, dich an Regeln halten?«

Jetzt lachte Lilly leise.

»Ja, das tue ich. Ich habe nur die Menschen und die Dinge in deinem Umfeld verändert, die für dich auf deiner Reise wichtig waren.«

Ich lauschte ihren Worten, und der nächste Gedanke ließ mich frieren, obwohl es in der Küche sehr warm war.

»Lilly«, fragte ich heiser. »Lilly, sag mir bitte die Wahrheit. Sieht so meine Zukunft aus? Stirbt Hans so viele Jahre vor mir? Und leben Mira und Lasse im Ausland?«

»Die Fragen kann ich dir nicht beantworten.«

»Warum nicht? Verstößt das gegen irgendeinen Kodex?«

»Nein, Michelle. Wenn ich deine Zukunft wüsste, würde ich sie dir zeigen, wenn du mich danach fragst. Aber ich weiß sie nicht.

Sieh mal, die Zukunft verändert sich ständig. Sie lässt sich nicht voraussagen. Sie formt sich jeden Tag aufs Neue. Wir sollten ihr nicht zu viel Bedeutung beimessen.«

»Aber es macht mir Angst, was ich da gesehen habe. Ich möchte nicht ganz allein zurückbleiben.«

»Du brauchst keine Angst zu haben«, sagte Lilly. Ich hatte nicht gewusst, wie liebevoll sie sein kann.

»Ja, das hat Mama auch gesagt.«

Mama. Ich hatte Sehnsucht nach ihr. Die Laubenkolonie gibt es schon lange nicht mehr, hörte ich im Geiste den Taxifahrer und dann Mamas Warnung: Ich bin für eine längere Zeit verreist.

»Ist Mama wieder zurück? Sie lebt doch noch?«, fragte ich atemlos.

»Ja, sie lebt und wartet auf dich in ihrer Laube.«

Mama lebte. Sie wartete auf mich. Ich atmete erleichtert durch und war einen Augenblick still. Lilly ließ mich in Ruhe. Ich genoss die Gewissheit, die Menschen, die ich liebte wiederzusehen. Ein berauschend glückliches Gefühl. Ich würde sie wiedersehen und umarmen können und mit meiner Mutter endlich über unsere Vergangenheit reden. Um das zu tun, brauchte ich Gewissheit. Ich konnte mich nicht mehr davor drücken und musste die Frage stellen, die mir schon so lange auf der Seele brannte.

»Habe ich Steve umgebracht?«

»Nein, das hast du nicht«, antwortete Lilly kurz und bündig. Ohne weitere Erklärungen nachzuschieben. Sie sagte wirklich nur das, was man sie fragte.

Ich überwand mich: »Lebt er noch?«

»Nein.«

»Hast du ihn getötet?«

»Nein, das habe ich nicht. Ich habe ihm nur einen Wunsch erfüllt.«

»Einen Wunsch erfüllt«, wiederholte ich verständnislos. »Der Scheißkerl durfte sich was wünschen?«

Als Lilly nicht antwortete, sagte ich: »Erzähl mir, wie es in der Nacht damals weitergegangen ist!«

Ohne zu zögern, als hätte sie nur auf diese Aufforderung gewartet, begann sie zu erzählen.

»An jenem Vorabend zu deinem 15. Geburtstag habe ich mich ungewöhnlich müde gefühlt. Als brütete ich eine Krankheit aus. Gleichzeitig kreiste in mir eine Unruhe. Ich habe gewusst, ich sollte ihr nachgehen. Irgendein Unheil braute sich zusammen. Aber ich war so entsetzlich schlapp und gab der Schwere meines Körper nach. Ich habe mich schlafen gelegt. Im Traum habe ich dann dich und Lena und Steve gesehen. Ich war sofort hellwach, habe mich angezogen und bin losgelaufen, um euch zu helfen. Wir wissen alle, dass es zu spät war. Du siehst, die Schuldfrage zu klären, ist nicht nur schwierig, sondern unmöglich und obendrein unnötig. Wenn, dann müsste ich sie mir geben. Ich bin aus Bequemlichkeit der warnenden Stimme nicht rechtzeitig gefolgt.

Du bist mit deiner Mutter für eine Nacht ins Krankenhaus gekommen. Und ich bin zu Steve gegangen. Ich wusste, dass er lebte.

Steve saß im Wohnzimmer. Er hatte sich ein Kühlelement auf den Schädel gepackt und sah seelenruhig fern. Dieses friedliche Bild, seine offensichtliche Ahnungslosigkeit, was er angerichtet hatte, machte mich wütend. Und ich werde selten wütend. Ich habe ihm die Tatsachen schonungslos an den Kopf geworfen. Dass ihr mit einem Schock im Krankenhaus liegt und Lena – Lena tot ist.

Ich habe ihn vor die Wahl gestellt, sich selbst wegen eines Vergewaltigungsversuchs und mehrfacher Verführung Minderjähriger anzuzeigen, oder ich übernehme das.

Das hat Wirkung gezeigt. Seine glatte Fassade ist in sich zusammengefallen. Er wusste, dass er mich mit seinem Charme nicht manipulieren kann. Ihm war klar, dass ich ihn nicht leiden konnte. Da hat er sich aufs Betteln verlegt. Widerlich, als wäre er ein kleiner Junge, den man für sein Handeln nicht zur Verantwortung ziehen konnte. Dem man verzeihen musste. Er hat herumgejammert, dass es furchtbar und für ihn selbst unfassbar wäre. Aber als er dich mit deinem Freund gesehen hätte, da wäre es über ihn gekommen. Eine fremde Macht sozusagen. Und er würde versprechen, eine Therapie zu machen. Er empfände seinen Hang zu jungen Mädchen als unerträgliche Last. Eine seelische Folter. Seine geheuchelte Einsichtigkeit und seine Unterwürfigkeit haben mich immer wütender gemacht. Vor allem, weil seine Gedanken nur um seine Person kreisten. Er tat so, als wäre er das Opfer. Nicht eine Träne, keine Trauer um seine kleine Tochter. Er suchte nur einen Ausweg, um seine Haut zu retten.

Glaub mir, Michelle. Wenn ich so eine Hexe aus dem Märchen wäre, dann hätte ich ihn in dem Augenblick in eine Kakerlake verzaubert und zertreten. Höchstpersönlich. So wütend war ich. Aber ich wusste auch, dass meine eigenen Schuldgefühle, zu spät gekommen zu sein, mein Denken beeinflussten und ich mich dem zerstörerischen Gefühl der Rache nicht hingeben durfte. Ich habe versucht, mich aus meiner Wut zu befreien.

Steve gab nicht auf. Er fiel sogar vor mir auf die Knie: »Ich weiß, du kannst mich nicht leiden. Aber hör mir zu. Lena wird nicht wieder lebendig, wenn ich zur Polizei gehe. Aber für Hannelore und Michelle beginnt ein Spießrutenlaufen. Wenn ich einfach von der Bildfläche verschwände, wäre ihnen mehr geholfen. Die beiden kämen zur Ruhe.«

So weit kannst du gar nicht verschwinden, dachte ich.

Da sagte er: »Ich wollte schon immer nach Afrika und die Viktoriafälle sehen. Das ist mein größter Wunsch. Und einmal den Sambesi entlangschippern. Ich würde noch heute Nacht losfahren. Lass mich gehen.«

Dieser Wunsch war ehrlich. Zum ersten Mal hing etwas wie Wahrheit im Raum. Meine aufgewühlten Sinne glätteten sich. Ich wurde ruhig. Ganz ruhig. Da wusste ich, dass ich ihm den Wunsch erfüllen sollte.«

»Er ist nach Afrika ausgewandert«, fragte ich ungläubig. »Also lebt er doch noch?«

Lilly atmete tief durch. »Das kommt darauf an, wie man leben interpretiert.«

»Lilly, bitte! Gib mir jetzt keine Rätsel auf!«

»Gut, dann sollst du eine klare Antwort bekommen: Steve ist Krokodilfutter geworden.«

Mein Unterkiefer rutschte wieder einmal in die unschöne Position. »Krokodile. Du meinst …?«

»Ja!«

»Und Mama weiß das nicht?«

»Nein, sie wollte nicht wissen, was aus Steve geworden ist.«

»Das ist wirklich …«, ich suchte nach einem treffenden Ausdruck. Vor meinem geistigen Auge

tauchte Steve in der afrikanischen Idylle am Fluss-
ufer auf – und schnapp. »Das ist wirklich Wahnsinn,
Lilly. Was für eine ungewöhnliche Strafe.«

»Nein, Michelle, das war keine Bestrafung. Ich
habe ihm nur seinen Wunsch erfüllt. Fürs Bestrafen bin ich nicht zuständig.«

»Könntest du nicht mal eine Ausnahme machen?«

»Nein, selbst wenn ich es wollte.«

»Das ist jammerschade. Ich kenne da jemanden,
der hätte eine saftige Strafe verdient.«

»Was würdest du demjenigen denn wünschen,
wenn du könntest?«, fragte Lilly.

»Dass er sich in seinem eigenen Spinnennetz ver-
fängt!«, brach es aus mir heraus. »Er müsste am eigenen Leib spüren, was es bedeutet, Angst zu haben.
Angst, die einem die Luft abschnürt. Angst, an der
man sterben kann. Aber jemand, der so eine ekelhafte Tat begeht, der gruselt sich vor nichts.«

Ich holte tief Luft. Lilly sagte kein Wort.

»Weißt du überhaupt, von wem ich spreche?«,
fragte ich.

»Ja, von Norbert«, antwortete Lilly ruhig. Wie
hatte ich das infrage stellen können? Sie wusste es.
Selbstverständlich.

Ich überlegte weiter. »Du bist nicht fürs Bestrafen
zuständig, okay. Also überlassen wir es der Justiz.
Handfeste Beweise müssten her. Glaubst du, wenn
die Polizei noch Spinnen im Arbeitszimmer finden

würde, das könnte ausreichen? Vielleicht noch eine Bisswunde an der Leiche. Man könnte sie exhumieren. Das wäre doch sicher in deinem Machtbereich, oder?«

Lilly antwortete mit einem klaren: »Nein!«

»Du kannst keine Spinnen in sein Arbeitszimmer zaubern?«

»Doch, so viele du willst. Aber sie würden Magdalene nicht weiterhelfen. Im Gegenteil. Denk nach.«

»Du meinst, der Neffe würde den Spieß umdrehen. Womöglich behaupten, sein Onkel hätte die Tierchen selbst gehalten und sie liebend gern mal über seinen Arm krabbeln lassen. Magdalene wäre die Hysterikerin gewesen. Sie hätte schon immer seine Vorliebe mit Abscheu beobachtet. Stimmt! Norbert ist skrupellos und dazu auch noch schlau.«

Ich sackte in mich zusammen. Ich hätte Magdalene so gern geholfen, in ihr Leben zurückzufinden.

»Der kann doch nicht einfach davonkommen, als wäre nichts geschehen, dieser Mistkerl. Erst bringt er seinen Onkel eiskalt um und dann macht er seine Tante fix und fertig. Und alles nur wegen des schnöden Mammons. Alles dreht sich nur um Geld. Andere Werte zählen für ihn nicht.«

Geld, hallte es in meinem Kopf nach. Geld!

Ich setzte mich wieder gerade hin. »Lilly, ich habe eine Idee.«

»Ich höre dir zu, Michelle«

»Du hast mich in einen alten Körper gesteckt. Für alle Menschen sichtbar, nur für mich nicht. Das hat mich fast verrückt gemacht. Was wäre, wenn Magdalenes Neffe seinen Kontostand nicht mehr erkennen könnte. Wenn dort für ihn, nur für ihn, keine Zahlen mehr ständen. Nur noch Nullen.«

Lilly lachte anerkennend. »Ein famoser Einfall.«

»Das kannst du?«

»Ja.«

Interview: weiblich, 47 Jahre

Beim Wort ›alt‹ denke ich an Bäume. Die haben schon so viel gesehen. Kinder, Verliebte und auch Menschen, die im Krieg waren. Die sich umgebracht haben. Milchkannen fallen mir ein. Holunderbeeren pflücken mit meiner Oma. Obst einwecken. Schön, antik, wertvoll, gebraucht, Erfahrung und Weisheit.

Ich mag es nicht, wenn alte Menschen zum falschen Zeitpunkt einkaufen. Obwohl ich mir vorstellen kann, dass sie die Nähe mögen, wenn es so voll ist. Aber sie sind kleine Zeiträuber. Vielleicht denken sie einfach nur nicht darüber nach, weil sie zu dem Zeitpunkt immer einkaufen gegangen sind. Genau diese Einstellung mag ich nicht. Wenn sie so eingefahren sind, dass sie ihre Gewohnheiten nicht

mehr überdenken können, den veränderten Gege-
benheiten anpassen.

Ein Paradebeispiel: Samstagmorgen. Die Schlange
vor der Supermarktkasse reicht bis hinten zum
Fleischstand. Eine alte Frau, meist ist es eine Frau,
holt umständlich ihr Portemonnaie heraus, um
12,47 € zu bezahlen. Sie zählt Münze für Münze
auf den Tisch. Bei 12,46 € merkt sie, dass ihr ein Cent
fehlt, und sie zückt den 20,00 € Schein. Da könnte
ich glatt platzen. Sie schauen nicht einmal nach hinten und entscheiden sich der Situation angepasst,
sondern wie immer.

Mich fasziniert oft an alten Menschen, wie fit
sie noch sind und was sie alles unternehmen. Vor
allem, wenn ich mich dann betrachte, wie kaputt ich
jetzt schon nach der Arbeit bin. Meine Tante ist 85
Jahre und hat unglaublich viel Energie. Sie hat mit
60 erst ihren Führerschein gemacht und ist immer
noch neugierig auf das Leben. Ich mag es, wenn alte
Menschen ihren Rhythmus gefunden haben und
sich durch die Wegwerfgesellschaft und den herr-
schenden Jugendwahn nicht beirren lassen.

Wenn ich plötzlich mein Heim verlassen müsste,
würde ich meine Handtasche mitnehmen. Damit
habe ich Ausweis, Brille und Portemonnaie. Falls
ich noch Zeit hätte, würde ich ein paar Familien-
schmuckstücke mitnehmen. Wenn ich meine gesam-
melten Schätze, auch Bilder, so betrachte, bräuchte
ich wohl einen Container.

Mit 86 Jahren, falls ich dann noch lebe, werde ich immer noch familiengeprägt sein, wie ich es jetzt schon bin. Und ich hoffe, dass sich der Kreis der Familie weiterhin gerne um mich schart.

Kapitel 21

Ich will nicht übertreiben, aber der entscheidende Anruf erreichte mich wieder an einem Mittwochvormittag in der Praxis. Nele stellte ihn zwischen zwei Patienten zu mir durch.

»Ein Dr. Andersen aus der Notaufnahme der Elisenklinik ist in der Leitung. Er hat eine Frage zu einem Norbert Werner. Aber ich habe ihn nicht in der Kartei gefunden. Soll ich ...«

»Nein, ist schon gut«, unterbrach ich Nele wie elektrisiert. »Stellen Sie durch.«

Norbert war in der Notaufnahme der Psychiatrie in der Südstadt, ganz in meiner Nähe. Ich spürte heftiges Lampenfieber in mir hochsteigen und atmete noch einmal tief durch, bevor ich mich betont förmlich meldete: »Dr. Meinberg.«

»Andersen aus der Elisenklinik. Hallo. Es handelt sich um einen Patienten namens Norbert Werner. Er hat in der Sparkassenfiliale Hermanstraße übelst randaliert. Er behauptet, man habe sich sein gesamtes Vermögen unter den Nagel gerissen. Die Mitarbeiter dort würden alle unter einer Decke stecken und ihm einreden, sein Geld wäre noch da. Er müsste sich nur seine Kontoauszüge ansehen, aber da sind nach Werners Aussage null Cent drauf. Das Ganze wäre ein riesiges Komplott, und man müsste die Sparkassenmitarbeiter überprüfen. Na ja, eben das ganze Programm. Werner hat Ihren Namen genannt, Frau Kollegin, und da dachte ich – würden Sie kurzfristig einen Termin für Herrn Werner haben, oder muss er unbedingt stationär aufgenommen werden?«

Yes! Yes! Yes! Es kostete mich Beherrschung, um nicht laut zu jubeln. Norbert saß in der Notaufnahme der Psychiatrie und war völlig durchgeknallt. Bestens. Er hatte meinen Namen genannt. Das konnte ich im Notfall erklären. Er hatte mir in den letzten Wochen wegen Magdalene die Tür eingerannt. Der glaubte in seinem Größenwahn wirklich, ich würde ihm helfen, seine Tante einzuweisen. Genau das hatte ich jetzt mit ihm vor.

Ich antwortete mit einem bedauernden Unterton, bemüht, die Gefahr, die von Norbert ausging, glaubhaft rüberzubringen.

»Ich bin froh, dass Sie mich anrufen, Herr Andersen. Ich hoffe schon lange für Herrn Werner, dass es endlich mal eine Handhabe gibt, ihn stationär einzuweisen. Bisher war er nie fremdaggressiv gewesen, sodass man kein Psych-KG machen konnte. Die Möglichkeit haben Sie jetzt. Anders geht der nie in die Klinik. Bei mir lässt er die Termine platzen und wenn er mal kommt, hält er sich nicht an das, was ich ihm rate. Er ist krankheitsbedingt nicht in der Lage zu erkennen, dass er Medikamente braucht. Deshalb kann ich ihn ambulant nicht vernünftig behandeln. Man muss ihn im geschützten Rahmen einer geschlossenen Station notfalls gegen seinen Willen auf Neuroleptika einstellen, die er verträgt, dass er die Erfahrung machen kann, dass es ihm tatsächlich besser geht, wenn er konsequent behandelt wird. Ich bin nur froh, dass offensichtlich bis auf die Randale niemand zu Schaden gekommen ist. Ich kenne Herrn Werner schon lange, und seine paranoiden Befürchtungen setzen ihn oft so stark unter Druck, dass ich Angst hatte, es könnte zu einer schlimmen Gewalttat kommen. Bitte nutzen Sie die Chance, ihn jetzt stationär einzuweisen. Ich bin wirklich erleichtert, das zu hören.«

Andersen bedankte sich und legte auf. Ich hatte ihn überzeugt, und der letzte Satz von mir kam auch ganz ehrlich von Herzen. Norbert saß in der Falle. Er würde die stationäre Behandlung niemals einsehen. Neuroleptika machten die Zahlen für ihn auch nicht wieder sichtbar und Norbert würde seinen Beitrag leisten, um sich einen Daueraufenthalt in der Psychiatrie zu sichern. Ich stand auf, breitete beide Arme aus und rief laut: »Yes! Yes! Yes!«

Im nächsten Augenblick klopfte es an der Tür.

»Herein!«, forderte ich munter auf.

Nele. Sie sah sich skeptisch im Zimmer um und wunderte sich offensichtlich, dass ich allein war.

»Ist alles in Ordnung?«, fragte sie auf ihre einfühlende Art.

»Ja, Nele! Ja! In allerbester sogar. Wie sieht es im Wartezimmer aus?«

»Oh, ungewöhnlich ruhig. Nur noch zwei Patienten. Vielleicht liegt das am schönen Wetter.«

»Ganz bestimmt«, strahlte ich. »Dann machen wir danach für heute Feierabend. Hängen Sie ein Urlaubsschild vor die Tür! So eins haben wir doch, oder?«

Nele nickte irritiert. Wahrscheinlich hielt sie mich an dem Tag für komplett durchgeknallt. Aber ich war einfach nur überglücklich. Ich würde gleich Magdalene anrufen. Sie war natürlich längst in den Plan eingeweiht. Zuerst hat sie ihn mit Skepsis betrachtet und ist nicht davon abzubringen gewesen, im ›Domizil am See‹ zu wohnen. Aber nachdem sie Mama und Lilly kennengelernt hatte, wuchs in ihr wieder Hoffnung. Jetzt konnte ich ihr den erfolgreichen Abschluss unserer Mission verkünden.

Danach würde ich Hans anrufen. Vielleicht konnte er auch früher Feierabend machen und mit den Kindern in Mamas Laube kommen. Wir würden uns dort mit Magdalene und Lilly treffen. Genau. Dabei wurde mir bewusst: Mira und Lasse hatten noch nie den oberleckeren Zwetschgenkuchen ihrer Oma probiert.

ENDE

Danksagung

Dieses Mal geht das erste Dankeschön an René. Er hat mich ermutigt, die Pfade der vorgegebenen Realität zu verlassen und der Fantasie mehr Raum zu geben. Er hat mich auch als Befrager für die Interviews unterstützt.

Das zweite Dankeschön geht an Claudia Senghaas, die keine Angst vor der zeitverrückten Geschichte hatte und mir grünes Licht zum Schreiben gab.

Wie immer ein herzliches Danke an Annette Petersen und ihre Randbemerkungen.

Ein dickes Dankeschön geht an meine Mittwochfreundin, die mich fachlich kompetent beraten hat.

Danke an Beate Böser Dipl.-Med.-Päd. Ihr Seminar über die wertschätzende Grundhaltung gegenüber Demenzerkrankten hat mich bereichert. Die imaginäre Putzszene geht auf ihr Konto.

Danke an Kerstin für ihre Hilfe in Sachen Pferde.

Danke an Thorsten für Tipps aus der Psychiatrie.

Und zum Schluss noch einmal danke an Claudia Senghaas, die dem Roman liebevoll den letzten Schliff gegeben hat.

Sigrid Hunold-Reime
Die Pension am Deich
978-3-8392-1274-5

»Begleiten Sie drei grundverschiedene Frauen auf der Suche nach ihrem ganz persönlichen Glück.«

Tomke ist wieder allein. Paul hat sich nun doch für seine Frau entschieden. Frustriert stürzt sich Tomke in die Arbeit in ihrer Frühstückspension, doch am liebsten würde sie auf ihre Homepage schreiben »Paare unerwünscht, Singles bevorzugt.« Zu ihren Gästen gehört die verträumte Liebesromanautorin Anne, die gedrängt wird, endlich realitätsnahe Geschichten zu schreiben. Außerdem ist da Monika, perfekt organisierte Ehefrau und Mutter von Zwillingen. Als ihre Kinder sich entschließen fernab der Heimat zu studieren, fehlt Monika eine Aufgabe und auch in ihrer Ehe beginnt es zu kriseln …

Wir machen's spannend

Sigrid Hunold-Reime
Janssenhaus
978-3-8392-1123-6

»So facettenreich wie das Leben!«
Nordwest-Zeitung

Emma von Odenwald, 31-jährige Köchin aus Hannover und immer noch Single, fühlt sich gegenüber ihren erfolgreichen, glücklich verheirateten Eltern als Versagerin. Auch äußerlich hat sie mit ihnen keinerlei Ähnlichkeit. »Manchmal denke ich, dass ich ihnen ins Nest gelegt worden bin!«

Wie Recht Emma mit ihrer Vermutung hat, bringt kurze Zeit später ein Gentest zu Tage. Als sie ihre Eltern damit konfrontiert, nennen diese ihr widerstrebend eine Adresse in Ostfriesland und gestehen, dass es keine legale Adoption war. Emma macht sich auf die Suche nach ihrer Herkunft und stößt dabei auf ein Meer aus Lügen und Verstrickungen ...

Wir machen's spannend

Sigrid Hunold-Reime
Schattenmorellen
978-3-8392-1021-5

»Spannend!« *HNA*

Die 71-jährige Martha will frühmorgens die reifen Schattenmorellen in ihrem Garten im Cuxhavener Stadtteil Stickenbüttel ernten. Sie wird von einem Gewitter überrascht und fällt vom Baum. Mit einem gebrochenen Arm und einer Gehirnerschütterung wird Martha ins Krankenhaus eingeliefert. An den Unfall kann sie sich nicht mehr erinnern. Dafür umso besser an eine schicksalhafte Sommernacht vor 54 Jahren. Damals wütete auch ein Gewitter und es gab unter der Schattenmorelle einen Toten.

Im Krankenhaus trifft sie die 48-jährige Eva, die als junges Mädchen ihre Nachbarin war. Für beide Frauen wird der Krankenhausaufenthalt eine harte Auseinandersetzung mit der Vergangenheit. Dabei übersehen sie fast die tödlichen Gefahren der Gegenwart …

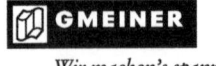

Wir machen's spannend

Sigrid Hunold-Reime
Frühstückspension
978-3-89977-771-0

»Immer wieder blitzt intelligenter Humor durch.«
Nordwest-Zeitung

Ein milder Tag Ende November. Nach dreißig Jahren Ehe verlässt Teresa Garbers Hals über Kopf ihren Mann Reinhard und Hannover.

Auf dem Weg an die Nordseeküste hat sie in der Nähe von Wilhelmshaven einen schweren Unfall. Sie kommt mit einem Schock davon und sucht sich ein Zimmer mit Frühstück. Das findet sie bei der gleichaltrigen Tomke Heinrich in Horumersiel. Die lebhafte Frau hat offenbar ein Geheimnis zu verbergen. Doch an ihrer Seite hat Teresa endlich den nötigen Abstand und Mut für ein neues Leben. Und leider bald auch eine Leiche zu viel …

Wir machen's spannend

Gabriele Diechler
Geheime Liebe auf Sylt
978-3-8392-1343-8

»Gibt es das Schicksal? Und müssen wir uns daran halten?«

Mathilde, die immer nur mit Bastian zusammen sein wollte – laut Horoskop der »Mann ihres Lebens« –, verlässt eines Morgens ihr hübsches Haus auf Sylt, um in Hamburg ein neues Leben zu beginnen. In der Anonymität der Großstadt trifft sie auf den Schuhfabrikanten Jonas, ihren Sylter Nachbar. Die beiden beginnen eine Affäre. Doch da ist auch noch Markus, der ihr einen Job in seiner PR-Agentur anbietet und den Mathilde seit der Schulzeit kennt. Zwei Zufälle, die Mathilde sich erneut die Frage stellen lassen, ob es das Schicksal gibt …

Wir machen's spannend

Ann-Sophie Aigner
Heinermädsche
978-3-8392-1346-9

»Lässt die geheimen Rachewünsche aller leidgeprüften Frauen auf freche und turbulente Weise Realität werden.«

Eva fällt aus allen Wolken – und landet auf dem exklusiven Teppich in ihrer Darmstädter Villa: Ihr treu sorgender Hermann hat eine Geliebte! Sie beschließt, die Wahrheit über seine Dienstreisen herauszufinden, und durchforstet sein Handy. Angesichts der delikaten SMS, die sie findet, droht sie, in Ohnmacht zu fallen.

Sie schmiedet einen bittersüßen Racheplan. Dabei stellt sich heraus, dass sie mehr mörderisches Potenzial besitzt, als sie selbst ahnte …

Wir machen's spannend

Edith Siemon
Als es Nacht war in Dresden
978-3-8392-1342-1

»Gelebte Zeitgeschichte – mit einem Vorwort von Gaby Hauptmann.«

Dies ist die Geschichte einer großen Sehnsucht, die von der Zerbrechlichkeit des Lebens und der Liebe handelt. Sie beginnt mit einer großen Überraschung: Ein kleines Mädchen wird von seiner gerade einmal 17-jährigen Mutter in einer Kammer im Dachgeschoss zur Welt gebracht. Wir schreiben das Jahr 1926, die Zeiten sind schwer. Das Kind wächst heran, kommt nach Sachsen und ist begeistert von Dresden und den Menschen, denen es dort begegnet. Dann beginnt der Krieg …

Wir machen's spannend

Elli Sand
Bolero Mortale mit Pastis
978-3-8392-1340-7

»Der spannende Roman ist zugleich ein unterhaltsamer Reiseführer durch das Languedoc, der mit vielen Insidertipps zu den verborgenen Schauplätzen der Handlung führt.«

Jahrelang haben sich Valmira aus Tübingen und die Südfranzösin Claire unwissentlich den Mann geteilt. Als sie erfahren, dass sie beide betrogen werden, verbünden die Frauen sich gegen den Fremdgänger. Zu Rachegöttinnen mutiert, teilen sie. den Triumph der gemeinsamen Vergeltung und schöpfen viel Kraft aus der ungewöhnlichen Frauenfreundschaft. Doch wie agiert ein Mann, der wie die Spinne im Netz in einem solchen Lügengeflecht lebt?

Wir machen's spannend

Petra Klikovits
Inselsturm
978-3-8392-1345-2

»Amüsantes aus der Psychoszene, charmant verpackt mit dem Zauber Ibizas.«

Der Vollmondstrand lockt. Rosa Talbot verlässt das Psychoseminar »Glücklichsein für Anfänger« mit der Erkenntnis: nichts wie weg hier! Sie startet von Wien nach Ibiza, wo nicht nur unbekannte Seiten der Insel, sondern auch neuartige Facetten ihres Liebeslebens auf sie warten. In entspannter Hippie-Atmosphäre erscheint vieles möglich, sogar ein Kind. Wieso nur ist alles anders, als sie es erwartet hatte? Das Geld wird knapp und mit dem Job in einer Autovermietung gerät sie in mysteriöse Verstrickungen …

Wir machen's spannend

Karolin Park
Hi, Society!
978-3-8392-1341-4

»Von der Autorin des Bestsellers ›Stilettoholic‹«

Stilettoholic-Heaven – das denkt Elli Weitzman zumindest. Sie sitzt in der begehrten Front Row bei Chanel, plant die Glamourhochzeit ihrer besten Freundin und ihr Terminkalender ist randvoll mit Promipatienten der High Society. Dies verdankt sie Marie von Stetten, hinreißendster Hollywoodexport, die beim Verlassen von Ellis Wiener Innenstadtpraxis direkt vor die Paparazzi-Linsen stöckelte. Doch dann wird die berühmte Patientin tot aufgefunden. Niemand vermutet ein Verbrechen, außer Elli …

Wir machen's spannend

Silke Porath
Nicht ohne meinen Mops
978-3-8392-1207-3

»Ein turbulenter WG-Roman um nervige Nachbarn, schwule Freunde und natürlich Liebe! Zum Bellen komisch!«

Tanja hat ihre Traumwohnung in Stuttgart gefunden: Altbau, drei Zimmer, beste Lage. Der Haken ist nur: Allein kann sie sich die Wohnung niemals leisten. So ruft sie kurzerhand ein Mitbewohner-Casting aus. Und entscheidet sich schließlich für Chris, der im Callcenter arbeitet, und Rolf, einen Postboten, der samt seinem Mops »Earl of Cockwood« einzieht. Tanja ist hin und weg von diesen Prachtkerlen. Klar, dass sie als Letzte bemerkt, dass Rolf und Chris ein Paar werden. Der Katzenjammer ist groß – erst recht, als Marc, Tanjas Ex, mit seiner schwangeren Freundin vor ihr steht. Tanja, die Jungs und der Mops schwören Rache ...

Wir machen's spannend

Silke Porath
Mops und Möhren
978-3-8392-1344-5

»Ein Mops und seine Herrchen kämpfen mit Witz und Charme um den Erhalt ihrer Schrebergärten.«

Stuttgarts charmanteste WG mit Tanja, dem Männerpärchen Rolf und Chris und natürlich dem Mops Earl of Cockwood geht unter die Schrebergärtner! Doch das Idyll der Laubenkolonie ist bedroht, denn ein Investor will dort schicke Lofts bauen. Doch nicht nur das: Chris und Rolf verlieren beinahe gleichzeitig ihre Jobs und dann taucht auch noch die Ex von Tanjas Freund Arne wieder auf …

Wir machen's spannend

Unsere Lesermagazine
2 x jährlich das Neueste aus der Gmeiner-Bibliothek

Alle Lesermagazine erhalten Sie in Ihrer Buchhandlung oder unter www.gmeiner-verlag.de.

24 x 35 cm, 32 S., farbig; inkl. Büchermagazin »nicht nur« für Frauen

10 x 18 cm, 16 S., farbig

GmeinerNewsletter
Neues aus der Welt der Gmeiner-Romane

Haben Sie schon unsere GmeinerNewsletter abonniert?

Monatlich erhalten Sie per E-Mail aktuelle Informationen aus der Welt der Krimis, der historischen Romane und der Frauenromane: Buchtipps, Berichte über Autoren und ihre Arbeit, Veranstaltungshinweise, neue Literaturseiten im Internet und interessante Neuigkeiten.

Die Anmeldung zu den GmeinerNewslettern ist ganz einfach. Direkt auf der Homepage des Gmeiner-Verlags (www.gmeiner-verlag.de) finden Sie das entsprechende Anmeldeformular.

Ihre Meinung ist gefragt!
Mitmachen und gewinnen

Wir möchten Ihnen mit unseren Romanen immer beste Unterhaltung bieten. Sie können uns dabei unterstützen, indem Sie uns Ihre Meinung zu den Gmeiner-Romanen sagen! Senden Sie eine E-Mail an gewinnspiel@gmeiner-verlag.de und teilen Sie uns mit, welches Buch Sie gelesen haben und wie es Ihnen gefallen hat. Alle Einsendungen nehmen automatisch am großen Jahresgewinnspiel mit attraktiven Buchpreisen teil.

Wir machen's spannend